FOGO ALTO

JANET EVANOVICH

FOGO ALTO

Tradução de Alyda Sauer

Título original
SMOKIN' SEVENTEEN

Este livro é uma obra de ficção. Nomes, personagens, lugares e incidentes são produtos da imaginação da autora, foram usados de forma fictícia. Qualquer semelhança com acontecimentos reais, localidades, organizações ou pessoas, vivas ou não, é mera coincidência.

Copyright © 2011 by Evanovich, Inc.

Todos os direitos reservados.

Edição brasileira publicada mediante acordo com a Bantam Books, um selo The Random House Publishing Group, uma divisão da Random House, Inc.

Direitos para a língua portuguesa reservados com exclusividade para o Brasil à
EDITORA ROCCO LTDA.
Av. Presidente Wilson, 231 – 8º andar
20030-021 – Rio de Janeiro, RJ
Tel.: (21) 3525-2000 – Fax: (21) 3525-2001
rocco@rocco.com.br
www.rocco.com.br

Printed in Brazil/Impresso no Brasil

CIP-Brasil. Catalogação na fonte.
Sindicato Nacional dos Editores de Livros, RJ.

E92f	Evanovich, Janet
	Fogo alto / Janet Evanovich; tradução Alyda Sauer. – Rio de Janeiro: Rocco, 2014.
	Tradução de: Smokin' Seventeen
	ISBN 978-85-325-2887-2
	1. Ficção policial. 2. Romance norte-americano. I. Sauer, Alyda Christina. II. Título.

13-07581	CDD-813
	CDU-821.111(73)-3

UM

Minha avó Mazur ligou cedo esta manhã.

– Tive um sonho – disse vovó. – Era um cavalo grande, que podia voar. Ele não tinha asas. Simplesmente voava. E o cavalo voou por cima de você e começou a despejar bolotas de esterco, e você corria em círculos tentando não ser atingida. O engraçado é que você não estava vestida, só usava uma calcinha de renda vermelha. Bom, depois um rinoceronte passou voando por cima de você e ficou pairando sobre a sua cabeça. E aí eu acordei. Tive a impressão de que significava alguma coisa.

– O quê? – perguntei.

– Não sei, mas não pode ser boa coisa.

E ela desligou.

Então foi assim que meu dia começou. E para falar a verdade, aquele sonho resumia bem a minha vida.

Meu nome é Stephanie Plum. Sou agente de fiança no escritório de agentes de fiança e captura do meu primo Vinnie, moro em um prédio de três andares com fachada de tijolos e aluguel barato no limite de Trenton, Nova Jersey. Meu apartamento no segundo andar é mobiliado com descartes dos meus parentes. Tenho estatura mediana. Corpo bem-feito. Estou certa de que possuo inteligência média. E absolutamente convencida de que meu emprego é péssimo. Meus cabelos castanhos ondulados que mantenho até os ombros são herança do lado italiano da família, os olhos azuis, do lado húngaro, e tenho um nariz maravilhoso, que é uma dádiva de Deus. Ainda bem que Ele me deu esse nariz antes de descobrir que eu não sou a melhor católica do mundo.

Era início de setembro e fazia um calor incomum. Eu estava de rabo de cavalo. Tinha abdicado da maquiagem e optado apenas por um hidratante labial. Usava um top vermelho sem manga, de elastano, calça jeans e tênis. Roupa perfeita para perseguir bandidos ou para comprar donuts. Estacionei meu Ford Escort lata-velha na frente da Confeitaria Tasty na avenida Hamilton e contei mentalmente o dinheiro na minha carteira. Suficiente para comprar dois donuts. Mas não três.

Desci do carro e entrei na Tasty. Loretta Kucharski estava atrás do balcão. Ano passado, ela era vice-presidente de um banco. Quando o banco afundou, Loretta arrumou o emprego na confeitaria. Do meu ponto de vista, aquilo era definitivamente um avanço na carreira. Isto é, quem não quer trabalhar numa confeitaria?

– O que vai ser? – perguntou Loretta. – Cannoli? Biscoitos italianos? Donuts?

– Donuts.

– Boston Creme, bolo de chocolate, geleia, glacê de limão, açúcar e canela, mirtilo, abóbora, cobertura de chocolate, recheio de creme, sabor amêndoa ou xarope de bordo?

Mordi o lábio. Queria todos.

– Definitivamente, Boston Creme.

Loretta pôs o Boston Creme numa caixinha branca da confeitaria.

– E o que mais?

– Donut com geleia – respondi. – Não, espere! Xarope de bordo. Não! É xarope ou abóbora. Talvez o com cobertura de chocolate.

A porta se abriu e uma mulher idosa, que parecia figurante de um filme barato sobre a máfia, entrou pisando forte. Era miúda, magra e estava vestida de preto. Um vestido preto sem enfeites, um lenço preto no cabelo grisalho, sapatos pretos, meias pretas.

Olhos escuros piscantes sob sobrancelhas grisalhas e hirsutas. Pele morena do mediterrâneo.

Loretta e eu engolimos em seco quando a vimos. Era Bella, a mulher mais assustadora de Trenton. Tinha imigrado para os Estados Unidos havia cinquenta anos, mas ainda era mais siciliana do que estadunidense. Ardilosa, dissimulada e possivelmente doida de pedra. Também era avó do meu namorado.

Loretta fez o sinal da cruz e pediu proteção para a Santa Madre de Deus. Levando em consideração a minha ausência na igreja, não me senti confortável de pedir ajuda à Santa Madre, por isso dei um sorriso sem graça para Bella e acenei timidamente.

Vovó Bella apontou o dedo ossudo para mim.

– Você! O que *você* faz aqui?

Dizer que o meu relacionamento com vovó Bella era superficial seria um enorme eufemismo. Além de ser a puta que, na cabeça dela, seduziu e corrompeu Joseph Anthony Morelli, seu neto predileto, a pior maldição era eu ser neta de Edna Mazur. Vovó Bella e minha avó Mazur *não* se dão.

– D-d-donuts – eu disse para Bella.

– Saia da minha frente – disse Bella, empurrando-me ao se aproximar do balcão. – Eu cheguei primeiro.

Os olhos de Loretta pareciam ovos de pata de tão arregalados, movendo-se de um lado para outro, de Bella para mim.

– Hum – disse Loretta, ainda segurando a caixa da confeitaria com o meu Boston Creme.

– Eu já estava aqui – disse para Bella –, mas pode passar a minha frente, se quiser.

– O quê? Está me dizendo que está na minha frente? Ousa dizer isso? – Bella bateu com a bolsa no meu braço. – Falta de respeito.

– Crie-se... Fala sério.

— *Cristo?* Você disse Cristo? — Bella fez o sinal da cruz e tirou o terço do bolso. — Queime no inferno. Vai ser destruída por um raio. Afaste-se de mim. Não quero estar por perto quando isso acontecer.

— Eu não disse Cristo. Falei *crie-se*.

— *Pagã* — disse Bella. — Como a sua avó Edna. Ela devia apodrecer no inferno.

Muito bem, então Bella era uma velha maluca, mas aquilo já estava indo longe demais.

— Ei, veja lá como fala da minha avó — retruquei.

Bella balançou o dedo para mim.

— Vou amaldiçoar você. Acabar com você.

Loretta bufou e se escondeu atrás do balcão.

— Vou dedurar você para o Joe — eu disse para Bella. — Não devia lançar pragas nas pessoas.

Bella inclinou a cabeça para trás e olhou para mim com desdém.

— Você acha que ele vai acreditar mais em você do que na própria avó? Está pensando que ele vai acreditar em você quando estiver feia e cheia de furúnculos? Pensa mesmo que ele vai acreditar em você quando ficar gorda? Quando feder que nem repolho?

Loretta gemeu atrás do balcão.

— Continue abaixada — disse Bella para Loretta. — Você é uma boa menina. Não quero que fique no caminho da maldição.

Eis do que se trata a maldição. Tenho certeza de que não passa de papo furado. Mesmo assim, existe uma chance mínima de Junior Genovisi não ter perdido o cabelo devido à calvície normal masculina. Ninguém mais na família dele ficou careca, e aconteceu logo depois que Bella lançou a praga nele. E teve também o caso de Rose DeMarco. Atropelou Bella acidentalmente com sua cadeira de rodas motorizada e, no dia seguinte, estava com herpes.

Loretta se levantou, enfiou um monte de donuts na caixa da confeitaria e jogou em cima de mim.

– Fuja!

Peguei a caixa e olhei para Loretta.

– Quantos tem aqui? Quanto eu devo?

– Nada. Apenas dê o fora daqui!

– Rá, tarde demais – disse Bella para Loretta. – Ela já está amaldiçoada. Eu quero um bolinho de café com amêndoa. Aquele ali da frente, com mais cobertura.

Sob circunstâncias normais, naquela hora do dia eu teria ido para o escritório de fiança na rua Hamilton. Infelizmente, o escritório foi destruído por um incêndio não faz muito tempo, por isso estamos operando temporariamente em um ônibus-trailer que é de um cara chamado Mooner. Conheço Mooner há anos, e ele não seria minha primeira opção de senhorio, mas momentos de desespero exigem medidas desesperadas. Meu primo Vinnie tinha de encontrar um lugar com aluguel barato e Mooner precisava de dinheiro para comprar gasolina e burritos. Voilà! Um escritório de fiança móvel. O problema é que nunca sei exatamente onde o escritório está estacionado.

Desci a Hamilton e passei lentamente pelo terreno onde ficava o escritório original. O ônibus do Mooner estava lá. Havia outro trailer parado no meio-fio atrás do de Mooner, tinham removido os destroços carbonizados do local e havia estacas enfiadas na terra. Vincent Plum Agência de Fiança em reconstrução.

Era manhã de segunda-feira, dia de trabalho normal, só que hoje havia dois carros da polícia, o SUV verde de Joe Morelli e o furgão do médico-legista, todos estacionados formando ângulo com o trailer da obra e o de Mooner. Quatro policiais fardados, Morelli, o médico-legista, meu primo Vinnie, a superintendente de fiança, Connie Rosolli, e Mooner estavam na frente de uma pequena retroescavadeira, olhando para um buraco raso.

Conheço Morelli a vida inteira, e ele é um daqueles homens que melhoram com a idade. No colégio era um destruidor de corações, lindo e irresponsável. Agora que seu rosto apresenta algum caráter e maturidade, está mais bonito ainda. É magro, musculoso, cabelo preto ondulado sobre as orelhas e a nuca. Os olhos castanhos são faiscantes e inteligentes quando está trabalhando. Suavizam quando fica excitado. É policial à paisana em Trenton e estava de calça jeans, botas e uma camisa social azul, com a arma presa no cinto. Contrastava muito com meu primo Vinnie, que é dez centímetros mais baixo do que Morelli e parece uma fuinha de cabelo penteado para trás e sapato de bico fino.

Parei meu carro atrás do SUV de Morelli e juntei-me ao grupo.

– O que é isso? – perguntei a Morelli.

– Penso que seja Lou Dugan – disse ele.

A mão meio apodrecida despontava na terra remexida, e não muito longe dela uma coisa que podia ser parte de um crânio. Vejo um monte de coisas feias no meu trabalho, mas aquilo ficava lá em cima, no topo do medidor de choque.

DOIS

— Por que acha que seja Lou Dugan? – o médico-legista perguntou para Morelli.

Morelli apontou para a mão.

— O anel no mindinho. Diamantes e rubis. Dugan esteve no jantar de panquecas no St. Joaquin's, disse para Manny Kruger que estava indo para casa, e essa foi a última vez que foi visto. Lou Dugan tinha inimigos. Administrava um bar de topless no centro, e sabia-se que as mulheres iam muito além de dança no colo dos homens no salão. Ele era um pilar berrante da comunidade, e ouvi dizer que sabia ser impiedoso nos negócios.

Todos olhamos de novo para a mão nojenta com o anel no mindinho.

— Muito bem, passem a fita da cena do crime – disse o médico-legista para um dos policiais fardados. – E chamem o pessoal do laboratório estadual para exumar o corpo. Alguém vai ter de ficar na cena até o Estado assumir. Não quero que estraguem tudo.

— Eletrizante – disse Mooner. – Isso parece *CSI:* Trenton.

O cabelo castanho de Mooner bate nos ombros, repartido no meio. Ele é magro e largadão. Tem a minha idade. É um cara legal. E a cabeça fica quase o tempo todo vazia, desde que fritou o cérebro com drogas no ensino médio e nunca mais se regenerou completamente.

— Não vou pagar hora extra para policiais – disse Vinnie. – Essa não é minha praia. Dugan foi plantado nos fundos do terreno, enterrado embaixo de onde costumavam ficar as latas de lixo.

Está me parecendo que é propriedade da prefeitura. Isso não vai atrasar a construção, vai? Eles deveriam começar a preparar os alicerces esta semana. Estou alugando espaço de escritório provisório do Scooby Doo aqui. Cada dia a mais é além da conta.

A verdade é que Vinnie não estava em uma boa maré. Pisava em ovos com sua mulher, Lucille, e com o sogro, Harry Martelo. Vinnie e Lucille tinham acabado de se reconciliar depois de uma separação violenta, e Lucille controlava Vinnie pelas bolas. Pior ainda, a pedido de Lucille, Harry tinha aceitado voltar para o negócio de fiança e financiar a operação de Vinnie. E Harry tinha as *botas* nas bolas de Vinnie. Então nem preciso dizer que Vinnie tinha de caminhar com todo o cuidado, para evitar uma dor intensa.

Um Firebird vermelho parou ao lado do meu carro e Lula desceu. Ela devia ser a arquivista da firma, mas faz o que bem entende. Hoje estava loura, e o cabelo encaracolado contrastava bem com a pele morena e o vestido de elastano, tipo envelope, com estampa de onça. O corpo de 1,65m de altura é tamanho extragrande, mas Lula gosta de testar os limites das costuras e dos tecidos e se espreme dentro de tamanho "PP".

– O que está acontecendo aqui? – perguntou Lula, afundando na terra com seu salto alto 10 da Via Spiga. – Essa empresa sobre rodas é um saco. Nunca sei onde as pessoas estão. E ninguém atende o celular. Como é que eu posso trabalhar assim?

– Você não trabalha mesmo... – ironizou Vinnie.

Lula se inclinou para a frente e botou as mãos na cintura.

– Isso é até falta de respeito, e não tolero desrespeito. Tenho de ralar até para *encontrar* a porcaria do seu escritório sobre rodas.

Ela olhou para o buraco e fixamente para a mão.

– O que é isso? Estamos nos preparando para o Dia das Bruxas? Isso aqui vai virar local de alguma pegadinha assustadora?

— Estamos achando que seja Lou Dugan — eu disse. — A retroescavadeira desenterrou acidentalmente.

Os olhos de Lula saltaram das órbitas.

— Está brincando comigo? Lou Dugan? O *sr. Teta*?

— Isso mesmo.

— Que nojo! Tem alguma coisa grudada naquela mão? Se tem, eu nem quero saber. Gente morta me dá arrepios. Talvez precise de um frango frito para parar de pensar nisso tudo. E, a propósito, o que o sr. Teta fazia embaixo de uma firma de fiança e captura?

— Tecnicamente, ele estava embaixo das latas de lixo — disse Vinnie.

— Vamos ver se entendi. Algum idiota cavou um buraco em vez de jogar o corpo no rio ou no aterro — disse Lula. — E deixaram esse anel no dedo dele. Qual é? O anel deve valer alguma coisa. Isso aqui deve ter sido coisa de amador.

Ninguém disse nada. Lula tinha razão. Não era assim que as coisas eram feitas em Trenton.

Virei-me para Morelli.

— Você pegou esse caso?

— Peguei. Sorte minha — ele olhou para o meu peito, chegou para a frente e encostou os lábios na minha orelha. — Você está sexy hoje. Gosto dessa blusa vermelha que está usando.

Gostei do elogio, mas o fato é que Morelli acha tudo que eu visto sexy. A testosterona vaza por todos os seus poros.

— Vou voltar para o ônibus — disse Connie. — Tenho de cuidar de novos casos.

— Para onde o ônibus vai daqui? — perguntou Lula. — Preciso, primeiro, comer um pouco de frango para acalmar os nervos, depois posso aparecer para arquivar os papéis ou qualquer coisa assim.

— O ônibus vai ficar aqui — respondeu Vinnie. — Tenho de me reunir com o empreiteiro esta manhã e tratar de algumas coisas.

— Péssima ideia — retrucou Lula. — Essa carcaça podre deve estar soltando todo tipo de fluido venenoso. Se ficar por aqui, pode pegar alguma coisa.

Mooner empalideceu.

— Fato.

Morelli passou o braço pela minha cintura e me levou até meu carro.

— Pago o jantar para você hoje se prometer usar essa blusa vermelha.

— E se eu não usar?

— Pago o jantar de qualquer jeito.

Ele abriu a porta do carona, tirou a caixa da confeitaria e espiou lá dentro.

— Essa não é sua escolha normal. Você nunca escolhe mirtilo.

— Loretta estava com pressa. É uma espécie de amostra grátis.

Morelli ficou com o donut de mirtilo e eu comi o Boston Creme.

— Você acha que Lou está vazando líquidos venenosos? — perguntei para ele.

— Não mais do que vazava quando estava vivo — Morelli terminou de comer o donut e me beijou. — Mmm... Você está com gosto de chocolate. Tenho de voltar para a delegacia e cuidar da papelada, mas pego você às cinco e meia.

TRÊS

Recentemente, Mooner tinha redecorado o interior de sua casa sobre rodas, e agora as paredes e o teto eram de veludo sintético preto. A mobília foi toda estofada de novo, com veludo preto. O piso era de carpete grosso preto e as superfícies horizontais de fórmica preta. Mooner dizia que era como uma volta ao útero, mas eu achava que era mais como trabalhar dentro da Estrela da Morte. Vinnie se apossara do quarto de trás para ser seu escritório, e Connie tinha instalado seu computador na mesa de jantar. Um fio de alta-tensão que servia de fonte de energia corria como cordão umbilical do trailer para o sebo vizinho. Vinnie tinha feito um acerto com a proprietária, Maggie Mason, para obter eletricidade.

A iluminação era fraca ou inexistente, por isso fui tateando até o sofá e inspecionei bem de perto antes de me sentar. Mooner era boa gente, mas limpeza de casa não era prioridade para ele. A última vez que estive em seu escritório móvel sentei-me num brownie que estava camuflado no veludo preto.

– Alguma novidade? – perguntei para Connie. – Chegou algum caso interessante?

Connie me deu dois arquivos.

– Ziggy Glitch e Merlin Brown. Os dois deixaram de se apresentar ao tribunal. Brown é reincidente. Assalto à mão armada. Glitch é assalto. Ele tem 72 anos de idade e o relatório da polícia diz que morde.

Connie é dois anos mais velha do que eu e muito mais voluptuosa. Tem cabelo mais comprido, seios maiores, atira melhor e tem mais *cojones*. E também é parente de metade da máfia de Trenton.

— Você acha que Lou Dugan foi obra da máfia? — perguntei para ela.

— Costuma haver conversa à mesa de jantar quando alguém é eliminado, mas não ouvi nada sobre esse aí — ela disse. — Acho que muita gente pensava que Dugan estava enrascado, escondido em algum lugar.

Botei os arquivos na minha sacola e liguei do celular para Lula.

— O que é? — Lula atendeu.

— Você volta para cá?

— Pode ser que sim. Pode ser que não.

— Estou de saída. À caça de dois que não compareceram.

— Bem, acho que devo acompanhar você nessa caçada — disse Lula. — Você deve estar sem a sua arma. E se tiver de atirar em alguém? E aí, o que vai acontecer?

— Nós não atiramos nas pessoas — retruquei.

— Sei.

Dez minutos depois peguei Lula no estacionamento da Cluck-in-a-Bucket. Estava com a bolsa pendurada no ombro, um balde de frango embaixo do braço e segurava uma garrafa de refrigerante de um litro.

— Uma mulher precisa de um bom café da manhã — disse ela, prendendo o cinto de segurança. — Além do mais, acabei de sair de uma dieta e preciso recuperar a força.

Ela estendeu um guardanapo no colo e tirou um pedaço de frango do balde.

— Quem nós estamos procurando?

— Merlin Brown.

— Já fiz isso, já o procurei — disse Lula. — Nós o arrastamos de volta para a prisão no ano passado, acusado daquele furto de loja. Ele foi um verdadeiro pé no saco. Não queria ir. O que ele fez agora?

– Assalto à mão armada.

– Bom para ele. Pelo menos está mirando mais alto. Quem mais você tem aí?

– Ziggy Glitch – dei o arquivo dele para ela. – Tem 72 anos de idade e é procurado por assalto. Achei que devíamos procurar esse primeiro.

Lula folheou as páginas.

– Ele mora no Burgo. Rua Kreiner. E diz aqui que ele morde. Odeio esses mordedores.

O Burgo é um pedaço de Trenton ligado à avenida Hamilton, à rua Liberty, à Broad e à rua Chambersburg. As casas são pequenas, as ruas, estreitas, os televisores, enormes. Nasci e fui criada no Burgo e meus pais ainda moram lá.

Saí da Hamilton, passei pelo hospital St. Francis e peguei a Kreiner.

– Qual é a história do Ziggy? – perguntei para Lula.

– Aqui diz que se aposentou do trabalho numa fábrica de botões. Nunca se casou, até onde posso ver. Tem uma irmã que assinou o contrato da fiança. Ela mora em New Brunswick. Isso está parecendo a primeira prisão. Provavelmente não tomou seu remédio, surtou e bateu em algum velhote com a bengala.

Lula chegou para a frente e contou as casas.

– É a de tijolos, com a porta vermelha. Aquela com cortinas pretas em todas as janelas. O que é isso?

Ziggy morava numa casa estreita de dois andares com sessenta centímetros de gramado e uma pequena varanda na frente. Era parecida com todas as outras casas do quarteirão, exceto pelas cortinas pretas. Descemos do carro, tocamos a campainha e esperamos. Ninguém atendeu.

– Aposto que ele está aí dentro – arriscou Lula. – Onde mais poderia estar? Ele não trabalha e não há bingo algum a essa hora da manhã.

Toquei a campainha de novo, ouvimos um ruído dentro da casa e a porta se abriu um pouco.

– Sim? – perguntou o rosto pálido do outro lado da fresta.

Pelo que pude ver, ele combinava com a descrição de Ziggy Glitch. Cabelo grisalho ralo, magro, 1,70m.

– Represento seu agente de fiança – eu disse. – O senhor não se apresentou no tribunal e precisa marcar outra data.

– Volte à noite.

Ele bateu e trancou a porta.

– Boa – disse Lula. – Não sei por que você usa esse papo mole. Nunca funciona. Todo mundo sabe que vamos ter de arrastá-los para a cadeia. E se eles quisessem ir para a cadeia, teriam comparecido à droga da audiência, pra começar.

– Ei! – gritei para Ziggy. – Volte aqui e abra essa porta, senão nós vamos arrombar com os pés.

– Eu não vou chutar porta alguma com meu Via Spiga – disse Lula.

– Ótimo. Eu mesma chuto, sozinha.

Nós duas sabíamos que isso era conversa. Arrombar uma porta com os pés não estava na minha lista de habilidades.

– Eu vou para o carro – disse Lula. – Tenho um balde de frango lá me esperando.

Segui Lula até o carro e fomos para a casa dos meus pais ali perto. O Burgo é uma comunidade muito unida que vive de fofocas e de assado de panela. Desde que meu avô Mazur foi para o céu, minha avó Mazur morava com meus pais. Vovó Mazur sabe tudo de todo mundo. E apostava que ela conhecia Ziggy Glitch.

QUATRO

Estacionei na entrada da casa dos meus pais.
— Estou torcendo para vovó conhecer Ziggy e conseguir fazer com que ele coopere.
Lula guardou o balde de frango no chão do carro.
— Eu adoro a sua avó. Quero ser igual a ela quando eu crescer.
Vovó Mazur estava à porta da frente, à nossa espera, levada por algum instinto maternal que pressente a proximidade da prole. Tem o olhar muito perspicaz, é magra e usa o cabelo grisalho curto e ondulado. Vestia um conjunto de malha sedoso, púrpura e branco, com tênis branco.
— Que bela surpresa — disse ela. — Tenho um bolo de café na mesa.
— Eu aceito o bolo de café — disse Lula. — Estava mesmo pensando que um bolo de café seria muito apetitoso.
Minha mãe estava passando roupa na cozinha. Fisicamente, é uma versão mais jovem da minha avó Mazur, e fisicamente eu sou uma versão mais jovem da minha mãe. Mental e emocionalmente, minha mãe não se parece com ninguém. A loucura parece que pulou uma geração, e minha mãe sobrou para carregar o peso de manter os padrões de decoro da família. Minha avó e eu somos as doidas.
— Por que essa função de passar roupa? — Lula quis saber.
Nós todas sabíamos que minha mãe passava roupa quando estava aborrecida. Passou dias a fio na atividade quando eu estava me divorciando.

Minha avó passou por trás da minha mãe e botou o bule de café na mesa.

— A filha de Margaret Gooley ficou noiva e já reservaram o Polish National Hall para o casamento em novembro.

— E daí? — perguntou Lula.

— Eu me formei no ensino médio junto com ela — comentei.

Lula se sentou à mesa e cortou uma fatia do bolo de café.

— E daí?

Minha mãe apertou o ferro com tanta força numa calça que era capaz de marcar o vinco para sempre.

— Não sei por que as filhas de todos os outros se casam e a minha não! Será que é pedir demais ter uma filha casada e feliz?

— Eu *fui* casada — retruquei. — E não gostei.

Vovó passou manteiga numa fatia do bolo de café.

— Ele era bosta de cavalo.

— Você já está namorando Joseph Morelli há anos — disse minha mãe. — É o assunto no bairro. Por que vocês dois não ficam pelo menos *noivos*?

Essa era uma excelente pergunta, para a qual eu não tinha resposta. Pelo menos não uma resposta que eu quisesse dizer em voz alta. O fato é que Morelli não era o único homem na minha vida. Eu estava apaixonada por *dois* homens. Que droga, hein?

— Isso mesmo — disse Lula. — Você tem de se resolver quanto ao Morelli senão alguém vai roubá-lo de você. Ele é um gatão. E tem casa própria, cachorro e tudo.

Eu gostava do Morelli. Gostava mesmo. E Lula estava certa. Ele era um gato. E eu achava que ele daria um bom marido... Talvez. E havia dias em que eu suspeitava que ele até pensava em casar comigo. O problema era que, quando eu pensava que casar com Morelli seria uma boa, Ranger invadia a minha cabeça como fumaça por baixo da porta fechada.

Ranger *não* era homem para casar. Ele era um latino lindo, de fazer o coração parar de bater, pele morena e olhos pretos. Era forte por dentro e por fora, um enigma que mantinha suas cicatrizes de vida bem escondidas.

– Tenho de levar Ziggy Glitch para marcar novas audiências – eu disse para minha avó. – Pensei que talvez você pudesse ligar para ele e convencê-lo a ir comigo.

– Eu poderia fazer isso, mas você tem de esperar até escurecer. Ele não sai durante o dia – vovó fez uma pausa. – Ele tem um problema.

Mordi um pedaço do bolo de café.

– Que tipo de problema? Médico?

– É, acho que pode ser considerado uma doença. Ele é vampiro. Se sair de dia, o sol pode matá-lo. Ele queimaria num segundo. Lembra quando Dorothy jogou água na bruxa má no *Mágico de Oz* e a bruxa murchou toda? É mais ou menos assim.

Lula quase cuspiu o café.

– Sai pra lá! Está brincando comigo?

– Por isso ele nunca se casou – disse vovó. – Quando as mulheres viam as presas, não queriam mais saber dele.

– Então quando a polícia diz que ele morde, é porque morde *mesmo*... – disse Lula.

Vovó encheu sua xícara de café até a boca.

– É. Ele suga seu sangue todo. Até a última gota.

– Isso é ridículo – disse minha mãe. – Ele não é vampiro. É um homem com um problema dentário e de personalidade forte.

– Acho que esse é um daqueles pontos de vista politicamente corretos – disse Lula. – Não me importo de apresentar as coisas desse jeito, desde que não fique com furos no pescoço enquanto estou tentando não ofender um vampiro filho da mãe. Perdoem meu vocabulário chulo. E esse bolo de café está muito bom. É da Entenmann?

— Não vi presa alguma quando ele abriu a porta — comentei com vovó.

— Bem, ainda é dia e ele podia estar se aprontando para dormir, a dentadura devia estar em um copo — disse vovó. — Eu não durmo de dentadura.

Lula recostou na cadeira.

— Pode parar. Esse cara tem presas de mentirinha?

— Eram verdadeiras — retrucou vovó —, mas, dois anos atrás, a avó do Joe, Bella, amaldiçoou Ziggy e todos os dentes dele caíram. Então Ziggy procurou Horace Worly, um dentista da avenida Hamilton logo depois do hospital. De qualquer maneira, Horace fez uma dentadura nova para Ziggy, exatamente igual aos dentes que ele tinha.

Olhei para minha mãe.

— Isso é verdade?

Minha mãe suspirou e continuou a passar roupa.

— Ouvi dizer que encontraram Lou Dugan — disse vovó. — Quem diria que ele seria plantado lá na avenida Hamilton...

— Nós o vimos — disse Lula. — Parecia que estava querendo sair da cova, com a mão espetada para fora da terra.

Vovó engoliu ar.

— Vocês *o* viram? Como estava?

— Todo podre, em frangalhos.

— Vão ter de trabalhar muito para dar uma aparência razoável para ele no velório — disse vovó.

— É — Lula pôs creme no café. — Talvez nunca soubéssemos que era ele se não fosse pelo anel.

Vovó se inclinou para a frente.

— Ele estava usando o anel? Aquele anel deve valer um bom dinheiro. Que idiota enterraria Lou Dugan com o anel no dedo?

Lula cortou uma segunda fatia do bolo.

– Foi o que eu disse. Teria de ser alguém em pânico. Algum amador.
Ou alguém que quisesse mandar um recado, pensei. Tive a impressão de que a cova era bastante rasa. Talvez quisessem que Lou Dugan fosse mesmo encontrado.
– Está tudo muito gostoso aqui na cozinha – disse Lula. – Aposto que, se ficar aqui algum tempo, poderei esquecer Lou Dugan e aquela mão podre.
A casa dos meus pais é pequena e entupida de móveis, um pouco gastos e confortáveis. As janelas têm cortinas brancas transparentes. As mesas de canto de mogno polido têm abajures e potes com doces. Uma manta afegã laranja, marrom e creme tricotada à mão e dobrada com perfeição cobre o encosto do sofá bege. A cadeira predileta do meu pai tem listras vinho e ouro e a impressão da bunda dele gravada para sempre no assento. O sofá e a cadeira ficam de frente para uma televisão de tela plana, recém-comprada, e essa televisão se encaixa em um console de mogno recentemente comprado também. Porta-copos e revistas bem-arrumados na estreita mesa de centro. Puseram um cesto de roupa cheio de brinquedos encostado na parede da sala de estar. Os brinquedos são dos filhos da minha irmã.
A sala de estar dá na sala de jantar. A mesa de jantar tem seis lugares, mas pode se expandir para acomodar mais gente. Minha mãe mantém a mesa coberta com uma toalha de mesa. Em geral é rosa ou dourada. E põe uma renda por cima da toalha colorida. Ela sempre fez isso, desde que eu me lembro.
A sala de jantar é separada da cozinha por uma porta que fica sempre aberta. Assim como meu pai vive na sua cadeira com listras vinho, minha mãe e minha avó vivem na cozinha. Quando estão preparando o jantar e cozinhando batatas, a cozinha fica quente e úmida, com cheiro de molho de carne e de torta de maçã.

Esta manhã o cheiro na cozinha era de roupa passada e café. E Lula tinha acrescentado uma pitada de cheiro de frango frito.

— Soube que Dave Brewer acabou de se mudar de volta para Trenton — minha mãe me disse. — Lembra-se do Dave? Vocês estudaram juntos.

Dave Brewer foi um grande jogador de futebol americano, e areia demais para o meu caminhão, quando eu estava no ensino médio. Ele fez faculdade, se casou e mudou para Atlanta. A última notícia que tive dele é que estava sendo investigado por transações imobiliárias ilegais no estado da Georgia.

— Pensei que ele ia para a cadeia por privar as pessoas de suas casas com fraudes — eu disse para minha mãe.

— Ele se safou disso — disse vovó. — Mas Marion Kolakowski disse que ele foi demitido e que perdeu a casa enorme que tinha em Atlanta. E depois a mulher o deixou, levou o cachorro e o Mercedes.

Minha mãe passou um amassado inexistente na calça do meu pai.

— A mãe do Dave estava na missa ontem. Disse que foi tudo engano, que Dave não fez nada de errado.

Lula pegou uma terceira fatia do bolo de café.

— Ele deve ter feito *alguma coisa* errada para que a mulher levasse o cachorro *e* o carro. Isso é crueldade.

— Ele é de uma boa família, foi capitão do time de futebol e aluno de honra — comentou minha mãe.

Eu estava começando a ter um mau pressentimento com o rumo daquela conversa. Apresentava todos os sinais da minha mãe planejando alguma coisa.

— Você devia ligar para ele — sugeriu ela. — Ele deve querer se reaproximar dos colegas de turma.

— Não éramos amigos — retruquei. — Tenho certeza de que nem vai se lembrar de mim.

– Claro que vai se lembrar de você – disse minha mãe. – A mãe dele estava até perguntando por você.

Aí estava. A armação.

– A sra. Brewer é simpática – eu disse. – E tenho certeza de que o filho dela é inocente, e sinto muito se a mulher dele levou o cachorro, mas não vou ligar para ele.

– Podíamos convidá-lo para jantar aqui – disse minha mãe.

– Não! Não estou interessada.

Embrulhei meu pedaço de bolo de café num guardanapo e me levantei.

– Tenho de ir. Preciso trabalhar.

– Imagino que vocês não tenham tirado uma foto do Lou Dugan – disse minha avó para Lula.

– Seria uma boa ideia – disse Lula –, mas nem pensei nisso.

Saí apressada da casa, com Lula logo atrás. Pulei no carro e liguei o motor.

– Talvez você devesse ligar para esse cara, o tal Dave – disse Lula quando chegamos à esquina. – Talvez ele seja *o cara*.

– Pensei ter encontrado *o cara*, mas acabou que ele era um imbecil e me divorciei dele. Agora eu tenho dois caras que podem ser *o cara*, mas não consigo escolher. A última coisa que preciso é de um terceiro *o cara*.

– Talvez não consiga decidir porque nenhum dos dois é o certo. Talvez Dave Brewer seja o cara certo. E aí?

– Entendo o que diz, mas fiz um trato com Morelli.

– Que trato é esse?

A verdade é que esse trato era muito vago. Parecido com o meu status de católica. Eu carregava uma quantidade decente de culpa e de medo da danação eterna, mas fé cega e comprometimento total estavam em extinção.

– Costumamos dizer que podemos sair com outras pessoas, mas não fazemos isso – disse para Lula.

— Isso é burrice — ela retrucou. — Vocês estão com um problema de comunicação. E, de qualquer forma, como pode ter certeza de que ele não sai por aí com outras pessoas? Ora, ele tem permissão para isso, não é? Talvez esteja saindo com aquelazinha da Joyce Barnhardt. E aí, como fica?

— Mato ele.

— Pega de dez a perpétua por isso — disse Lula.

Entrei na rua Kreiner.

— Vou dar mais uma chance para o Ziggy.

CINCO

Estacionei na frente da casa do Ziggy pela segunda vez naquele dia, desci do carro e fui até a porta da frente. Tinha sido suficientemente burro para atender a porta na primeira vez, talvez fosse suficientemente burro para atender de novo. Toquei a campainha e esperei. Nenhuma reação. Toquei outra vez. Nada. Experimentei a maçaneta. Trancada.

– Fique aqui e bata na porta – eu disse a Lula. – Vou para os fundos. Se ele abrir um pouco a porta, empurre e entre.

– Nunca – disse Lula. – Ele é um vampiro.

– Ele não é vampiro algum. E mesmo se fosse, não poderia provocar danos se os dentes estão em um copo.

– Tudo bem, mas, se ele sorrir para mim e tiver presas, dou o fora daqui.

Fui rapidamente para os fundos da casa e examinei tudo em volta. As janelas estavam cobertas com blackout como as da frente. Uma varanda pequena dava na porta dos fundos. Podia ouvir Lula batendo na porta da frente. Experimentei a de trás. Trancada, como a da frente. Fiquei na ponta dos pés, passei a mão por cima do batente e achei a chave. Abri a porta e entrei na cozinha. Armários de madeira escura, superfícies de fórmica amarela. Nenhuma louça suja. Nenhum recipiente indicando retiradas do banco de sangue.

Tinha algemas na cintura da minha calça jeans e a arma de eletrochoque no bolso. Atravessei a cozinha e fui para a sala de jantar. Ouvi a televisão ligada na sala de estar.

– Ziggy? – chamei. – É Stephanie Plum. Preciso falar com você.

Escutei uma exclamação, alguns xingamentos e alguém se mexendo. Entrei na sala de estar e vi Ziggy parado ao lado do sofá, pronto para fugir, sem saber para onde ir. Lula continuava a bater na porta.

Fui até a porta da frente e apontei para Ziggy.

– Quieto. Não saia daí.

– O que você quer?

– Você tem de ir comigo para remarcar a data da sua audiência no tribunal.

– Eu disse para você voltar à noite. Ou talvez eu pudesse arriscar em um dia muito nublado – ele acrescentou, como se tivesse pensado nisso na hora.

Fui para a porta da frente, a destranquei e, antes de abrir, Lula deu um empurrão e me derrubou sentada no chão.

– Opa – disse Lula, olhando para mim. – Pensei que fosse o vampiro.

Ziggy subitamente passou por nós e foi para a escada do segundo andar.

– Agarre ele – berrei para Lula. – Ele pode querer pegar os dentes.

Lula mergulhou no ar e agarrou as pernas de Ziggy. Os dois caíram no chão e rolaram, Lula segurava firme e Ziggy esperneava para se soltar.

– Prenda ele! – disse Lula. – Ponha as algemas! Faça alguma coisa. Isso aqui é como segurar uma cobra. Ele se remexe todo.

Eu estava com a arma na mão, mas não seria um tiro certeiro. Se acertasse Lula por engano, eu era que ia ficar lutando com Ziggy sozinha.

– O que ele está fazendo? – berrou Lula. – Ele está sugando o meu pescoço? Estou sentindo alguém chupando o meu pescoço. Tire essa coisa de cima de mim.

Encostei com força a arma de eletrochoque no braço agitado de Ziggy e apertei o botão. Ziggy gritou e ficou inerte.

Lula se levantou do chão e botou a mão no pescoço.

— Tem algum furo aqui? Estou sangrando? Pareço que estou me transformando em vampiro?

— Não, não e não — eu disse. — Ele não está com os dentes. Estava só mamando você com a gengiva.

— Isso é nojento — disse Lula. — Fui chupada por um vampiro velho. Estou me sentindo péssima. Meu pescoço está todo babado. O que tem no meu pescoço?

Semicerrei os olhos e examinei Lula.

— Parece um chupão.

— Está brincando? Esse saco de ossos imprestável me deu um chupão? — Lula pegou um espelhinho na bolsa e examinou o pescoço. — Não gostei. — disse ela. — Para começo de conversa, não sei se não peguei algum germe de vampiro com isso. E depois, como é que vou explicar um chupão para o meu namorado hoje à noite?

Algemei Ziggy e me afastei. Ele continuou no chão, sem se mexer.

— Temos de levá-lo para o carro — disse para Lula.

— Os olhos dele estão meio abertos, mas parece que não está vendo nada — disse Lula. — Dê-lhe um chute para ver se ele sente.

Eu me abaixei sobre Ziggy.

— Oi! — eu disse. — Você está bem? Pode se levantar?

A mão de Ziggy deu uma estremecida, ele abriu a boca, mas continuou calado.

— Não tenho o dia inteiro para isso — disse Lula. — Preciso dar um Google em mordida de vampiro e depois tenho de comprar maquiagem para o meu pescoço — ela agarrou o pé de Ziggy. — Segure o outro pé e vamos arrastá-lo para fora.

Arrastamos Ziggy pela sala e abri a porta da frente. Assim que a luz do sol o atingiu, Ziggy começou a berrar. Um grito agudo, um lamento em *iiiiiii*, do tipo que faz vidro quebrar.

— Pqp, cacete, puta merda! — exclamou Lula, deixando cair o pé de Ziggy, pulando para longe. — Qual é o problema dele? Dei um chute para fechar a porta e Ziggy parou de berrar.

— Quase tive um piriri — disse Lula. — Aquilo foi horrível. Nunca ouvi ninguém emitir um som como esse.

Ziggy estava com os olhos semicerrados e assobiava ao falar por entre as gengivas.

— *Nada de sol* — ele disse.

— Então é assim, agora estou pirando — disse Lula. — Não sei o que fazer. Por um lado, acho que temos de arrastá-lo para o sol e queimá-lo de uma vez, e o mundo terá um vampiro a menos. Mas, por outro lado, não quero ver quando ele ficar todo derretendo e fazendo caretas como nos filmes de terror. Detesto filmes de terror em que as pessoas ficam tostadas.

— Então qual é? — perguntei para Ziggy. — Você é um vampiro?

Ziggy deu de ombros.

— Pode ser que eu seja — respondeu.

— Que tal se o enrolarmos num cobertor — sugeriu Lula. — Assim não o cozinharemos.

— Isso funciona para você? — perguntei para Ziggy.

— Acho que sim. Só não deixem nenhum buraco por onde o sol possa entrar. Embrulhem bem. E será que se importaria de pegar meus dentes lá em cima?

— Claro que me importaria — disse Lula. — Ninguém vai pegar dente algum. Você já me deu um chupão. Basta desse negócio horroroso de vampiro.

Enrolamos Ziggy com o cobertor da cama dele, o carregamos para o meu carro e o pusemos no banco de trás. Dez minutos antes de chegar à delegacia, ele começou a se agitar dentro do cobertor.

— O que está acontecendo aí atrás? — perguntei para ele.

– Estou agitado – respondeu Ziggy. – Tenho síndrome de agitação na perna. E estou com fome. Preciso de sangue.

– Pare aí – Lula disse para mim. – Eu vou descer.

– Pelo amor de Deus, ele está enrolado em um cobertor, sem os dentes e algemado! – disse para Lula. – Além do mais, não é um vampiro.

– Como sabe que ele não é um vampiro?

– Não acredito em vampiros.

– Está bem, nem eu, mas como pode ter certeza? De qualquer forma, ele me apavora, seja lá o que for.

SEIS

Quando deixamos Ziggy na delegacia e fomos procurar maquiagem para disfarçar chupões, já era quase meio-dia.

– Onde vamos almoçar? – Lula quis saber.

– Pensei em passar na Giovichinni.

A delicatessen Giovichinni ficava na Hamilton, não muito longe do escritório de fiança. Era um negócio familiar e só perdia para a funerária em fornecimento de material para a revista de fofocas do Burgo. Tinha uma linha completa de carnes e queijos, salada de repolho artesanal, salada de batata, salada de macarrão e feijão. Tinha também especialidades italianas e era usada como mercadinho local com todos os produtos encontrados em lojas de conveniência.

– Adoro a Giovichinni – disse Lula. – Podia comer um sanduíche de rosbife com feijão e salada de batata. E eles também têm o melhor picles.

Cinco minutos depois, Lula e eu estávamos diante do balcão da delicatessen, pedindo sanduíches a Gina Giovichinni.

Gina é a mais jovem das três Giovichinni. Está casada com Stanley Lorenzo há dez anos, mas todos ainda a chamam de Gina Giovichinni.

– Soube que encontraram Lou Dugan – Gina disse para mim. – Estava lá quando o desenterraram?

– Não, mas cheguei logo depois.

– Eu também – disse Lula. – A mão dele estava saindo da terra. Como se tivesse sido enterrado vivo.

Gina engoliu em seco.

– Ah, meu Deus. É verdade? Ele foi enterrado vivo? Devia estar envolvido em algum negócio grande que deu errado.

– Deve ter dado *muito* errado – comentou Lula. – Eles o plantaram embaixo das latas de lixo.

– Que tipo de negócio? – perguntei para Gina.

– Eu não sei. Uma das meninas que dançava na boate esteve aqui comprando um prato de antepasto semana passada e disse que Lou estava muito nervoso logo antes de desaparecer, falando sobre perder muito dinheiro, fazendo planos para viajar.

– Para onde ele ia?

– Ela não disse.

Lula e eu levamos os sanduíches para o carro e rodamos a curta distância até o escritório. O trailer de Mooner ainda estava parado no fim do quarteirão, o furgão do médico-legista continuava na cena do crime, havia um bando de homens reunidos na calçada e uma van dos peritos estaduais estacionada na calçada logo atrás dos homens. A fita amarela de cena do crime bloqueava o acesso a todo o terreno da obra, e dois homens com jaquetas da CSI trabalhavam na área da escavação.

– A vida é estranha mesmo – comentou Lula. – Num dia está tudo correndo normalmente, dentro do possível, e no dia seguinte o lugar em que você trabalha é explodido e o sr. Teta é enterrado lá – ela ficou pensando dois segundos. – Suponho que para nós isso *seja* normal.

Uma ideia perturbadora, e não muito longe da verdade. Talvez minha mãe tenha razão. Talvez seja hora de parar de dar choques paralisantes em homens que pensam que são vampiros, hora de me casar e de sossegar.

– Eu podia aprender a cozinhar – eu disse.

– Claro que podia – disse Lula. – Podia cozinhar toda essa merda. Do que está falando?

– Foi só uma ideia que passou pela minha cabeça.

– Devia voltar para onde veio, porque agora, pensando nisso, já vi você cozinhando e não foi nada bonito.

Estacionei atrás do carro de Connie, e Lula e eu levamos nossa comida para o escritório móvel. Connie estava no computador na mesa do trailer e Mooner sentado no sofá, jogando Donkey Kong em seu Gameboy. Não era preciso grande coisa para entreter Mooner.

– Onde está Vinnie? – perguntei para Connie. – Não vi o carro dele.

– Ele foi até a delegacia para renovar a condicional de Ziggy.

– Puxa, isso é que é rapidez.

– É, Ziggy deu o telefonema ao qual tinha direito e o tribunal está em sessão, de modo que Vinnie deve poder liberá-lo logo.

No acerto de uma fiança, o tribunal determina um valor em dinheiro para a liberdade. Por exemplo, se um cara vai preso e é acusado de um crime, ele é levado à corte e o juiz diz que pode ficar na cadeia ou pagar uma certa quantia para ficar em casa até o julgamento. Ele só recebe o dinheiro de volta se aparecer na audiência do tribunal. Nós entramos quando o cara não tem dinheiro suficiente para dar à corte. Nós damos o dinheiro para a corte em benefício dele e cobramos do cara uma percentagem pelo serviço. Bom para nós e ruim para ele. Mesmo se for inocente, tem de pagar nossa taxa. Se faltar à audiência no tribunal, eu o encontro e o arrasto de volta para o sistema, para que não percamos o dinheiro dado para o tribunal.

– Como é que Ziggy vai voltar para casa? – Lula quis saber. – Ele tem aquela mania de vampiro com o sol e tudo o mais.

– Eu não sei – disse Connie. – Não é problema meu.

Comi meu sanduíche de queijo e presunto e bebi um refrigerante diet. Lula devorou um Reuben, rosbife, queijo suíço e salada de repolho no pão integral, um pote de salada de batata e um pote de feijão.

– Como estou? – perguntou Lula. – Parece que estou virando vampiro? Porque não estou me sentindo muito bem.

– Você não está se sentindo bem porque acabou de comer um balde de frango frito, metade de um bolo de café e um Reuben com mais de 250g de carne. Qualquer outra pessoa teria de fazer uma lavagem estomacal.

– Sou uma comedora emocional – disse Lula. – Precisei aplacar meu estômago porque tive uma manhã perturbadora – Lula chegou para a frente e olhou fixamente para mim. – O que é isso na sua testa? Nossa, é a mãe de todas as espinhas.

Passei a mão na testa. Lula tinha razão. Tinha um calombo enorme.

– Não estava aí quando acordei hoje de manhã. Tem certeza de que é uma espinha? Não é um furúnculo, é?

Lula apertou os olhos.

– Parece uma espinha, mas sei lá.

Connie examinou.

– Eu diria que é uma espinha com potencial para ser um furúnculo.

Peguei meu pó na bolsa e vi a espinha no espelho. Eca! Passei pó nela.

– Vai precisar mais do que pó para cobrir isso – disse Lula. – É como aquele vulcão que explodiu. Krakatoa.

Passei base no Krakatoa e pensei na vovó Mazur e no sonho dela sobre o estrume de cavalo.

– Assim está melhor – disse Lula. – Agora só parece um tumor. Lindo.

— E quanto aos tumores, não é um dos grandes – disse Lula. – É apenas um no início.

— Esqueça o tumor! – pedi a ela.

— É difícil esquecer quando se olha diretamente para ele – disse Lula. – Agora que sei que ele está aí, não consigo ver mais nada. É como o Rudolf, a rena de nariz vermelho.

Olhei para Connie.

— Está tão ruim assim?

— É uma espinha *bem grande*.

— É só uma espinha grande – eu disse a Lula.

Lula pensou um pouco.

— Talvez ajudasse ter uma franja para cobri-la.

— Mas eu não tenho franja. *Nunca* usei franja.

— É, mas poderia tentar – disse Lula.

Larguei a base dentro da bolsa e peguei o arquivo de Merlin Brown. Vinnie tinha coberto a fiança de Brown dois anos atrás sem problema algum. A acusação era de furto a loja, e Brown cumpriu um tempo curto por isso. Era difícil saber qual era o problema, agora que ele tinha sido preso por assalto à mão armada. Ou Brown simplesmente esqueceu a data do julgamento, ou então não estava nem um pouco animado com a ideia de ter de cumprir mais tempo na prisão. Digitei o número dele no celular e esperei. Um homem atendeu no terceiro toque e eu desliguei.

— Ele está em casa – eu disse para Lula. – Vamos nessa.

SETE

Merlin Brown morava num complexo de apartamentos para pessoas de baixa renda que fazia meu apartamento econômico parecer bom. Os prédios eram de tijolinhos vermelhos, de três andares e sem enfeite algum, a não ser que contássemos os grafites feitos com tinta spray. Nada de varandas, nada de portas da frente caprichadas, janelas de alumínio dos anos setenta e sem paisagismo. Ficavam sobre terra batida em uma terra de ninguém, entre o depósito de lixo e a depenada fábrica de tubulação de chumbo da rua Stark.

Alguém tinha deixado uma geladeira e um sofá deprimente perto da caçamba de lixo no limite do estacionamento. Havia quatro homens sentados no sofá, mamando suas garrafas embrulhadas em sacos de papel pardo. O cara da ponta pesava algo em torno de cento e cinquenta quilos, e o sofá inteiro adernava para o lado dele.

– Acho que talvez devesse tomar mais cuidado com o que eu como – disse Lula. – Não me importo de ser uma mulher grande, mas não quero virar uma mulher *enorme*. Não quero nenhum sofá adernando para o meu lado.

Uma coisa eu tinha notado em Lula. Eu a vi quando estava seguindo uma dieta saudável, controlando as calorias, eu a vi fazendo dietas ridículas da moda e a vi comendo tudo que via pela frente. E até onde eu saiba, o peso dela nunca muda.

– Ele está no prédio B – disse para Lula. – Terceiro andar. Apartamento três, zero, sete.

– Quem nós vamos ser? Entregador de pizza? Entrevistador do censo? Vadia do bairro?
– Pensei em tocar a campainha e ver o que acontece.
– Ele pode ficar feliz de ver você. A cadeia pode parecer um paraíso depois de morar aqui.

Entramos num pequeno saguão com uma fileira de caixas de correspondência de um lado e um elevador do outro. Havia um cartaz perto do elevador que informava que não estava funcionando. Parecia que o cartaz estava lá havia muito tempo. Lula apertou o botão do elevador e esperamos dois minutos. Depois desse tempo, ouvimos rangidos e gemidos e a porta do elevador se abriu. Espiamos o interior escuro do elevador e resolvemos subir de escada.

– Isso não está tão ruim assim – comentou Lula quando chegamos ao terceiro andar. – Até aqui não vimos rato nem mancha de sangue. E jacaré tampouco. Pelo que posso ver, o problema nesse lugar é não ter amenidades além da área de recreação perto do lixo.

Fomos andando até a metade do corredor e paramos na frente do apartamento 307, ouvindo pela porta. Havia uma televisão ligada dentro do apartamento.

– Ele deve ter uma arma – disse Lula –, já que é procurado por assalto à mão armada. Acho que, se estou virando vampira, não tenho de me preocupar tanto com levar um tiro, por isso talvez deva ser a primeira a passar pela porta.

– Tudo bem, pode ir primeiro.

– Por outro lado, vamos supor que eu *não* esteja me transformando em vampira. Pode não ter havido transferência alguma de sangue de vampiro, já que só recebi um chupão.

– Não tem problema. Eu vou.

Bati na porta e Lula ficou de lado. A porta se abriu e Merlin olhou para nós duas.

– O que foi? – perguntou Merlin.

Merlin Brown tinha 1,87m e constituição de um beque do Dallas. A pele era um tom mais escuro do que a de Lula e tinha um raio marcado na testa, dois dentes de ouro na frente e atendera a porta completamente nu. O parque de recreação dele estava pendurado a meio mastro e era mais ou menos do tamanho do pinto de um potro Clydesdale campeão.

Lula examinou Merlin de alto a baixo.

– Mãe de Deus!

– C-ca-capricho de fugitivo – eu disse, soprei o ar e me corrigi. – Captura de fugitivo.

– Estou ocupado – disse Brown.

Aquilo era uma constatação do óbvio.

– Está com uma namorada aí dentro? – perguntou Lula.

– Não.

– Namorado?

– Não.

– Sempre anda por aí assim?

– Quase sempre. Fui solto dois meses atrás e não tenho nada para fazer. Roubo umas lojas de vez em quando, mas é só. Então passo o tempo fazendo... vocês sabem.

– Bem, esse é seu dia de sorte – disse Lula. – Temos uma atividade para você. Tudo que tem de fazer é vestir *uma* roupa e vir conosco.

– Vou com vocês e acabo na prisão. Já estive preso e não gostei. De qualquer forma, tenho uma ideia melhor. Que tal vocês tirarem suas roupas e ficarmos todos aqui? Na verdade, que tal eu ajudá-las? Que tal se eu começar pela Senhorita Rabo-Magricelo-Caçadora-de-Recompensa aqui?

Dei um passo para trás e disse para Lula de canto de boca.

– Está com a sua *a-r-m-a* aí?

– Estou. Acha que é hora de usar?

– Eu sei o que você soletrou – disse Brown. – Você soletrou arma. Como se fosse atirar em mim, certo? Para começar, vocês são mulheres. Além disso, não podem atirar em um homem desarmado. Eu poderia fazer o que quisesse e vocês não iam poder atirar em mim.

Lula tirou sua Glock 9mm da bolsa, apontou para o pé de Brown e disparou um tiro. Errou por uns quinze centímetros, então ela fez uma correção na mira e apertou o gatilho outra vez. O segundo disparo também errou o alvo. Surpresa alguma, já que Lula era o pior gatilho do mundo. Ela não conseguia acertar a lateral de um celeiro, mesmo a um metro dele.

– Vocês, gordas, nunca aprendem a atirar direito – disse Brown.

– Foi uma coisa que eu observei.

– O quê? – questionou Lula, semicerrando os olhos, com as ventas dilatadas. – Gorda? Você acabou de me chamar de gorda? É melhor eu ter ouvido mal porque não gosto de ser chamada de gorda.

Então Lula teve sorte, ou falta de sorte, dependendo do seu ponto de vista, e arrancou o mindinho de Brown com o tiro.

– *UAU!* – berrou Brown. – Que porra é essa? Você está maluca?

E ele desmaiou. Tibum. Estatelado de costas com o pé sangrando e o mastro em posição de sentido.

Lula ficou olhando para a rigidez de Brown.

– Ele deve ter tomado um daqueles comprimidos, porque isso simplesmente não é normal.

– Você tem de parar de atirar nas pessoas! – eu disse a Lula. – É contra a lei.

– Ele me chamou de gorda.

– Isso não é motivo para arrancar o mindinho de alguém com um tiro.

– Na hora parecia. O que vamos fazer agora? Temos de arrastar esse inútil até o carro?

– Se o levarmos agora, teremos de ir com ele para o hospital primeiro. E aí teremos de explicar o dedo que falta.
– É verdade, e a ereção gigante. Não me incomodo de assumir a responsabilidade pelo dedinho, mas não quero nada com essa ereção.
O celular dele estava na mesinha de centro. Disquei 911, dei um número qualquer, denunciei os tiros e informei o endereço.
– Epa – disse Lula. – O sr. Grandão abriu os olhos.
Brown piscou para Lula.
– O que aconteceu?
– Você desmaiou.
– Meu pé está doendo.
– Você deve ter dado uma topada quando desceu – disse Lula.
– Por isso devia estar calçado.
– Agora lembrei. Eu não dei topada alguma. Você atirou em mim.
Lula botou as mãos na cintura.
– Você me chamou de gorda. E fiquei com vontade de atirar em você de novo.
Brown se catapultou do chão e pulou em cima de Lula.
– Arrrrg!
Agarrei Lula pela parte de trás da blusa e dei um puxão na direção da porta.
– Anda! Corre!
– Sai da frente – disse Lula, e passou correndo por mim. – Ele está com olhar de louco.
Devido ao dedo amputado e à questão do estímulo masculino, depois do mergulho inicial, Brown não conseguiu se mover com tanta rapidez. Lula e eu despencamos correndo escada abaixo, disparamos pelo estacionamento, nos jogamos dentro do carro e partimos.
Lula ficou ofegante.

– Você acha que ele vai me dedurar para a polícia?

– Não. O Brown não quer nada com a polícia. Quando a polícia chegar ao apartamento dele, ele já terá fugido há muito tempo.

Bom para Lula, pensei, verificando a espinha no espelho retrovisor, mas não tão bom para Vinnie.

– Fique aí olhando para a sua espinha que vamos acabar nos acidentando – disse Lula.

– Agora que sei que ela está aí, não consigo parar de pensar nela.

– Você pelo menos não tem o chupão de um vampiro no pescoço. Tenho um encontro com um bonitão bem-dotado esta noite. Ele pode ser o sr. Maravilha.

– Você pode usar uma echarpe no pescoço.

– E quando o bonitão me despir, o que vai acontecer?

– Você podia decorar o chupão para parecer uma tatuagem malfeita.

OITO

Para voltar ao escritório, saindo do apartamento de Merlin Brown, tive de descer a Stark, passar pelo ferro-velho e atravessar a zona de combate. Era um misto de casas de cômodos de três andares cobertas de grafite e infestadas de ratos, terrenos baldios cheios de lixo e negócios escusos operando atrás de fachadas trancadas e ruelas estreitas nos fundos. Era chocante pensar que alguém podia morar naquele bairro destruído, e mais chocante ainda saber que algumas dessas pessoas eram gente boa e decente. Vítimas do tempo e das circunstâncias que lutavam para não sucumbir aos escombros em volta.

Era menos chocante saber que a maioria dos residentes era de zumbis drogados, prostitutas viciadas, traficantes, membros de gangues violentas e maníacos homicidas. Quando eu tinha de procurar um dos nossos faltosos do tribunal naquela parte da Stark, normalmente pedia ajuda a Ranger.

Ranger era um caçador de recompensas que trabalhava para Vinnie quando o conheci. Agora é proprietário de uma firma de segurança, mas ainda faz apreensões de bandidos de vez em quando. Ele é meu mentor, meu amigo e já foi meu amante. É a ele que recorro quando preciso de ajuda profissional. Sou a favor de as mulheres se virarem sozinhas no trabalho, mas não desejo morrer. Ranger é muito melhor do que eu poderia sonhar ser nas caçadas. E, para ser sincera, às vezes procurava Ranger só porque gostava de trabalhar com ele.

— Você vai voltar ao escritório? — perguntou Lula.

– Vou. Pensei em me apresentar lá e depois ir para casa.
– Tenho um plano – disse Lula. – Vou ao shopping comprar um boá de plumas para combinar com a roupa nova cintilante que vou usar hoje à noite. Vai ficar melhor do que uma echarpe. E depois posso tirar toda a roupa, menos o boá. Posso incluí-lo no meu número de sedução e esconder o meu pescoço.
– Você tem um número de sedução?
– Tenho. Você sabe que eu era uma profissional e ainda conheço os movimentos.

Eu não quis pensar muito em Lula e nos movimentos dela. Por um lado, era informação demais. Por outro, eu me senti incompetente. Meu grande movimento era tirar a calcinha sem prender o pé e cair de cara no chão.

Segui no cruzamento para a Hamilton e virei para o lado do escritório. Minutos depois parei o carro atrás do trailer de Mooner. O carro de Morelli estava atravessado na frente do ônibus-casa, e Morelli parado no meio do terreno.

– Esse é um excelente homem – disse Lula, olhando para Morelli. – Não sei qual é o seu problema. Eu não teria algum para dizer sim para ele. Diria sim para tudo que ele pedisse.

Tive de admitir que ele era realmente muito bom.

Lula olhou de lado para mim.

– E quando foi a última função de vocês dois?
– Faz um tempinho.
– E por que isso?
– É complicado.
– Ahn – disse Lula.

Quando Lula dizia *ahn* daquele jeito, significava o mais completo desprezo.

– Está bem – eu disse. – É que eu estou confusa. Estou com problema para me comprometer.

— Quer dizer que não consegue resolver se fica com Morelli ou com Ranger. Vou te dizer uma coisa, garota: você sabe o que tem de fazer. Você tem de propor um concurso, de improviso, um festival do amor. Droga, basta perguntar se eles topam um mano a mano na cama e ver o que dizem. Você estaria fazendo um favor para eles porque ia finalmente resolver com qual dos dois ficar. E também, só para aproveitar, você podia incluir aquele cara Dave de quem sua mãe gosta.

Olhei de lado para Lula.

— Você não pode estar falando sério.

— Mais sério do que nunca.

— Dá o que pensar — eu disse.

— Enquanto você pensa aí, é melhor fazer alguma coisa com o Krakatoa. Assim como botar uma microssaia que só cubra a sua perseguida, que ninguém vai olhar para a sua cara. Além disso, é incentivo para o cara ser muito legal com você.

— Sábias palavras.

— Pode apostar — disse Lula. — Vou para a casa móvel agora, antes do fantasma do sr. Teta chegar para me assombrar.

Não senti a presença do fantasma do sr. Teta, por isso fui dizer oi para Morelli.

— O que está rolando? — perguntei a ele.

— Estou tentando entender isso. Os caras da perícia acham que Lou foi enterrado menos de 24 horas depois de morrer.

— Causa da morte?

— Parece que foi pescoço quebrado.

— Gina Giovichinni disse que Lou se deu mal num negócio grande logo antes de desaparecer. Dizem que ele planejava viajar.

— Eu soube dessa história — disse Morelli. — Até agora não descobri detalhe algum.

— Que tal a sra. Lou?

— A sra. Lou seria a última a saber de qualquer coisa — disse Morelli. — Ela está num coma autoinduzido com Frontal há anos.
— Você tentou falar com ela?
— Tentei. Foi um sacrifício. E nada produtivo.
Percebi que Morelli olhava fixamente para a minha testa.
— É uma espinha — eu disse.
Morelli deu um sorriso largo.
— Eu não tinha notado, mas agora que você falou...
— Mentiroso.
— Sorte sua que eu conheço a cura perfeita para uma espinha dessa magnitude. Sexo suarento de gorila. Muito.
— Peguei isso da sua avó maluca. Ela me amaldiçoou e disse que eu ia ficar cheia de furúnculos!
— Docinho, essa coisa de maldição não existe. E isso aí não é um furúnculo. É uma espinha enorme. Está naquele período do mês, certo?
— Errado!
— Bom saber — disse Morelli, pôs o braço no meu ombro e me aconchegou junto a ele. — Tenho planos.
— Onde vamos jantar hoje?
— É surpresa.
— No Pino? — perguntei.
— Não.
— Campiello?
— Não.
— Na Steak House do Sal?
— Não.
Morelli não era cara de fazer surpresas. Talvez sexo cachorrinho, mas nada muito além disto. Portanto, tive uma sensação esquisita.
— Onde vamos comer hoje? — perguntei outra vez.
Morelli deu um suspiro.

— Na casa da minha mãe. É aniversário do meu tio Rocco.

— Não, não, não, não.

— Ah, por favor, estou implorando. Detesto essas festas. Faço um trato. Você vai comigo e eu massageio as suas costas.

— Nem pensar. Sua avó estará lá e vai jogar outra maldição em mim.

— Tudo bem, coço as costas e compro um bolo de aniversário para você.

— Não!

Morelli olhou bem para mim. Sério.

— O que você quer?

— Vou dormir com você depois do jantar. É o melhor que posso oferecer.

— Melhor do que nada. Posso coçar as suas costas?

— Pode. E vou ganhar o bolo de aniversário?

— Não — ele olhou para o trailer do escritório. — Você vai entrar lá?

— Vou. Eu ia embora para casa, mas acho que vou marcar o ponto com Connie antes de ir.

— Procure não inalar o bafo que sai do estofado e não coma nada que ele esteja cozinhando.

Ele me puxou mais para perto, me beijou e murmurou duas inovações que ia acrescentar à massagem nas costas.

Connie estava no computador, Lula sentada numa cadeira e Mooner no sofá, trabalhando num aplicativo em seu celular, quando entrei no trailer.

— Não me sai da cabeça que há algum significado no fato de terem enterrado Lou em propriedade do escritório de fiança — eu disse para Connie.

— Também tenho pensado nisso — disse Connie. — Mas não encontro uma ligação.

— E Vinnie? Ele tinha alguma transação com Dugan?

— Vinnie era freguês habitual do bar das tetas antes de Lucille prendê-lo na coleira com enforcador, mas nunca achei que Vinnie e Dugan fossem amigos, nem parceiros nos negócios.

— Harry?

— Não sei do Harry — disse Connie. — Ele em geral é o sócio silencioso por aqui. Arruma o dinheiro para o genro continuar empregado e gerando lucro, mas não se interessa pelo negócio.

— Quem sabe, Vinnie abriu uma conta no bar das tetas e não quis pagar, por isso apagou Lou Dugan e o enterrou no seu quintal — disse Lula.

— Serviria como explicação para mim — disse Connie —, mas não consigo ver Vinnie cavando um buraco desse tamanho para plantar Dugan. Não tem muito músculo naquele corpo de fuinha. E Vinnie não deixaria o anel no dedo de Dugan.

— Os assassinos podiam ser alienígenas seguindo as ordens da nave-mãe — disse Mooner. — Poderiam talvez querer usar uma sonda anal. E sabem, o anel pode não ter valor algum em outro sistema solar.

Ficamos olhando para Mooner boquiabertas por um tempo.

— Você tem de comer menos brownies — Lula disse para Mooner.

Connie fez uma careta e atraiu a atenção de Mooner para mim.

— Como foi lá com Merlin Brown?

— Nós o encontramos, mas depois o perdemos — eu disse. — Não faz mal. Tenho uma pista. Só preciso dar uns telefonemas.

Há dois hospitais em Trenton, o Helene Fuld e o St. Frances. Eu estava apostando que Merlin tinha ido de carro para um deles para costurar o pé. Sendo este o caso, ainda devia estar esperando, dependendo de quanto sangrava, ou então estava com algum médico. Liguei primeiro para o Helene Fuld e pedi para falar com Merlin. Não tinha admitido ninguém com aquele nome e não havia paciente algum com o dedo do pé amputado.

Connie ficou ouvindo.

– Dedo amputado? – ela perguntou, arqueando as sobrancelhas.

– Nem queira saber – disse para ela.

– Ahn – disse Lula, de braços cruzados no peito. – Ele disse que eu era gorda.

– Tem razão – disse Connie –, melhor não saber. Havia testemunhas?

Balancei a cabeça.

– Não.

Liguei em seguida para o St. Frances e pedi para falar com Jenny Christo. Estudei com Jenny no ensino médio e agora ela era enfermeira da emergência de lá.

– Não – ela disse –, não há ninguém aqui chamado Merlin Brown. E ninguém com o pé ensanguentado.

– E aí? – Lula perguntou quando eu desliguei.

– Ele não esteve em hospital algum. Deve ter ido para alguma clínica ou médico particular.

Uma pena, porque, se tivesse ido para um dos hospitais, eu poderia pegá-lo quando recebesse alta e saísse.

A porta do trailer se abriu e Vinnie tropeçou num degrau.

– Caramba, por que não acendem as luzes? – disse ele. – Estou me sentindo como uma maldita toupeira.

– Todas as luzes estão acesas – Connie lhe disse. – Você atualizou a fiança do Ziggy?

– Atualizei. Aquele cara é doido de pedra. Ele disse para o juiz que é um vampiro.

– O que o juiz disse?

– Disse que está pouco se lixando se ele é Winston Churchill ou o Mickey Mouse, que é melhor ele comparecer à audiência no tribunal na próxima vez.

Meu telefone vibrou e o número dos meus pais apareceu na tela.

— Sua mãe pediu para eu ligar para saber se você quer vir jantar aqui hoje, porque ela está fazendo bolo de carne e arroz-doce — disse vovó. — Não é todo dia que ela faz arroz-doce.

Eu *adorava* o arroz-doce da minha mãe.

— Claro. Jantar aí vai ser ótimo.

Era uma opção muito melhor do que a festa de aniversário do tio Rocco, e eu ainda veria Joe depois do jantar.

NOVE

Troquei o top vermelho e a calça jeans por um suéter decotado azul, uma saia preta curta e salto agulha. Morelli só queria que eu usasse o top vermelho porque não tinha visto o suéter azul. Com este suéter, eu ficava com os seios bem à mostra no decote sensual. Bem, tive uma pequena ajuda de um sutiã, mas era sensual do mesmo jeito. Penteei meu cabelo com cachos longos, soltos e ondas, e acrescentei rímel nos cílios. Estava no modo programa noturno. Ia comer bolo de carne, arroz-doce, receber uma massagem nas costas e depois provavelmente ficaria nua. *Shazaam.* A vida podia ser melhor?

Dei uma última espiada no espelho do banheiro. Sim, na verdade, a vida podia melhorar. A espinha no meio da testa podia desaparecer. Tinha tentado disfarçar com maquiagem e não funcionou. Só restava uma coisa. Franja. Separei uma parte do cabelo, peguei a tesoura, cortei e pronto. Um minuto com a chapinha. Virei a franja para um lado. Um pouco de fixador. Adeus espinha.

Meus pais jantam às seis da tarde. Pontualmente. Se as bundas de todos não estiverem nas cadeiras exatamente às seis e o jantar atrasar cinco minutos, minha mãe declara a refeição arruinada. O ensopado fica seco, o molho, gelado, o feijão, cozido demais. Tudo parece perfeitamente saboroso para mim, mas o que entendo do assunto? Minha maior conquista na cozinha é sanduíche de pasta de amendoim com azeitona.

Cheguei às dez para as seis, disse oi para meu pai na sala de estar e parei diante da mesa de jantar, a caminho da cozinha. A mesa estava posta para cinco pessoas. Minha mãe, meu pai, minha avó, eu... e mais uma pessoa. Soube imediatamente nas minhas entranhas que tinha sido ludibriada.

– Por que tem um lugar a mais na mesa? – perguntei a minha mãe. – Quem você convidou?

Ela estava ao lado da pia, inclinada sobre uma panela fumegante, concentrada, amassando batatas cozidas, com os lábios apertados.

– Convidamos aquele jovem simpático, Dave Brewer, que deu o golpe em todas aquelas pessoas para tomar suas casas – disse vovó, tirando o bolo de carne do forno.

– Ele não deu o golpe em ninguém – disse minha mãe. – Foi armação o que fizeram com ele.

Vi o arroz-doce num pote na mesa da cozinha e calculei a distância até a porta. Se fosse bem rápida, provavelmente conseguiria fugir com o doce antes de a minha mãe me segurar.

– Tem alguma coisa diferente em você – disse vovó. – Você está de franja.

Minha mãe desviou o olhar das batatas.

– Você nunca usou franja – ela me examinou um segundo. – Gostei. Realça seus olhos.

A campainha tocou e minha mãe e minha avó se empertigaram.

– Alguém atenda a porta – gritou meu pai.

Meu pai levava o lixo para fora, lavava o carro e fazia qualquer coisa relacionada ao encanamento, mas não abria a porta. Não estava na lista dele da divisão de tarefas.

– Estou com as mãos cheias de bolo de carne – disse vovó.

Dei um suspiro.

– Eu abro.

Se Dave Brewer fosse horrível demais, eu podia deixá-lo entrar e seguir em frente, para o meu carro. Que se danasse o arroz-doce.

Abri a porta e dei um passo para trás. Brewer era um cara simpático, com muito menos cabelo do que eu lembrava. O corpo atlético que tinha no ensino médio estava arredondado no meio, completo contraste com Morelli e Ranger, que pareciam ficar mais em forma à medida que envelheciam. Ele era meia cabeça mais alto do que eu. Os olhos azuis tinham aquelas rugas laterais de tanto franzir com o sol. O que restava do cabelo louro claro estava cortado bem curto. Ele usava uma calça preta e uma camisa social azul aberta no pescoço.

– Stephanie? – ele perguntou.
– Sim.
– Isso é constrangedor.
– Saiba que não foi ideia minha. Eu tenho namorado.
– Morelli.
– Isso mesmo.
– Eu não me meteria com ele – disse Brewer.

Senti minhas sobrancelhas subindo um pouco.

– Mas você está de volta?
– Estou morando provisoriamente com a minha mãe – ele disse. – Ela me convenceu a vir.

Que coisa, pensei, o coitado estava pior do que eu.

Faltando um minuto para as seis, a comida foi posta na mesa e meu pai se levantou da cadeira e foi para a sala de jantar. Ele se aposentou cedo no correio e agora é motorista de táxi de meio expediente. Tem dois passageiros habituais que leva para a estação de trem cinco dias por semana, e depois pega os amigos e vão para o Sons of Italy jogar cartas. Ele tem 1,80m de altura e é atarracado. Tem testa grande e, além dela, uma linha de cabelo preto encaracolado. Não usa jeans, prefere calça social e camisas polo da coleção de Tony Soprano da JCPenney. Suporta minha avó com o que parece uma resignação mal-humorada e surdez seletiva, embora eu desconfie que alimenta fantasias assassinas.

Sentei-me ao lado de Dave, com vovó na nossa frente.

– Que coisa boa – disse vovó. – Não é todo dia que temos um belo jovem à mesa.

Meu pai encheu a boca e resmungou alguma coisa parecida com *droga de vida*. Era difícil dizer com o bolo de carne rolando em sua boca.

– O que você está fazendo aqui em Trenton? – perguntou vovó.

– Trabalho para o tio Harry.

Harry Brewer era dono de uma firma de mudanças e depósito de móveis.

– Quando saí da minha casa depois do divórcio, usei a Mudanças Brewer.

– Está fazendo mudanças? – perguntou vovó.

– Não. Faço estimativa de custo e trabalho geral de escritório. Minha prima Francie costumava fazer isso, mas teve uma discussão com meu tio, largou o emprego e nunca mais voltou. Vim dar uma ajuda.

Vovó fez um barulho de chupar com a dentadura.

– Ninguém mais soube dela?

– Não que eu saiba.

– Como Lou Dugan – disse vovó.

Eu sabia a história de Francie, e não foi exatamente como Lou Dugan. O namorado de Francie também tinha desaparecido, e quando Francie saiu furiosa do escritório, ela levou quase cinco mil dólares da caixinha. A teoria que circulava era que Francie e o namorado estavam em Las Vegas.

– Quem quer vinho? – perguntou minha mãe. – Temos uma bela garrafa de tinto na mesa.

Vovó se serviu e passou a garrafa para Dave.

– Aposto que você e Stephanie têm muita coisa em comum, já que foram colegas no colégio.

– Nada – retruquei. – Absolutamente nada.
Dave parou o garfo a meio caminho da boca.
– Deve haver alguma coisa.
– O quê? – perguntei.
– Algum amigo ou amiga comum.
– Acho que não.
– Você jogava bola e ela era da torcida – disse vovó. – Vocês devem ter estado no campo juntos.
– Não – eu disse. – Nós entrávamos no intervalo e eles estavam no vestiário.
Ele se virou e olhou para mim.
– Agora me lembrei de você. Você jogou o bastão onde estavam os trombones quando tocavam "The Star-Spangled Banner".
– Não foi culpa minha. Estava frio e meus dedos congelaram. E se você rir disso, eu te espeto com o garfo.
– Ela é durona – vovó disse para Dave. – É caçadora de recompensa e atira nas pessoas.
– Eu não atiro nas pessoas. Quase nunca.
– Mostre sua arma para ele – disse vovó.
Pus uma colherada de purê de batata no meu prato.
– Tenho certeza de que ele não quer ver a minha arma. De qualquer modo, não estou com ela aqui.
– Ela tem só uma pequena – disse vovó. – A minha é maior. Quer *ver*?
Minha mãe serviu o segundo copo de vinho para ela e meu pai apertou tanto a faca que ficou com as articulações da mão brancas.
– Talvez mais tarde – disse Dave.
– Você *não* devia ter uma arma – minha mãe disse a minha avó.
– Ah, é. Esqueci. Tudo bem, eu dei a arma – vovó disse para Dave. – Mas é uma beleza.
– E você? – perguntou meu pai para Dave. – Tem uma arma?

Dave balançou a cabeça.

– Não, eu não preciso de arma.

– Não confio em um homem que não tem uma arma – disse meu pai, semicerrando os olhos para Dave, com uma garfada do bolo de carne a meio caminho da boca.

– Não costumo concordar com o meu genro – disse vovó –, mas nisso ele tem razão.

– Você tem uma arma? – Dave perguntou para meu pai.

– Já tive – respondeu meu pai. – Precisei me desfazer dela quando Edna mudou para cá. Tentação demais.

Minha mãe bebeu todo o vinho do copo.

– Alguém quer mais batata? – perguntou.

– Quero outro pedaço do bolo de carne – disse Dave.

– Para o bolo de carne ficar bom tem de botar bastante ketchup na mistura – disse vovó. – É o nosso ingrediente secreto.

– Não vou esquecer – disse Dave. – Gosto de cozinhar. Gostaria de fazer um curso de culinária, mas no momento não posso pagar.

Meu pai parou de mastigar um segundo e balançou a cabeça quase imperceptivelmente, como se aquilo concluísse sua avaliação de Dave Brewer.

– E você? – Dave me perguntou. – Gosta de cozinhar?

Pergunta interessante. Ele não perguntou se eu *sabia* cozinhar. Essa resposta era fácil. Não. Claro que eu não sabia cozinhar. Fazia a maior bagunça com qualquer coisa além de um sanduíche. Mas ele tinha perguntado se eu *gostava* de cozinhar. Essa era uma pergunta mais complicada. Eu não sabia se gostava ou não de cozinhar. Tinha sempre alguém cozinhando para mim. Minha mãe, a mãe de Morelli, a empregada de Ranger e um monte de profissionais em delicatessens, pizzarias, supermercados, lojas de sanduíches e lanchonetes.

– Eu não sei se gostaria de cozinhar – respondi. – Nunca tive por que tentar. Não fiquei casada tempo suficiente para tirar os adesivos do fundo das panelas.

– E depois o apartamento dela foi bombardeado e o livro de receitas pegou fogo – disse vovó. – Foi um baita incêndio.

– Que pena – disse Dave. – Cozinhar pode ser divertido. E comemos o que fazemos.

Não tinha certeza se eu queria comer qualquer coisa feita por mim.

– Temos de andar logo com esse jantar – disse vovó. – Mildred Brimmer está lá na funerária Stiva e não quero perder nada. Todos vão falar de Lou Dugan e eu serei a estrela da noite porque Stephanie estava onde o encontraram.

Dave se virou para mim.

– É verdade? Soube que o encontraram enterrado no terreno da firma de fiança.

– Isso mesmo. O cara da escavadeira desenterrou uma das mãos e parte de um braço. Eu não estava lá quando exumaram o resto do corpo.

– Ouvi dizer que o reconheceram pelo anel – comentou Dave.

Fiz que sim com a cabeça.

– Foi Morelli que viu. Tenho certeza de que vão examinar melhor para ter certeza.

– Essa é a parte boa de morar no Burgo – comentou vovó. – Tem sempre alguma coisa interessante acontecendo.

Terminamos o jantar em tempo recorde, para vovó poder ir para o velório. Ninguém derramou vinho nem botou fogo na toalha da mesa derrubando a vela acesa. A conversa foi meio embaraçosa porque houve muitas referências não tão sutis sobre Dave e eu formando um casal, mas eu já tinha passado por coisa muito pior.

– Desculpe o trabalho de cupido – eu disse para Dave quando o levei até a porta no fim do jantar.

– No fim do jantar eu já estava quase convencido de que éramos noivos – ele olhou fixamente para o meu decote. – E estava começando a me animar com a ideia.

Ele me deu um beijo educado no rosto.

– Talvez a gente possa ser amigos. Posso te ensinar a cozinhar.

– Claro. Cozinhar seria ótimo.

DEZ

Cinco minutos depois eu estava no meu carro. Com uma sacola de sobras do jantar no banco de trás e vovó sentada ao meu lado no banco do carona. Dei umas voltas no Burgo para chegar à funerária de Stiva.

– Dave não é tão ruim assim – disse vovó. – Nem se compara com uns e outros que sua mãe arrastava para casa para te conhecer. Lembra-se do açougueiro?

Um tremor involuntário percorreu minha coluna só de lembrar.

– E acho que é muito bom Dave saber cozinhar – disse vovó –, pode ser prático para uma mulher de sorte.

Olhei de lado para minha avó.

– Ora, podia ser pior – ela disse. – Não vejo você fazer muito progresso de casamento com o que já tem no anzol.

– Não sei se quero me casar.

– Não seja boba – disse vovó. – É claro que quer se casar. Ou vai querer levar o lixo para fora o resto da vida? E os bebezinhos?

– *Bebezinhos?*

– Claro. Não quer filhos?

O fato era que eu estava bem satisfeita com um hamster.

– Um dia, talvez – respondi.

Deixei vovó na casa funerária e voltei para o meu apartamento. Avistei o SUV verde de Morelli estacionado na minha vaga e parei ao lado dele. Ele não estava no carro e vi que as luzes estavam acesas na minha sala. Devia estar lá dentro. Ele tinha a chave.

Peguei o elevador, segui pelo corredor e Morelli e seu cachorro, Bob, me receberam à porta. Bob tinha adotado Morelli havia algum tempo. Bob é grande, ruivo e descabelado, e come absolutamente *tudo*.

– Vi você parando na vaga – ele disse. – Bela vista aqui de cima.

Difícil saber se ele se referia a mim ou à sacola com as sobras do jantar que eu carregava.

– Como conseguiu escapar do aniversário do tio Rocco tão cedo?
– Inventei uma chamada de trabalho.

Ele pegou a sacola, pôs no balcão da cozinha e estendeu os braços para mim.

– Você está muito sexy esta noite. Quase caí da janela vendo você atravessar o estacionamento.

– Tem certeza de que não foi porque eu estava carregando a sobremesa? Eu podia dividir meu doce com você.

Morelli me abraçou e me apertou junto a ele.
– Mais tarde.
– Quer beber alguma coisa?
Ele me beijou de leve nos lábios.
– Mais tarde.
– Então o que quer fazer?
– Para começo de conversa, quero tirar essa sua blusa. E depois quero ver você tirar essa sainha.
– E o sapato? – perguntei.
– Fique com ele.
Ai, ai.
– Isso é safadeza.

Morelli deslizou a mão por dentro do meu suéter. Seus olhos estavam negros, com as pupilas dilatadas, e a boca macia só insinuando um sorriso.

– Docinho, estou me sentindo bem mais do que safado. Vamos ter de trancar Bob fora do quarto para não corromper aquela mente impressionável.

Cinco minutos depois eu estava só de sapato e Morelli com menos ainda. Morelli costuma ser brincalhão nas preliminares. Quando passamos desta etapa para a ação mais séria, Morelli faz amor com uma paixão que é difícil de esquecer. Eu estava deitada de costas na cama e Morelli passava os dedos no lado interno da minha coxa. Agarrei o lençol e meus olhos deviam ter rolado, só prevendo o que vinha depois.

– Gosta disso? – ele perguntou.

– Sssssim – eu disse ofegante, com todos os músculos do corpo retesados.

Morelli beijou alguns centímetros abaixo do meu umbigo.

– Vai ficar melhor ainda.

ONZE

Era manhã de terça-feira e Lula concentrava toda a sua atenção em mim.
– Então, deixa ver se eu entendi – ela disse. – Pelo sorriso bobo na sua cara e como não está andando direito, eu diria que passou a noite com Morelli.

O ônibus da firma de agentes de fiança continuava estacionado na Hamilton, e Lula e Connie estavam lá. Vinnie e Mooner não. Eu estava no sofá segurando um café enorme da Starbucks.
– É ele – eu disse. – Sem sombra de dúvida.
– Sim, mas você não deu chance para mais ninguém ainda. Pode existir coisa melhor. Você já está julgando as receitas e ainda não provou os bolos de todos.
– Acho que não sobreviveria a qualquer coisa melhor.
– Estou meio desapontada – disse Lula. – Estava louca para saber das comparações.

Não que eu fosse *contar* para ela a comparação, mas entendia a vontade de saber.
– Como foi seu programa ontem à noite? – perguntei.
– Foi um fiasco. Fomos ao cinema e ele dormiu, e as pessoas ficaram reclamando porque roncava. Então apareceu o gerente e pediu que saíssemos. E ele não quis sair sem ter o dinheiro de volta, só que não entendi a importância disso, já que passou o filme todo dormindo e não parecia interessado no fim. O gerente chamou a polícia e foi aí que eu saí de lá. Não quero me envolver com um homem que ronca daquele jeito. Foi como me sentar ao

lado de um trem de carga. Mas foi uma pena, porque eu estava toda arrumada com o meu boá.

Espiei pela janela do ônibus e vi que a fita da cena do crime ainda estava lá e dois homens de roupa cáqui e casaco de nylon da CSI no meio do terreno.

– O que está acontecendo aí fora? – perguntei para Connie.

– Não sei. Eles cercaram tudo e estão investigando. Acho que querem ter certeza de que não há mais corpos. Ou talvez estejam coletando provas. Morelli estava aqui quando cheguei para trabalhar e depois saiu.

– Ele parecia feliz? – perguntei.

– Não especialmente. Estava com a cara de trabalho dele. Junto com Terry Gilman. Conversaram alguns minutos com os caras da CSI e depois foram embora.

Tive a sensação de que apertavam o ar para fora dos meus pulmões. Terry Gilman era loura e linda, e, de tempos em tempos, eu desconfiava que Morelli se bandeava para o lado dela. Terry Gilman também tinha contatos com a máfia, mas não se sabia direito como eram esses contatos.

– Acho que Gilman era parente de Lou Dugan – disse Connie. – Prima em segundo grau, alguma coisa assim. E tenho certeza de que trabalhou para ele uma vez.

Lula estava com o nariz colado na janela.

– Vou dizer uma coisa, se um desses caras da CSI descobrir outro corpo, vou para casa e não volto mais.

– Não tem mesmo nada para você arquivar aqui – disse Connie. – Nós não temos arquivos e não temos muitas pastas de casos. O negócio está indo pelo ralo.

– Vocês continuam me pagando, não é? Porque tenho obrigações financeiras. Tenho um crediário de uma bolsa que ainda estou pagando.

Vinnie ligou e Connie botou a ligação no viva-voz.

— Estou no tribunal e preciso que alguém venha pegar uma encomenda — disse Vinnie.
— Que tipo de encomenda?
— Uma encomenda *grande*. Não cabe no meu carro. Mooner tem de trazer o ônibus para cá.
— Mooner está num festival de cinema de *O Senhor dos Anéis* que vai durar o dia inteiro.
— Então arrume outra pessoa para dirigir o maldito ônibus.
— Quem? — Connie lhe perguntou.
— Qualquer um! Não pode ser difícil, se Mooner consegue. Tragam o ônibus para cá. Não tenho o dia inteiro para ficar de bobeira na frente do tribunal.
— Ora, eu dirijo o ônibus — disse Lula. — Sempre quis dirigir um ônibus.

Eu sempre quis voar, mas nem por isso consigo fazer isso sem asas.

— Não é necessário fazer aulas e tirar uma carteira especial para dirigir um ônibus?

Lula já estava indo para o banco do motorista.

— Na minha opinião, esse aqui é um veículo recreacional e ninguém precisa de nada especial para dirigi-lo.

Ela se sentou na frente da direção e olhou em volta.

— Vejamos o que temos aqui. Acelerador. Freio. O bagulho para mudar a marcha. E a chave está na ignição. Vai ser mamão com açúcar.

— Esse ônibus tem seguro? — perguntei para Connie.

Connie estava ocupada guardando o laptop e um monte de pastas numa sacola.

Vou me mudar para o café ao lado do hospital. Eles têm Wi-Fi, o cheiro é mais gostoso, não é sempre meia-noite e não se move.

Lula engrenou a marcha.

— Todo mundo amarrado aí?

Connie passou por mim indo para a porta.

– *Não* passe de vinte quilômetros por hora – ela disse para Lula. – *Não* bata em nada. E não me chame se *bater* em alguma coisa.

Peguei minha bolsa e segui Connie.

– Ei – Lula me chamou. – Aonde vocês vão? Nós somos parceiras. E todas aquelas vezes que eu protegi sua retaguarda? Agora estou aqui numa grande aventura dirigindo um ônibus, e como podem pensar em não curtir isso junto comigo? Onde foi parar o companheirismo? Essa experiência pode criar laços profundos.

– Não acho que seja uma boa ideia.

– Claro que é uma boa ideia. Trate de sentar o seu rabo magricela aí. Vai ser divertido. Eu vou ser uma boa motorista de ônibus. Posso até resolver ser motorista profissional.

Lula engrenou a marcha, pisou no acelerador e deu marcha a ré em cima do furgão da CSI.

– Ouviu um barulho estranho? – ela perguntou.

– É, ouvi o barulho de você dando marcha a ré em cima do furgão da cena do crime.

– Foi só uma encostadinha. Vou avançar um pouco.

Ela mudou de marcha e se afastou do meio-fio.

– Essa coisa não tem muito torque.

Os caras da CSI ficaram nos olhando boquiabertos e de olhos arregalados. Espiei pelo espelho lateral e vi que estávamos rebocando o furgão.

– Só preciso acelerar um pouco – disse Lula.

Ela pisou no acelerador, o ônibus se soltou do furgão e deu um solavanco para a frente, deixando o para-choque do carro no meio da rua.

– Talvez seja melhor parar – sugeri.

– Nada disso. Agora estou pegando o jeito.

Lula seguiu pela Hamilton, raspando em uma porção de carros estacionados.

– Caramba – eu disse. – Você acabou de arrancar mais dois para-choques e um retrovisor.

– Acho que isso é mais largo do que eu pensava. Não tem problema, é só fazer uma correção de curso.

Ela virou à direita para sair da Hamilton, passou em cima da calçada e arrancou uma caixa do correio.

– Hum... propriedade federal – eu disse.

– As pessoas hoje em dia não usam mais caixas de correio, de qualquer forma. É tudo eletrônico. Quando foi a última vez que você botou um selo em alguma coisa? Lembra quando tínhamos de *lamber* os selos? Era nojento.

Olhei para trás à procura da polícia.

– Nós deixamos cenas de vários crimes lá atrás.

– É, mas não grandes crimes. Nem contam. Podíamos enviar esses crimes pelo correio, só que não usamos mais o correio. Mas, se *enviássemos* cartas, seria assim que cuidaríamos disso.

Lula foi pela rua Perry e avistou Vinnie em frente ao tribunal.

– O que é aquilo ao lado do Vinnie? Achei que ele tinha dito que era uma encomenda. Aquilo não é encomenda alguma. É um cara enorme e peludo, preso com uma coleira. Devo estar vendo coisas, mas juro que parece um urso.

Para mim também parecia um urso. Era grande, marrom e usava uma coleira vermelha com uma gravata-borboleta.

Vinnie levou o urso para o ônibus e abriu a porta.

– Perdão – disse Lula –, mas isso aí parece um urso.

– É Bruce, o urso bailarino – disse Vinnie. – Paguei a fiança do dono dele e isso foi a única coisa que o cara tinha como garantia.

– E o que você pretende fazer com esse urso? Porque é melhor não inventar de levar este animal no meu ônibus. Não permito ursos no meu ônibus.

– Para começo de conversa, esse ônibus não é seu.
– É sim, quando estou dirigindo. Quem você está vendo sentada no banco do motorista?
– Vejo uma funcionária desempregada – disse Vinnie. – Levante o rabo aí desse banco. Eu vou dirigir o ônibus.
– Se me mandar embora, a Connie vai ficar furiosa com você. E faça o favor de dirigir o ônibus. De qualquer forma, estava cansada de dirigir isso. Não é justo.

Lula e eu nos esprememos na porta, passamos por Vinnie e pelo urso, e eles entraram.

Lula olhou para trás, para o ônibus.

– Preciso de uma carona.

Alguém rosnou. Acho que foi o Vinnie.

– Entre – disse Vinnie para Lula –, mas não esprema o urso. – Vinnie olhou para mim. – E você? Precisa de uma carona?

– Não. Tudo bem.

Eu não estava à vontade tendo de dividir um ônibus com um urso, com ou sem gravata-borboleta. Vi a porta fechar e acenei para Lula quando o ônibus partiu.

DOZE

Fiquei lá perdida na frente do tribunal e pensei nas minhas opções. Podia ligar para o meu pai. Podia ligar para Morelli. Podia chamar um táxi. Estava com o celular na mão quando um Porsche 911 Turbo preto parou ao meu lado. O vidro escuro da janela foi aberto e Ranger olhou para mim através de óculos escuros.

– Amor.

Amor era toda uma conversa para Ranger. Dependia da inflexão da voz para ter vários significados. Naquele momento achei que significava *que surpresa boa encontrá-la assim*.

Eu me sentei no banco do carona e Ranger se debruçou e me beijou logo abaixo da orelha. Era um beijo de oi. Nada sério. Se eu quisesse que ficasse sério, bastava sorrir.

Quando conheci Ranger, ele trabalhava caçando recompensas e o endereço dele era um terreno baldio. Usava o cabelo preso em um rabo de cavalo e a roupa variava entre peças do exército e camiseta preta com calça cargo. Agora ele é um empresário bem-sucedido como um dos donos de uma firma de segurança exclusiva.

O rabo de cavalo e a roupa do exército foram aposentados e Ranger mudou para um apartamento pequeno, mas de luxo, no último andar do prédio comercial Rangeman. Ele costuma usar o uniforme do Rangeman, camiseta preta, calça cargo, um casaco de nylon Rangeman, mas o armário dele também tem ternos pretos perfeitos e camisas sociais. Hoje, ele estava de uniforme.

– Está aqui combatendo o crime? – perguntei.

– Tinha de pegar o relatório da polícia sobre um roubo. E você?

— Vinnie veio tratar de negócios e depois não conseguiu enfiar o urso no carro dele, por isso Lula e eu o pegamos com o ônibus do Mooner.

A expressão de Ranger não mudou. Talvez houvesse um minúsculo movimento no canto da boca, indicando que se divertia.

— E você não quis voltar no ônibus?

— Era um urso muito grande. Você tem tempo para me levar até o meu carro? — perguntei.

— Tenho, mas vou cobrar.

Arqueei as sobrancelhas um pouco.

— Estamos falando de sexo?

Ranger abaixou os óculos e olhou para mim.

— Isso eu não preciso negociar, amor.

— Então o que é?

— Gostaria que visse o sistema de segurança de uma conta nova. Sei como desenhar o sistema para segurança máxima, mas você vê melhor do que eu os elementos que as mulheres acham desconfortáveis.

— Claro, será um prazer verificar para você.

— Estou ocupado o resto do dia. Talvez amanhã depois das quatro.

O ônibus de Mooner estava parado no lugar habitual na avenida Hamilton. Um carro da polícia, o furgão do médico-legista, o SUV de Morelli e mais a van da CSI sem o para-choque estavam todos estacionados na frente do escritório móvel.

Ranger parou o Porsche atrás do ônibus e o deixou em ponto morto.

— Esse terreno está com mais tráfego do que o aterro.

— Você tem alguma teoria sobre Lou Dugan?

– Ele era um cara interessante. Ativo nas questões da comunidade, estava metido em um sem-número de negócios escusos, tinha uma mulher que se transformou em zumbi e o filho no último ano de residência no Johns Hopkins.
– Você andou investigando.
– Não tem um prédio aqui, mas eu ainda forneço meus serviços de segurança. Não consegui encontrar nada que indicasse uma conexão entre Dugan e qualquer um associado à firma de agentes de fiança. Isso quer dizer que não há ligação entre o assassino e o escritório da firma.
Olhei para o ônibus que estava balançando de um lado para outro. Devia ser o urso dançando.
– Quer ver um urso bailarino? – perguntei para Ranger.
– É tentador, mas não posso.
Desci do carro, acenei para me despedir de Ranger, passei pela fita da cena do crime e juntei-me a Morelli. Ele estava a poucos metros de uma pequena flâmula vermelha enfiada na terra. O médico-legista, os caras da CSI e Morelli estavam vendo dois homens tirando terra com enxadas e pás. Espiando lá de dentro do buraco havia uma mancha do que poderia ter sido um terno cinza misturado com terra e coisas que eu nem queria pensar.
– Isso não está nada bom – eu disse para Morelli.
– Tem mais um corpo lá. Obviamente enterrado depois do incêndio, caso contrário o prédio estaria em cima da cova.
– Alguma ideia de quem é?
– Terry me disse que Bobby Lucarelli, advogado de Dugan, desapareceu mais ou menos na mesma época em que Dugan. Ele faz parte da minha breve lista.
Fiz força para não usar minha voz louca de ciúmes.
– Terry?
– Terry Gilman. Lou Dugan era tio dela, e ela trabalhou para ele há cerca de dois anos. Cuidando da contabilidade dele.

— Aposto que sim.
— É, é difícil saber em que a Terry trabalha. Não que eu me importe agora. Ela está colaborando com a investigação.
— Aposto que sim.
Morelli deu um largo sorriso para mim.
— Está com ciúme?
— Não confio nela.
— E quanto a mim? Confia em mim?
Passei a pergunta na minha cabeça.
— E então? — Morelli perguntou.
— Estou pensando.
Morelli deu um suspiro.
— Cuidado aí com essa pá — gritou o médico-legista para um dos homens. — Não quero que esse cara entre no saco em um milhão de pedaços.
Uma onda de náusea se apoderou do meu estômago.
— Vou dar o fora daqui — eu disse. — Nos vemos à noite?
— Sim, mas vou chegar tarde. — Ele me deu um beijo rápido. — Não me espere para jantar.

TREZE

O carro de Lula não estava mais lá, nem o de Connie. Deviam estar no café. O ônibus tinha parado de balançar, de modo que eu imaginei que o urso devia ter comido Vinnie, ou então estavam os dois tirando uma soneca. De qualquer forma, não queria me envolver.

Fui de carro até o café ali pertinho e parei atrás do Firebird de Lula. A cafeteria ficava na frente do hospital, do outro lado da rua, e tinha o design de uma Starbucks clássica, só que não era Starbucks. Dois sofás de couro e uma mesa de centro diante de uma das janelas da frente e um monte de pequenas mesinhas de bistrô enchiam o espaço da outra janela e iam até a lateral da loja. Duas mulheres com a roupa do centro cirúrgico estavam no balcão, pedindo café com leite. Um cara de cabelo encaracolado estava navegado na internet em seu laptop em uma das mesas, e Lula e Connie tinham ocupado os sofás.

– Como foi a volta com o urso? – perguntei para Lula.

– Como urso, ele até que é bem-educado – disse Lula. – Não rosnou para mim nem nada parecido, mas não quero estar por perto quando ele tiver de fazer as necessidades.

– Tenho informação nova sobre Merlin Brown – disse Connie. – Botei ele no sistema e apareceu um cunhado. Lionel Cracker. Mora no mesmo complexo residencial de Merlin e trabalha numa delicatessen na Stark. É a um quarteirão de distância na terra de ninguém, perto da funerária Green.

– Eu sei onde é – disse Lula. – Eu costumava frequentar essa delicatessen quando era prostituta e ficava no bairro. Eles têm o melhor cachorro-quente com chili que existe. Posso comer esses cachorros-quentes com chili até vomitar. Se formos pegar esse cara agora, posso comer cachorro-quente no almoço.

Passei pelo estacionamento de Brown e procurei o carro dele. Não o vi e liguei para o telefone fixo da casa dele. Ninguém atendeu.

– Aposto que saiu para almoçar – disse Lula. – Aposto que está comendo com o cunhado.

Em geral, quando estacionamos o carro na rua Stark e não ficamos de olho, pelo menos parcialmente, ou totalmente, terá desaparecido ao voltarmos. Se eu tivesse um Cadillac Escalade preto, um Mercedes SLS AMG, ou um Porsche 911 Turbo, ninguém encostaria no meu carro com medo de eu estar no topo da cadeia alimentar das gangues e, nesse caso, roubar meu carro seria sentença de morte.

Como eu dirigia um Ford Escort de merda que tinha visto melhores dias, fiz questão de estacionar diretamente na frente da delicatessen.

– Vou pedir um cachorro-quente com chili, um cachorro-quente com repolho e um com molho barbecue – disse Lula. – E talvez batatas fritas onduladas com queijo para arrematar, para consumir algum legume e laticínio. Resolvi que vou aprimorar minha dieta equilibrando a merda nas minhas refeições. Aposto que já tenho todos os grupos de alimentos na refeição que estou planejando.

– Cracker pode não ser muito simpático conosco se souber que arrancamos o mindinho do cunhado dele com um tiro, por isso temos de ter calma.

– Tudo bem. Posso ficar calma. O que você quer?

– Eu quero um cachorro-quente. De qualquer tipo está bom.

A delicatessen era pequena. Só tinha serviço para viagem. Dois jovens magricelas e desajeitados com camisetas da loja estavam parados diante do balcão, esperando os pedidos. Dois homens de camisetas com manchas de suor e de comida trabalhavam na cozinha. Os dois cozinheiros pareciam pesar algo próximo de 150kg. Salsichas borbulhavam no fogão e a gordura escorria nas paredes, vinda da fritadeira.

Parei na porta, fiquei vigiando meu carro, Lula entrou e foi para o balcão.

– Quero um chili, um repolho, um barbecue e batata ondulada com queijo extra. E minha amiga quer um chili. Qual dos dois é Lionel Cracker?

Um dos homens tirou quatro salsichas da água e olhou para Lula.

– Quem quer saber?

– Eu quero saber – disse Lula. – Quem você acha que poderia ser?

– Eu te conheço?

– É que conheço o seu cunhado Merlin. Ele disse que você trabalha aqui.

Cracker botou quatro pães de cachorro-quente na mesa e deixou as salsichas caírem em cima.

– O que mais ele disse?

– Só isso. Eu era amiga do Merlin e não o vejo há tempos e queria saber dele.

– Ele deve dinheiro para você, certo? O que você é, da agência de coleta? Serviços humanitários?

– Nós só viemos pegar uns cachorros-quentes, e eu queria saber do Merlin.

Cracker passou mostarda clara em todas as salsichas.

– Dá para perceber que você está mentindo. Conheço a linguagem corporal, e você é uma grande e gorda mentirosa.

— Para começo de conversa, eu sou só a melhor mentirosa que você já viu na vida. Se estou mentindo, você nunca vai saber. E além disso, você me chamou de gorda? Porque é melhor não ter me chamado de gorda. Especialmente porque você é um monte enorme e horroroso de banha.

— Isso é cruel — disse Cracker. — Pode se despedir desses cachorros-quentes. Não sirvo cachorro-quente para lixo gordo, malvado e velho.

Lula debruçou no balcão para encará-lo.

— Por mim, tudo bem porque não quero seus cachorros-quentes nojentos, mas não levo desaforo para casa.

— Ah, é? Então beije o meu rabo.

E Cracker abaixou a calça para ela.

Lula pegou o tubo de mostarda e acertou Cracker com duas esguichadas da mostarda. Cracker pegou um punhado de chili e jogou em Lula. E depois disso ficou difícil dizer quem jogou o que em quem. Salsichas, pães, salada de repolho, picles, ketchup, molho, tudo voando no ar. Lula rebatia tudo com a bolsa e eu tentava puxá-la pela porta.

— Me solta — disse Lula. — Ainda não acabei com ele.

Cracker se abaixou atrás do balcão e subiu com um revólver.

— Agora acabei — disse Lula.

Saímos em disparada, pulamos no Escort e eu pisei fundo, me afastando do meio-fio.

Avancei um quarteirão e saí da rua Stark.

— Você precisa maneirar com essa coisa de gorda — eu disse para Lula. — Não pode andar por aí atirando nas pessoas porque te chamam de gorda.

— Só atirei em um cara. O segundo foi só mostarda — Lula limpou um pouco de chili que tinha grudado em sua blusa. — Nós acabamos não almoçando. Onde quer almoçar?

– Vou almoçar em casa, para poder tomar um banho e trocar de roupa. Estou com a sensação de que estive rolando dentro da caçamba de lixo da Giovichinni.

Lula abaixou o vidro da janela dela.

– Uma de nós está fedendo a repolho. Acho que é você. Parece que está com um pote inteiro em cima. Grudou no seu cabelo.

Pensei com os meus botões: não pense nem um segundo que isso é obra da Bella. A espinha e o repolho são coincidências. A maldição é um monte de mentiras. Repita comigo. *A maldição é um monte de mentiras.*

CATORZE

Quando saí do meu apartamento eram três horas. De cabelo limpo e cheirando só um pouco a repolho. Usava meu uniforme de sempre, calça jeans e camiseta. E meu plano era parar na Giovichinni, pedir um sanduíche para o almoço e pegar uma lasanha para o jantar.

Passei pelo ônibus de Mooner a caminho da loja. O trailer parecia bem normal. Nem sinal de que havia um urso lá dentro. O furgão do médico-legista não estava mais lá. Morelli e alguns policiais fardados estavam parados no meio do terreno, acompanhando o trabalho da retroescavadeira. Achei que tudo isso significava que o corpo já tinha sido removido e que estavam enchendo a cova de terra.

Parei o carro e fui falar com Morelli.

— Era o advogado?

— Provavelmente sim, mas não pudemos fazer uma identificação precisa.

— Nenhuma joia reconhecível?

— Um relógio caro. Não tinha aliança. Nem carteira. — Morelli chegou mais perto. — Você está com cheiro de repolho.

— Isso me deixa menos desejável?

— Não. Dá vontade de comer um cachorro-quente.

— Você acha que esse é o último corpo enterrado aqui?

— Os caras da CSI examinaram todo o terreno e só encontraram mais esse aqui.

– Por que você acha que os dois corpos foram enterrados em pontos diferentes?

– Devem ter sido enterrados em momentos diferentes. Estamos apostando que ele usou a retroescavadeira que estava aqui para remover o entulho e que cavava no lugar em que tinha deixado a retroescavadeira.

– Ainda não tem ligação com o escritório de agentes de fiança?

Morelli balançou a cabeça.

– Não. Mas vou verificar alguma correspondência e registros financeiros com Terry hoje à noite. Pode surgir alguma coisa.

Terry de novo. *Ãhn*. Tapa mental na cabeça.

Morelli deu um largo sorriso para mim.

– Você é uma gracinha.

– O que é agora?

– Toda vez que falo da Terry você fica vesga.

Ele passou o braço pela minha cintura e me beijou logo acima da orelha.

– Ainda bem que eu gosto de repolho – ele disse.

Passei direto pelo ônibus de Mooner e fui para a Giovichinni. Pedi um sanduíche de peru e estava no meio de uma decisão crítica sobre o jantar quando vovó Mazur ligou.

– Vamos fazer lasanha hoje à noite – ela disse. – É uma receita especial. E teremos bolo de chocolate de sobremesa. Sua mãe quer saber se você quer vir jantar conosco.

Olhei para o pedaço de lasanha na vitrine da Giovichinni e achei sem graça.

– Claro que sim. Reserve um lugar na mesa para mim.

Levei meu sanduíche de peru para a cafeteria e me sentei na área das janelas com Lula e Connie.

– Encontraram outro corpo na propriedade do escritório – eu disse. – Morelli acha que pode ser do Bobby Lucarelli, advogado do Dugan.

– Eu sabia que ele estava desaparecido – disse Connie. – Ele era advogado de Vinnie também. Vinnie o usava para algumas transações de propriedades.

Meu telefone vibrou com uma mensagem de texto de Dave. TENHO UMA SURPRESA PARA VOCÊ.

Ele devia ter boas intenções, mas eu já tinha surpresas demais na vida. Estava sentada de costas para a janela e senti uma sombra passar por mim. Virei-me para ver o que tinha formado a sombra e peguei Bella parada lá fora, olhando para dentro. Ela pôs o dedo no olho, meneou a cabeça e sorriu para mim.

– Minha nossa – murmurou Connie.

Lula fez um gesto de *vá embora* para Bella.

– Xô!

Bella olhou furiosa para Lula, deu meia-volta e foi andando pela rua.

– Está sentindo alguma coisa diferente? – Connie me perguntou. – Acabou de sentir a hemorroida? Está ficando cheia de urticária?

– Eu não acredito em maldição – disse para ela.

– Que bom – disse Lula. – Continue pensando assim. Você vai ficar bem. Acha que ela se ofendeu por eu ter dito xô para ela? Talvez não devesse ter feito isso. Já estou com um chupão de vampiro. Não preciso de mais merda esquisita do sobrenatural.

Connie olhou para o celular dela.

– Vinnie acaba de enviar uma mensagem de texto dizendo que o urso está com fome. Alguém tem de ir pegar nuggets de frango.

– Acho que eu posso ir – disse Lula –, mas não entendo essa coisa toda do urso.

Connie deu para Lula um bolo de notas.

– Foi uma fiança alta, e aparentemente o urso vale um dinheirão. Faz parte de algum circo russo que se apresenta em Las Vegas. Acho que o dono dele ficou meio bêbado e atirou num atendente de bar porque não o atendia. De qualquer modo, Vinnie ficou com o urso porque o caso está marcado para ser julgado na sexta-feira. Rápida movimentação de grana.

– E quantos baldes de nuggets o urso vai querer? – perguntou Lula.

– Traga quatro baldes extragrandes – disse Connie. – Sem repolho, mas pode ser que ele goste dos biscoitos.

Fui com Lula porque não tinha nada melhor para fazer e queria roubar um biscoito. Lula foi pela Hamilton, entrou no estacionamento do Cluck-in-a-Bucket e parou o carro.

– Não vou pedir tudo isso no drive-thru – disse Lula. – Eles sempre servem menos frango por lá. E não dão os biscoitos frescos e quentes. Só os malditos biscoitos velhos.

Desci do Firebird, espiei através da grande vitrine da Cluck-in-a-Bucket e vi Merlin Brown parado na fila, esperando seu pedido.

– Está vendo o que eu estou vendo? – perguntou Lula. – Estou vendo Merlin Brown pegar dois sacos de frango. Ele deve ter uma arma e vai querer acertar as contas comigo. E mesmo que não tenha uma arma, olhe só para ele. É enorme e muito provavelmente não está mais com aquela ereção, pode ser que corra rápido e me agarre, para arrancar os meus mindinhos. Além disso, acabei de sair da pedicure.

– Precisamos de um plano.

– É, pena que não temos uma rede grande. Podíamos pegá-lo se tivéssemos uma bem grande. Exceto isto, não tenho mais nenhuma ideia.

Merlin passou pela porta e pude ver que o seu pé estava totalmente enrolado em um enorme curativo branco e que ele mancava.

– Vamos pegá-lo! – eu disse para Lula.
– O quê? Como?
– Vamos derrubá-lo. Temos o elemento surpresa. Derrubamos ele no chão e eu ponho as algemas.
– Parece maldade, ele com o dedo arrancado com um tiro e tudo. Acho melhor esperar ele se sentir melhor... em abril, por exemplo.
Dei um empurrão em Lula.
– Agora!
Lula e eu corremos para Merlin, e Lula abanava os braços e gritava.
– *G-a-a-a-a-a!*
Merlin nos viu chegando e ficou imóvel. Tinha um saco com frango em cada mão e uma expressão de total incredulidade no rosto. Lula foi por baixo e o atingiu nos joelhos. Eu corri para cima dele direto e bati meu ombro no peito dele. E Merlin nem se mexeu. Foi como trombar com uma parede de tijolos.
Merlin nos espanou para longe e abriu a porta do seu carro.
– Essas vadias malucas – disse ele.
E foi embora.
Lula se levantou do chão.
– Isso foi uma humilhação.
– O que foi aquela abanação de braços e a gritaria?
– Estava tentando assustá-lo. Fazem isso nos filmes quando a furiosa horda de vândalos invade o castelo.
Nós entramos, compramos nosso frango e os biscoitos e voltamos para o Firebird. Comi um biscoito e Lula dois pedaços de frango, retornamos para o ônibus de Mooner.
– Você entra lá e entrega o frango – eu disse para Lula. – Espero no carro.
– Não quer dizer oi para Bruce?
– Não.

— Para um urso, ele é bem simpático.
— Acredito na sua palavra.
Lula levou os baldes de frango e os sacos de biscoito para o ônibus. Ouvi um rosnado alto e um grito agudo, Lula pulou fora do ônibus e voou para o banco do motorista do seu Firebird.
— Estão todos bem lá dentro? — perguntei.
— Bruce estava com fome e esqueceu a educação que lhe deram.

QUINZE

Lula e Connie saíram da cafeteria um pouco antes das cinco e eu fui de carro para a casa dos meus pais. Estacionei, entrei e fiquei um tempo no pequeno hall de entrada curtindo o cheiro de bolo de chocolate recém-saído do forno.

Eu devia aprender a fazer bolo de chocolate, pensei. Devia sair e comprar formas de bolo e uma caixa de mistura para bolo. Não podia ser muito difícil. E aí o meu apartamento ia ficar com um perfume delicioso. E seria divertido fazer um bolo. E talvez não consiga me comprometer com Morelli porque não sei cozinhar. Tudo bem, isso foi meio forçado, mas não tenho pensado em nada melhor.

Meu pai estava dormindo na frente da televisão. Ouvi minha avó e minha mãe na cozinha. E ouvi uma voz de homem entremeando a conversa delas.

– Eu gosto de cobertura de caramelo – disse ele.

Eu tinha caído na cilada de novo. Era Dave Brewer.

Vovó botou a cabeça na porta da cozinha.

– Pensei ter ouvido você entrar. Olhe quem está aqui. É Dave, e ele está cozinhando conosco. E é bom nisso.

– Surpresa – disse Dave.

Ele usava uma camisa de malha branca tipo polo e calça jeans sob um avental de chef de cozinha vermelho.

– Bem na hora – disse vovó. – Estamos pondo a cobertura do bolo.

Isso não é surpresa alguma, pensei. É uma emboscada. Levei um minuto para me acalmar e fazer uns ajustes de humor. Dois minutos antes pensava em fazer um bolo. Lá estava minha oportunidade. O bolo esfriava num rack de arame e Dave estava no meio da receita da cobertura.

Espiei dentro do pote com a cobertura.

– Chocolate.

– Não é só chocolate – disse Dave. – Essa é minha cobertura especial de chocolate e café. Parece cremosa, mas endurece como calda.

– Ele comprou salsichas no Frankie açougueiro e fez o molho bolonhês para a lasanha – disse vovó. – E trouxe queijo italiano para ralar. Pena que você não chegou mais cedo. Acabamos de botar a lasanha no forno.

– Nossa, desculpem eu ter perdido essa – eu disse, procurando parecer animada, mas me sentindo *nem um pouco* animada. Além de não estar nada satisfeita de ter Dave infiltrado daquela maneira sorrateira, não gostei de vê-lo assumindo a cozinha da minha mãe. Não gostei de saber que ele tinha feito o próprio molho e ralado seu bom queijo italiano. Mas o fato é que minha mãe parecia satisfeita de ter alguém para preparar a comida para ela.

Dave derramou café na mistura da cobertura, gostou da consistência e a espalhou sobre as camadas do bolo. Fazia parecer fácil, mas eu já tinha tentado isso no passado e não foi glória alguma para mim.

Ele pegou um pouco da cobertura na ponta do dedo e o estendeu para mim.

– Quer experimentar?

Muito bem. Eu sei que ele era capitão do time de futebol e que sabe fazer bolo. Nem por isso estava pronta para chupar o dedo dele. Eu era exigente quanto ao que punha na boca.

– Eu espero – disse para ele. – Não quero estragar o meu apetite.

Fui para a sala de jantar e botei a mesa. Pus pratos, facas, garfos, colheres, guardanapos e copos. Fiquei acertando a posição de cada peça e olhei para o meu relógio. Eu estava enrolando. Virei os olhos. Isso é ridículo, pensei. Eu era uma caçadora de recompensas grande e forte. Encarava vampiros e caras com ereção. Certamente podia enfrentar mais uma noite com o Dave Brewer. E se não tivesse dois homens na minha vida, provavelmente ia gostar dessa armação. Provavelmente.

Marchei de volta para a cozinha.

– E agora? – perguntei.

Minha mãe estava à pia, lavando os pratos, bebendo feliz alguma bebida alcoólica de um copo de água. Minha avó cortava tomates.

– Dave está fazendo o tempero de salada original – disse minha avó.

– Não é bem o tempero original – disse Dave. – É azeite e vinagre, mas comprei um azeite com uma infusão de ervas e um vinagre balsâmico envelhecido 25 anos.

– Você vai fazer alguma mulher muito feliz – vovó disse para Dave e revirou os olhos para mim. – Alguma mulher que não saiba cozinhar.

– Eu poderia cozinhar, se quisesse – eu disse.

Dave abriu o selo do vinagre.

– Tenho algumas receitas que são bem rápidas – ele olhou para mim. – Vou imprimi-las e levar para a sua casa.

– Agradeço a oferta, mas no momento não tenho tempo para cozinhar.

E principalmente não quero você no meu apartamento, pensei. Ele parecia um cara perfeitamente normal, mas eu não estava interessada e desconfiava que ele queria mais do que apenas cozinhar.

– Margaret Yaeger ligou e disse que viu o rabecão do médico-legista de novo no terreno em que ficava o escritório dos agentes de fiança – disse vovó.

Eu me servi de vinho tinto e deixei a garrafa no aparador.

– Encontraram outro corpo.

Vovó engoliu ar.

– Tem de haver alguma ligação com a firma de fianças. Talvez Vinnie esteja enterrando pessoas como bico.

– Pode ser apenas um lugar fácil para esconder um corpo – disse Dave.

– Não é exatamente privado – disse vovó. – Tem sempre alguém passando pela avenida Hamilton.

Dave balançou a cabeça.

– Não no meio da noite.

– É, mas qualquer um pode ir para o aterro, e lá nunca tem ninguém.

– Instalaram câmeras de segurança no aterro – disse Dave. – Além do mais, é preciso levar o corpo até o aterro e aí deixa vestígios de DNA na mala do carro. Acho que poderia roubar um carro.

– Vejo que pensou bastante no assunto – eu disse a Dave.

Dave se serviu do vinho.

– Meu primo levou uma multa por jogar lixo tóxico lá. Foi pego em um vídeo. E tudo que eu sei sobre DNA aprendi com CSI. Tenho assistido a muita televisão desde que mudei para casa.

Uma hora depois afastei minha cadeira da mesa e respirei fundo. A lasanha estava muito boa e eu comi demais. E quase tive um orgasmo comendo o bolo. Minha calça jeans estava desconfortavelmente apertada. Minhas ideias, conflitantes. Talvez fossem as três taças de vinho que tinha bebido, mas estava achando que não devia ser tão ruim ter um marido que adorava cozinhar. Ora bolas, eu podia até me envolver. Podia picar as coisas e ele jogaria tudo numa frigideira, ou sei lá onde. E eu podia comprar umas velas e podíamos chamar amigos para jantar.

Botei Ranger nesse cenário e pude vê-lo como especialista na cozinha, já que ele é bom em tudo. Mas não pude vê-lo no jantar. Duas pessoas já são uma baita festa para ele. Morelli seria bom num jantar para convidados, mas queimaria toda a comida se tivesse algum jogo na hora. Dave se encaixava perfeitamente na cozinha *e* no jantar, mas eu não sentia atração alguma por ele. Parecia sem graça comparado com Ranger e Morelli.

Eu estava dormindo no sofá quando Morelli pôs o braço em volta de mim e Bob lambeu meu rosto com sua língua gigantesca.

– O quê? Quem? – eu disse, desorientada, quando acordei.

Morelli clicou os canais na televisão.

– Você deve ter tido um dia duro. São só nove horas.

– Comi demais no jantar. Lasanha e bolo de chocolate na casa dos meus pais. Vou levar dias para digerir.

Olhei para a minha calça jeans. Estava desabotoada e sem esperança de poder fechar.

– Trouxe um pedaço do bolo para casa, para você. Está na cozinha.

Ele me deu um beijo no topo da cabeça, foi até a cozinha e voltou com o bolo. Pôs um pedaço na boca e meneou aprovando.

– Está realmente muito bom.

– É a cobertura.

– É mesmo. Como caramelo.

– Foi Dave Brewer que fez. Ele gosta de cozinhar.

– Acho que perdi alguma coisa. Como conseguiu que Dave Brewer fizesse um bolo para você?

– Minha mãe encontrou a mãe de Dave na Giovichinni e as duas resolveram que eu devia ser namorada dele. Então venho sendo atraída para jantares com ele. Um dos quais, ele preparou.

– E daí?

– E daí, o quê?

Morelli comeu o último pedaço do bolo.

– Você vai ser namorada dele?
– Não. Ele faz um bolo incrível, mas eu prefiro você.
– Só verificando. É bom saber que não tenho de dar uma surra nele.
– Você não pode bater nele de jeito algum. O nosso relacionamento é para ser aberto, certo? Você e Dave eram amigos na escola?
– Ele era um ano mais novo do que eu e com um mundo de distância. Eu era o ferrado de má reputação e ele, o herói do futebol. Ele namorava Julie Barkalowski, a rainha dos pompons.
– E você? Você *saiu* alguma vez com Julie Barkalowski?
– Eu *saí* com todas as meninas daquela escola. Eu era obcecado por sexo naquela época.
– E agora?
Morelli largou o prato e me abraçou.
– Agora eu sou *o seu* obcecado por sexo.
– Que sorte a minha.
Ele desligou a televisão, enfiou as mãos por baixo da minha camiseta e me beijou. Minutos depois estávamos na cama, nus, e Morelli estava dando uma demonstração das várias facetas da minha sorte. Ele sabia como fazer eu me sentir a *mais* sortuda das mulheres, e bem quando eu estava pertíssimo de bater na base e marcar um ponto, uma visão de Dave Brewer de avental despontou na minha cabeça e acabou com a minha concentração.
– Droga! – eu disse entre os dentes.
Morelli levantou a cabeça e olhou para mim.
– Algum problema?
– Perdi a concentração.
– Problema algum. Começo tudo de novo. De qualquer modo, preciso queimar o bolo de chocolate.

DEZESSEIS

Na manhã seguinte eu me arrastei para a loja de café e pedi um grande, com cafeína extra. Connie e Lula já estavam trabalhando duro, instaladas na área da janela. Lula atacava a oferta gigante do dia e Connie tuitava no laptop.

Lula olhou para mim espantada.

– Parece que você foi atropelada por um caminhão.

Eu me sentei no sofá.

– Noite agitada. Não conseguia tirar Dave Brewer da cabeça. Foi como se ele estivesse me assombrando.

– Você está entupida de homens – disse Lula. – Está com os hormônios confusos.

– Não me sinto confusa. O que sinto mesmo é cansaço.

– Espero que não esteja cansada *demais* – disse Connie. – Ziggy violou a condicional ontem à noite e você tem de trazê-lo de volta.

– O que ele fez?

– Ele atacou Myra Milner no bingo. Ele disse que só queria um chamego, mas usou os dentes e deixou dois furos nela. Acho que ele tem uma tara pelas damas. De qualquer modo, ela registrou queixa. Ele fugiu bem antes da polícia chegar ao salão do bingo.

– Myra Milner tem 82 anos de idade – eu disse para Connie. – Que diabos ele estava pensando?

Connie me deu os papéis com o DIREITO DE APREENSÃO.

– Ele devia estar achando que ela seria presa fácil. Myra disse para a polícia que acabou a bateria do seu aparelho auditivo e que ela não ouviu Ziggy chegando sorrateiramente.

– Não gosto disso – disse Lula. – Eu estive por um triz no último encontro com ele e ainda não sei se me safei dessa história.

Ontem à noite tive um desejo incontrolável de beber um Bloody Mary e de comer um hambúrguer malpassado.

— O Bloody Mary não tem sangue — eu disse para ela.

— Eu sei. Mas é a ideia.

O ônibus de Mooner estacionou no meio-fio, Vinnie desceu e entrou na cafeteria.

— Estamos com um problema — disse Vinnie. — O gênio aqui estava passeando com Bruce, e Bruce escapou.

— Parecia que ele queria fazer cocô — disse Mooner —, mas estava com um problema, como se tivesse de encontrar o lugar certo, e achei que ele talvez precisasse de privacidade. É que nem todo mundo consegue cagar com uma plateia, certo? Então me virei de costas um minuto e, quando olhei, ele tinha sumido.

Nós todos ficamos completamente imóveis, absorvendo o fato de que havia um urso enorme solto no Burgo.

— Estamos dando voltas por aqui mas não conseguimos encontrá-lo — disse Vinnie. — Vocês precisam nos ajudar a procurar.

Um homem sentado a uma mesa na área diante de outra janela se virou para nós.

— Não pude deixar de ouvir. Eu vi um urso andando pela Hamilton quando estava vindo para cá. Pensei que estava vendo coisas. Um Camry branco parou ao lado do urso, o motorista assobiou e o urso se sentou no banco de trás. E o carro foi embora.

— Descreva o motorista — pediu Vinnie.

— Ele estava dentro do carro, de modo que não pude vê-lo inteiro, mas era caucasiano, cabelo castanho meio comprido. Meia-idade. Acho que tinha um rosto magro. E quando ele falou com o urso não foi em inglês. Acho que pode ter sido em russo.

— Boris — disse Vinnie. — É o Boris Belmen, o idiota dono do urso.

Connie digitou Belmen no computador dela, pegou seu endereço temporário em Trenton e o número do telefone celular.

Vinnie ligou para o celular.

— Quero o meu urso de volta — Vinnie disse para Boris.

Mesmo de onde eu estava sentada, pude ouvir Boris berrando com Vinnie, ao afirmar que Vinnie tinha deixado o urso premiado solto e andando numa rua movimentada, que agora ele ia para Vegas com Bruce e que Vinnie podia se foder. Então Boris desligou e não atendeu mais o telefone.

— Não olhem para mim — disse Lula. — Eu não vou pegar o urso. Ele rosnou para mim até quando eu estava levando o frango para ele. Além disso, ele tem mau hálito.

Botei a tampa no meu copo de café e me levantei.

— Me dá o endereço. Eu vou falar com Belmen.

— Eu não vou — disse Lula. — Esse trabalho está só piorando. Vampiros e ursos e caras enormes com ereção. Tudo bem, talvez eu não me importe tanto com o cara da ereção.

Connie escreveu o endereço de Belmen em um cartão e me entregou.

— Se quiser o arquivo completo, eu tenho de ir imprimir no ônibus.

— Não é necessário. Só preciso disso.

— E depois de encontrar o meu urso, você precisa descobrir quem está enterrando corpos no meu terreno — disse Vinnie. — O negócio já não andava bem antes, e agora acabou de vez. Parece que estamos infectados com a morte.

— Morelli está investigando o caso — eu disse.

— Bem, diga para ele trabalhar mais depressa. Estou morrendo aqui. Vamos quebrar. Mais uma semana disso e Harry vai tirar o dinheiro dele e ficaremos todos na maior merda.

Belmen estava hospedado num hotel barato na zona sul da cidade, a caminho de Bordentown. Parei no estacionamento e entrei na vaga ao lado de um Camry, que berrava que era de aluguel e que tinha baba de urso no vidro da janela lateral. O prédio era um clássico dos anos 1970, dois andares, argamassa cor-de-rosa com arremate branco. Belmen estava na 14ª unidade. Bati na porta e um homem magro de quarenta e poucos anos que combinava com a descrição atendeu. Poucos metros atrás dele, eu vi Bruce sentado na beira da cama.

— Onde está a pizza? — perguntou Belmen, me examinando de alto a baixo.

— Perdão?

— Você não é a entregadora de pizza? Eu pedi pizzas.

— Desculpe. Trabalho para Vincent Plum Agência de Fiança.

— Vinnie é um homem mau — disse Belmen.

Ele chegou para o lado e fez um gesto largo para o urso.

— Mate!

Bruce pulou da cama e correu para cima de mim, de boca aberta, rosnando.

Dei um salto para trás e fechei a porta.

— Minha nossa — eu disse para Belmen de trás da porta. — Eu só quero conversar com você.

— Sobre o quê?

— Tenho de ficar berrando com essa porta fechada?

— Tem.

Dei um suspiro e contei até cinco.

— Sei que está aflito para chegar a Las Vegas, mas você precisa comparecer na data marcada ao tribunal. Se não aparecer, será considerado criminoso e terá mais esse processo contra você. Se comparecer à audiência e explicar o que aconteceu, talvez se safe com pena mínima, já que é primário.

— Não acho que foi minha culpa — ele disse. — Eu nem lembro. Aconteceu tudo muito rápido.

— O atendente do bar disse que você estava bêbado.

– Tinha bebido dois drinques. Talvez estivesse bêbado.

– Prometa que vai comparecer à audiência no tribunal.

– Está bem, eu prometo, mas, se eu for para a cadeia, vocês vão ter de cuidar de Bruce.

– Eu não posso cuidar de Bruce. Não permitem ursos no prédio onde moro.

– Não posso simplesmente abandoná-lo – disse Belmen.

– Vou pensar em alguma coisa. E só por curiosidade mórbida, ele teria me matado?

– Não. Bruce é um gatinho. Ele estava só brincando com você.

É, sei. Eu nunca comprei um juiz antes, mas nesse caso farei tudo que for preciso.

DEZESSETE

Fiquei aliviada ao ver que o ônibus de Mooner não estava mais na frente da cafeteria. Eu não queria encarar Vinnie e ter de explicar para ele que o urso ia ficar com Boris. Vinnie teria opinião diferente. Ele ia começar a fazer um sermão, ia me mandar de volta para pegar o urso. Isso seria um desastre porque, além de eu não ter a menor ideia de como afastar o urso do dono, também não tinha certeza se Vinnie e Mooner eram bons pais de ursos. Preocupava-me que dessem os brownies de Mooner feitos em casa para Bruce e que o urso alucinasse que era um beija-flor ou coisa parecida.

Exceto pela ausência do ônibus, nada mais tinha mudado desde que saí de lá. Lula e Connie continuavam acampadas na janela da loja.

– Ei, amiga – chamou Lula. – Como foi com o urso?

– Tudo bem. Falei com Boris e ele prometeu aparecer ao tribunal na data marcada.

– É, mas e o urso? Onde está ele?

– O urso está com Boris. Tomei uma decisão executiva de deixá-lo lá.

A porta da loja se abriu e Bella entrou.

– Você! – ela disse, apontando o dedo para mim, de olhos semicerrados. – Eu sei o que você faz com o meu neto. Você se aproveita. Ele não fica numa festa de aniversário como um bom menino. Ele procura você para safadeza. Sua *prostituta*. Vou dar um jeito em você para que ele veja. Vordo para você!

Ela abanou a mão para mim, deu um tapa na própria bunda, deu meia-volta e saiu da cafeteria.

– Ela me deixa apavorada – disse Lula. – E você está na maior encrenca. Fez safadeza e agora recebe o vordo.

Olhei para Connie.

– O que é vordo?

– Não faço ideia – disse Connie. – Nunca ouvi falar de vordo.

– Tem de ser algum vodu italiano – disse Lula. – Tipo, se você fosse um cara, faria seu pau cair.

Pendurei a bolsa no ombro.

– Não quero pensar nisso. Vou ver se consigo encontrar Ziggy.

Lula pôs uma sacola de compras em cima da mesa.

– Vou com você. Fui à Giovichinni antes de você chegar e comprei umas coisas para nós.

– Coisas?

Ela tirou duas tranças de alho da sacola e me deu uma.

– Só precisamos usar isso e não teremos mordidas de amor de vampiros.

– Agradeço a lembrança, mas não acho que Ziggy seja um vampiro.

– É, mas não tem certeza, certo?

– Praticamente.

– Praticamente não resolve – disse Lula ao pendurar uma trança no pescoço. – Já estou com um pé no mundo dos mortos-vivos e não vou me arriscar.

Percorri a curta distância entre a cafeteria e a casa de Ziggy e estacionei o carro. Nós duas descemos, tocamos a campainha e esperamos. Ninguém atendeu. Deixei Lula na porta da frente e fui para os fundos. Bati. Nada. Tateei procurando a chave. Não estava lá. Olhei em volta, tentei espiar pelas janelas, mas também não tive sorte. Voltei para a frente da casa e a vizinha de Ziggy apareceu com seu cachorro.

— Estão procurando Ziggy? — ela perguntou. — Porque ele não está em casa. Vi quando ele saiu no meio da noite. Estava acordada com uma azia danada e vi Ziggy sair com uma mala. E o carro dele também não está aqui. Nem me lembro de Ziggy indo a qualquer lugar antes. Ele era muito caseiro — ela olhou bem para Lula. — Isso aí é alho?

— É — respondi. — Lula vai fazer uma marinada esta noite. Está se inspirando mais cedo.

Liguei para Connie e contei de Ziggy.

— Você tem alguma coisa sobre ele? — perguntei. — Alguma ideia de onde ele pode ter ido?

— Vou pesquisar a história da família.

Andei pelo Burgo procurando o Chrysler preto de Ziggy. Depois de rodar quarenta minutos, desisti e voltei para a cafeteria.

— Oa! — disse Lula para Connie. — O que aconteceu com você?

O cabelo de Connie parecia o da mulher selvagem de Bornéu. O batom estava todo manchado e os olhos arregalados, feito louca.

— Por quê? — perguntou Connie. — O que quer dizer?

— Parece que você enfiou o dedo numa tomada e tomou um choque de um monte de volts.

— É o café. Fico sentada o dia inteiro aqui bebendo café. Estou com um tique no olho, o coração palpitando e não consigo relaxar os músculos. Preciso de um escritório diferente.

— Agora que o urso foi embora, você pode voltar para o ônibus — eu disse para ela.

— Para o ônibus, não — retrucou Connie. — Não posso voltar para o ônibus. Todo aquele pelo preto e Mooner cheiram mal.

— Não vai cheirar como Mooner — disse Lula. — O cheiro é de urso.

Connie examinou a cafeteria.

— Aqui não é tão ruim. Eu podia tentar mudar para descafeinado.

Peguei os arquivos de Connie e os guardei na sacola dela.

— Você podia trabalhar em casa.

— Minha mãe está morando comigo — disse Connie. — Enquanto se recupera da cirurgia do quadril. Eu adoro a minha mãe, mas vou cortar o pescoço se tiver de passar mais de vinte minutos com ela. Ela zumbe. Vocês têm ideia do que é morar com alguém que zumbe o dia inteiro?

— Acho que depende... se ela zumbir bem... — disse Lula.

Um músculo saltou no maxilar de Connie e o olho direito tremelicou.

— Não existe zumbir bem. É tudo hummmmm humm hummmm hummm. E só. Porra, é a porra do dia inteiro, porra. *Hummmm.*

— Sinto muito — disse Lula. — Eu não sabia que era um problema. Talvez você precise de um remédio.

Desliguei o laptop.

— Você pode usar o meu apartamento. É silencioso. E tem tudo lá, menos comida.

Instalei Connie na minha mesa de jantar, e Lula e eu partimos para encontrar Merlin Brown. Entrei no estacionamento do prédio dele e vi imediatamente seu carro.

— Acho que é bom encontrá-lo em casa — disse Lula. — Então, por que tenho a sensação de que é ruim?

— Por não termos a menor ideia de como capturá-lo?

— É, pode ser isso.

— Eu vi Ranger fazer capturas. Oitenta por cento de todos os criminosos se rendem ao ver Ranger à porta da casa deles. Não é um homem para se levar na brincadeira. Os outros vinte por cento são imediatamente derrubados e algemados. Ele faz parecer fácil. É triste reconhecer isso, mas não chego nem perto de Ranger. Meus sucessos são resultado de sorte e de perseverança maníaca. E a perseverança maníaca tem mais a ver com o desespero de pagar o aluguel atrasado do que com uma força inata. Mesmo assim costumo completar o trabalho e sou melhor caçadora de recompensas do que era no ano passado.

Parei ao lado de uma van toda quebrada, no lado oposto do estacionamento em que estava o SUV preto de Merlin.

— Ele já nos conhece — eu disse. — E não vai nos deixar entrar no apartamento dele. Vamos ficar aqui e esperar para ver se ele sai para almoçar.

— E aí, fazemos o quê?

— Resolvemos na hora.

— Isso vai ser muito chato — disse Lula. — Ainda bem que tenho um filme no meu celular. E música. E poderia ver a previsão do tempo. Poderia até surfar na internet e encontrar Bobby Flay fazendo um hambúrguer. Estou ligada em cozinha.

— Pensei que você nem tinha cozinha.

— Bem, não tenho, mas estou ligada em *observar* os outros cozinhando.

Ficamos lá quarenta minutos, e ao meio-dia a porta do prédio se abriu e Merlin saiu mancando.

— Tive uma ideia — disse Lula. — Podemos atropelá-lo com o carro.

— Não!

— Caramba, você é uma estraga prazeres. Tem ideia melhor?

— Ele vai sair para almoçar. Vamos segui-lo e esperamos uma boa chance para pegá-lo.

— Não vamos correr para cima dele e tentar derrubá-lo de novo, vamos?

— Essa não seria minha primeira escolha.

Merlin desceu a Stark, virou na direção dos prédios do governo e, depois de um quarteirão, entrou no estacionamento de uma loja de conveniência. Desligou o carro, desceu e foi caminhando com cuidado para a loja, sem jogar o peso no pé enfaixado. Estacionei a uma vaga de distância dele, desci do carro e arrumei meu equipamento. Algemas enfiadas na parte de trás da minha jeans. Spray de pimenta no bolso do meu blusão. Permissão de apreensão no bolso da calça. Arma paralisante na mão.

– Cubra a porta – disse para Lula. – E pelo amor de Deus, não atire nele outra vez.

Era hora do almoço e a loja estava cheia de funcionários do governo se empapuçando de nachos, cachorros-quentes, balas, refrigerantes e cigarros. Merlin entrou na fila dos nachos. Eu me aproximei dele e o homem atrás de Merlin na fila me empurrou com o cotovelo.

– Entre na fila, madame – ele disse.

Merlin olhou para trás, me viu e me reconheceu. Estendi o braço para paralisá-lo, ele afastou o meu braço e a arma voou para longe. Eu tinha o spray de pimenta, mas não podia usar numa loja cheia de burocratas. Quando recuperei a minha arma, Merlin já tinha derrubado Lula e estava no carro dele, queimando pneu, saindo do estacionamento. Senti uma raiva enorme que foi direcionada para o cara que tinha me dado a cotovelada. Fui para o lado dele e, sem querer, dei-lhe um choque com a arma. Ele caiu no chão, molhou a calça e eu me senti muito melhor.

– Isso está ficando realmente velho – disse Lula, já de pé de novo. – O lado bom é que estamos numa loja de conveniência e posso almoçar nachos.

Lula e eu comemos nossos nachos no meu carro e bebemos Slurpees.

– Esse trabalho não é dos piores – disse Lula. – Temos muita liberdade pessoal. Podemos almoçar quando e onde quisermos. E conhecemos um monte de gente interessante. Vampiros e simi-

lares. Eu não quero que eles me chupem, mas fora isso é bem-bom. E já tenho alguma milhagem de ver Merlin Brown pelado.
Comi meu último nacho com queijo e deixei escapar um breve suspiro.

— Você, por outro lado, não parece muito satisfeita — disse Lula.
— Sinto que minha vida não está indo para lugar algum.
— E daí?

Suspirei de novo.

Lula bebeu todo o seu Slurpee.

— Por que tem de estar indo para algum lugar? Esses nachos deviam bastar. E temos empregos significativos. Pegamos os bandidos. Se não fosse por nós, haveria vampiros e todo tipo de merda andando solta por aí.

— Só que o vampiro continua solto.
— É, mas pretendemos pegá-lo.
— E os meus relacionamentos?
— Lá vamos de novo para os relacionamentos — disse Lula. — Eu sabia que íamos chegar a isso. O seu problema é que você se transformou em uma pessoa pessimista. Tem dois homens gostosos na linha e vê isso como uma coisa ruim, mas eu vejo como um grande lance de sorte. Provavelmente poderia ter *três* homens se fizesse um esforço com Dave sei lá de quê.

Olhei para minha calça jeans. Ainda não conseguia abotoá-la.
— E além de tudo estou engordando — comentei.
— Isso não é culpa sua. Puseram um feitiço em você. Bella mandou aquela praga dos furúnculos e tudo. E agora você recebe esse vordo.

Botei meu celular no ouvido e liguei para Connie.
— Deu para você descobrir alguma coisa sobre vordo?
— Não. Mas vou perguntar por aqui.
— Não que eu acredite — eu disse para Lula quando desliguei.

– Claro – disse Lula. – Também não acredito. Seja o que for. Mesmo assim, ainda bem que não tenho isso.

Engrenei a marcha no Escort e levei Lula para a cafeteria, para ela poder pegar seu Firebird.

– O que você vai fazer agora? – ela perguntou.

– Acho que vou para casa.

Tudo bem, acho que estava mesmo me sentindo meio derrotada. E acho que estava meio envergonhada de ter dado o choque paralisante no cara da fila, mas, para ser brutalmente sincera, eu estava contente de não ser eu a molhar a calça.

DEZOITO

Entrei no estacionamento do meu prédio e vi que o ônibus de Mooner estava lá. Quando ofereci o meu apartamento para Connie, não tinha previsto que Vinnie e Mooner iam ficar por perto. Peguei o elevador para o segundo andar, fui pelo corredor e, antes de enfiar a chave na fechadura, senti cheiro de maconha.

Chutei a porta e entrei no meu apartamento. Connie estava à mesa de jantar, trabalhando em seu computador. Vinnie estava escarrapachado no sofá assistindo à televisão. Mooner estava escarrapachado ao lado de Vinnie.

– Quem andou fumando maconha aqui dentro? – berrei. – Nada de *fumo* no meu apartamento. *Principalmente maconha.* Isso aqui é uma zona totalmente livre de drogas.

– Não deixaria ninguém fumar aqui dentro – retrucou Connie. – Fiz os dois saírem para fumar.

– É – disse Mooner. – Nós tivemos de fumar no corredor.

Senti minhas sobrancelhas subirem até a raiz do cabelo.

– Vocês fumaram maconha no corredor? Estão ficando loucos? Isso é a *maior grosseria.* É ilegal. É insalubre. É fedido. É irresponsável. É inaceitável!

Estava na metade da minha ladainha quando a televisão atraiu a minha atenção. Duas mulheres com peitos enormes tentavam fazer sexo com um macaco e um homenzinho fantasiado de hobbit.

– Que diabo é isso que vocês estão assistindo? Não é pay-per-view, é?

– É ótimo que você tenha televisão a cabo – disse Mooner. – Não dá para assistir a filmes com essa qualidade na televisão aberta. Tudo bem, pode custar uma grana, mas cara, tem filmes de hobbits. Isso é muito raro.

O hobbit estava com os documentos para fora e era difícil saber se ele se interessava pelas mulheres ou pelo macaco. Eu não estava preocupada com a orientação sexual do hobbit. O que me preocupava era que aquilo ia para a minha conta. Além de ter de pagar por isso, ia ser domínio público que eu comprava pornografia de hobbit. Alguém no departamento de cobrança da empresa ia saber.

Tirei o controle remoto de Vinnie, desliguei a televisão e apontei para a porta.

– Fora!

– Tenho mesmo de me encontrar com o empreiteiro – disse Vinnie e se levantou do sofá. – Eles vão retirar a fita da cena do crime esta noite e podemos voltar a trabalhar no escritório amanhã.

Ele parou na porta.

– Onde está o meu urso?

Joguei um amendoim na gaiola do Rex.

– Estou cuidando disso.

Rex saiu correndo do esconderijo na lata de sopa, enfiou o amendoim na boca e voltou para a lata.

Mooner abriu a porta para Vinnie.

– Cara, podíamos botar televisão por satélite no ônibus Moon.

– É, e podíamos assaltar um banco para pagar – disse Vinnie.

– Não! – berrei no corredor depois que eles saíram. – Não diga isso para Mooner. Ele vai fazer!

– Pelo menos alguém vai trazer dinheiro para a firma – disse Vinnie.

Fechei a porta e a tranquei e fui falar com Connie na sala de jantar.

– Você não acha que eles roubariam um banco, acha?

Connie deu de ombros.

— Tudo é possível, mas Vinnie estaria mais inclinado a sequestrar um caminhão.

— Chegou alguma novidade?

— Não. Está tudo muito lento.

Tirei uma soneca, e quando acordei passava um pouco das cinco, e Connie estava arrumando as coisas para ir embora.

— Nos vemos amanhã — ela disse. — Tem algum programa divertido para hoje à noite?

— Vou ajudar Ranger numa conta nova.

— Boa ideia ter dormido um pouco.

— É trabalho.

Connie pendurou a sacola no ombro.

— Vi o jeito que ele olha para você. Como se você fosse o almoço.

Peguei meu blusão e minha bolsa e fui com Connie até o estacionamento. A Rangeman ficava numa rua tranquila, no centro da cidade. Peguei a Hamilton e cortei caminho pelo bairro de Morelli. O SUV estava na frente da casa dele, parei logo atrás. Morelli tinha herdado a casa de uma tia e desde então se tornado surpreendentemente domesticado. Ainda há um pouco do animal selvagem nele e não tem pote de biscoito em casa, mas é melhor do que eu na hora de abastecer a geladeira e às vezes abaixa a tampa da privada.

Ele estava pondo a ração de Bob num pote quando eu entrei na cozinha. Bob fez sua dança de felicidade quando me viu, rodopiou e mergulhou na ração quando Morelli botou o pote no chão.

— O que houve? — perguntou Morelli.

— Só passei aqui para dar um oi. Estou indo para a Rangeman. Ranger pediu para eu verificar um sistema de segurança.

— Fora do expediente?

— Nunca é fora do expediente na Rangeman.

A Rangeman tinha um serviço de segurança altamente especializado e, diferentemente da maior parte das firmas de segurança, eles monitoravam suas contas de uma estação de monitoramento no prédio Rangeman, que funcionava 24 horas por dia e sete dias por semana. Muitos homens alugavam pequenos apartamentos funcionais ali mesmo.

– Alguma novidade sobre os corpos da firma de fiança? – perguntei para Morelli.

Bob tinha devorado a comida e estava empurrando o pote pelo chão. Morelli pegou o pote e o botou na pia.

– Nada extraordinário. Identificação positiva dos dois. Dugan e o advogado dele, Bobby Lucarelli. Nenhuma surpresa. Enterrados lá com a diferença de uma semana a dois dias entre um e outro.

– Dugan e Lucarelli estavam envolvidos em alguma encrenca muito grande.

– Sem dúvida – disse Morelli. – A questão é qual atividade criminosa matou os dois. Dugan tinha uma lista enorme de atividades criminosas.

Eu estava tendo dificuldade para me concentrar nas atividades de Dugan porque observava que Morelli estava inusitadamente atraente, de jeans, meia esportiva e uma camiseta para fora da calça. E com uma bela sombra de barba de cinco horas da tarde. Despi Morelli mentalmente, visualizei demoradamente as partes críticas e a temperatura do meu corpo subiu uns dois graus.

Morelli me deu um sorriso de orelha a orelha.

– Docinho, esse sorriso é *muito* sacana.

Olhei para os pés dele.

– São as meias. Muito sexy.

– Vou ficar com elas na próxima vez. Do jeito que está meu horário, a próxima vez deve ser no mês que vem. Esses assassinatos da firma de fiança estão chamando a atenção. Tenho de ir a uma coletiva de imprensa hoje à noite, às sete. Depois da coletiva, tenho uma reunião com o prefeito.

— Uau, o prefeito!

— Sou um dos muitos que vão estar lá, e não o mais importante. Sou bucha de canhão. Alguém para jogar embaixo do ônibus, se for necessário.

— Legal.

— É. Pelo menos, Terry Gilman vai estar lá. Dessa vez, eu vou pegar um lugar melhor.

Dei um soco no peito dele, um beijo e saí.

DEZENOVE

A Rangeman tem estacionamento subterrâneo para os veículos particulares e os da frota deles, todos pretos e imaculados. Todos equipados com GPS. Ranger tem uma vaga no fundo da garagem, diretamente na frente do elevador. Os carros dele também são pretos e imaculados. Ele tem quatro vagas e atualmente três veículos. Um Porsche 911 Turbo, um Ford F150 chapa fria e um Porsche Cayenne. Parei meu Escort amassado e imundo na quarta vaga.

Entrei no elevador, acenei para a câmera escondida e fui para o quinto andar. Todos os cantos da Rangeman são monitorados, com a exceção dos banheiros do saguão no térreo, dos apartamentos particulares dos funcionários e do apartamento de Ranger no sétimo andar. O quinto andar é onde fica o comando central da Rangeman. A estação de monitoramento é lá, além da sala de Ranger. A porta do elevador se abriu no quinto andar, Ranger entrou e apertou o botão do sétimo.

— O projeto está lá em cima — ele disse. — Achei que podíamos examinar enquanto jantamos. Tenho certeza de que Ella deixou o suficiente para dois.

Ella e o marido administram o prédio Rangeman, e Ella administra Ranger pessoalmente. Mantém o apartamento dele limpíssimo, cuida com perfeição da roupa dele, providencia duas refeições por dia e procura humanizar o espaço que, sem ela, seria estéril. Ranger não é homem de botar fotos da família na mesa de centro.

O elevador abriu num pequeno vestíbulo com piso de mármore e uma porta. Ranger abriu a porta com um controle remoto e eu entrei no apartamento dele. Tinha sido decorado por profissional, com pouca ajuda de Ranger, mas era a cara dele. Tranquilo, sem ser enervante. E masculino, mas não impositivo. A mobília era contemporânea e confortável, com linhas simples. O padrão de cores era todo em tons de terra. As peças estofadas eram creme com toques chocolate. A madeira era escura e lustrosa. A iluminação era discreta. A porta da frente dava para um pequeno hall com um quadro indefinido de um lado e um aparador de cerejeira do outro. Ella punha flores frescas no aparador ao lado de uma bandeja de prata com a correspondência do dia e uma outra bandeja para as chaves.

Ranger deixou as chaves na bandeja, folheou a correspondência e a devolveu à bandeja sem abrir nada. Nas muitas vezes em que estive naquele apartamento, nunca peguei Ranger olhando para o quadro. Desconfiava que ele nem sabia que estava lá.

O hall dava para uma sala de estar com sala de jantar e uma pequena cozinha de última geração à direita, sem paredes. Os eletrodomésticos eram de aço inox; as bancadas, de granito preto; a louça, branca; os copos, de cristal. Ranger vivia bem, não por vontade própria, mas de Ella, que tinha deixado uma generosa salada de espinafre na bancada, pães num forno elétrico e um ensopado no fogão. Botei o pão e o ensopado na bancada ao lado da salada e Ranger abriu uma garrafa de pinot noir. Fizemos nossos pratos e fomos para a mesa de jantar.

Passei manteiga em um pãozinho.

– Fale do sistema de segurança.

– Casa grande. Três mil e seiscentos metros quadrados. Cliente rico e com ambições políticas, com uma segunda mulher jovem. Duas filhas adolescentes e um filho também adolescente do primeiro casamento. Ele quer segurança máxima. Os adolescentes não querem segurança alguma. Não tenho certeza do que a mulher quer.

– Então a segurança não pode ser intrusiva.
– Não pode ser intrusiva, e mais do que isso: não deve ficar em lugares que uma mulher reprovaria.
– Como uma câmera no banheiro.
Ranger fez que sim com a cabeça.
– Tenho as fotografias e as plantas preliminares. Você pode dar uma olhada nelas depois.
– Se você empregasse uma mulher, não ia precisar de mim, assim.
– Se conseguisse encontrar uma mulher com as qualificações certas, eu a contrataria. Enquanto isso, é você.
– Você pediu ajuda de Ella para isso?
– Pedi. Ela achou que o meu cliente escolheu mal o equipamento da cozinha. E mudaria a cor do carpete no quarto principal.

As fotos estavam empilhadas na ponta da mesa. Acabei de comer e dei uma espiada nelas. Cheguei às fotos do quarto e fiz uma careta.

– Ella tem razão sobre o tapete no quarto.

Ranger tirou os pratos e estendeu a planta da casa na mesa. Ele ficou atrás de mim, debruçado sobre o meu ombro, apontando para as câmeras de segurança.

– Toda porta externa está sob vigilância, e há câmeras montadas no telhado que filmam o jardim e a entrada de carros. As janelas são de vidro anti-impacto, mas só mantêm a casa segura se estiverem fechadas e devidamente trancadas. Com três adolescentes numa casa desse tamanho, é provável que haja quebras da segurança. Meu cliente gostaria de ter mais câmeras internas, mas fico preocupado de pegar as filhas dele escapando de calcinha à meia-noite para comer alguma coisa na cozinha.

– Muito sensível da sua parte.

– Sensibilidade não tem muito a ver com isso. É um processo certo se uma daquelas crianças achar que seu direito à privacidade foi violado. Não quero que acusem o meu técnico de espionar uma garota de 13 anos.

— O vídeo passa direto no monitor da sua estação de monitoramento?

— Não. É feita a gravação de certo período de tempo, depois reciclada, mas o técnico pode ter acesso a ela se fizer uma ordem de serviço. O cliente também pode ter os locais que escolher à sua disposição para monitoramento.

Eu procurava me concentrar no sistema de segurança, mas já estava meio zonza com o vinho. Ranger estava perto e queria que estivesse mais perto. Ele estava quente e exalava um perfume fraquinho de algo tremendamente excitante.

— Querida?

O rosto dele a poucos centímetros do meu.

— Hummm?

— Está ouvindo?

— Estou.

Não.

Meu relacionamento com Ranger é bem definido. Nós dois reconhecemos o desejo que existe entre nós. Ranger deixou claro que tirará proveito de qualquer abertura que eu dê. E eu batalhava para manter minhas aberturas fechadas. Minha posição tinha mais a ver com autopreservação do que lealdade a Morelli. Morelli preferia não se comprometer, e eu concordava. Talvez isso mude algum dia, mas, por enquanto, temos um acerto bem confortável de trabalho. Minha combinação com Ranger não é tão confortável. Na melhor das hipóteses, é frustrante e chega a vias de ser assustadora, na pior. Ranger vive de acordo com regras próprias de conduta. Ele é um cara honrado... só que não pelos padrões normais.

— O que eu acabei de dizer? — ele perguntou.

E os cantos da boca dele quase sorriram.

Cheguei um pouco mais para perto.

– Adoro o seu cheiro. É doce e cítrico e limpo e *muito* sexy.

Meus lábios encostaram acidentalmente na orelha dele quando disse isso e acho que devo ter dado um suspiro.

Ele me levantou da cadeira, me puxou e me beijou. Os lábios dele macios nos meus, as mãos firmes nas minhas costas, as línguas se tocaram, um calor se espalhou em mim e foi direto para a minha xoxota.

Ranger é bom em tudo, mas é *extraordinário* fazendo amor. Ele sabe quando deve ir devagar, quando deve ser gentil, quando deve parar de ser gentil e, o melhor de tudo... Ranger sabe instintivamente quando atinge o alvo.

Ele enfiou as mãos dentro da minha blusa e as passou nos meus seios. Senti a ereção dele contra o meu corpo, sua boca na minha orelha, a respiração quente no meu pescoço. Ele tirou a minha blusa, depois o sutiã. E voltou para a minha boca. Os beijos foram ficando mais quentes e mais profundos. Então, abaixou minha calça, me segurou pela cintura e a descartou. Fomos da sala de jantar para o quarto, os dois nus. Ele passava as mãos em todo o meu corpo. E a boca seguia as mãos.

Tive um leve pressentimento de que isso não seria uma boa ideia, mas foi excluído imediatamente, afastado do meu cérebro por saber que eu estava prestes a sentir o pai de todos os orgasmos.

Quando terminamos, ele me fez rolar para cima dele e botou o cobertor em cima de nós dois. Adormeci e acordei com o meu celular tocando ao longe, na sala de jantar.

– Deixe tocar – disse Ranger, passando os lábios na minha têmpora.

Olhei para o relógio na mesa de cabeceira. Quase nove horas.

– Pode ser importante.

– Como o quê?

– Minha avó pode ter tido um ataque do coração. Ou um incêndio no meu apartamento.

– Querida, nada disso vai acontecer.

– Você não pode ter certeza. Meu apartamento pega fogo muitas vezes.

O telefone tocou pela segunda vez, eu escapei dos braços dele, peguei sua camiseta do chão, a vesti e fui para a sala de jantar pegar o celular.

A mensagem era de Connie, dizendo para eu ligar de volta. Apertei o redial e olhei para a camiseta de Ranger. Ainda tinha o cheiro dele e me provocava pequenas pontadas de desejo que se misturavam com nacos de culpa. Morelli e eu não tínhamos compromisso, mas isso não me impedia de sentir aquela culpa.

– Descobri o que é vordo – disse Connie. – Minha tia Pauline veio visitar minha mãe, e ela sabia o que era. É uma daquelas velhas maldições do campo. Faz com que você fique com tesão. Se quiser se vingar do seu vizinho, ponha vordo na filha dele, que ela se tornará uma puta. Talvez seja melhor você se trancar no seu apartamento até o vordo passar, senão pode acabar atacando os caras na rua. E fique longe de Ranger.

– Tarde demais para isso.

– Ai, meu Deus. Onde você está?

– Rangeman.

– Quero detalhes. Eu quero saber de *tudo*.

– Nada faria justiça – eu disse para Connie. – Não existem palavras para descrever onde eu estive agora.

Desliguei e voltei para o quarto. A iluminação era suave e Ranger estava nu, recostado na cama, à minha espera. Fiz uma lenta varredura do seu corpo perfeito.

– Não é minha culpa – eu disse. – É o vordo.

VINTE

O telefone de Ranger na mesa de cabeceira tocou às sete e meia na manhã seguinte. Estávamos num emaranhado de lençóis suados esperando a nossa pressão sanguínea baixar para um nível menor de carícias, tendo, minutos antes, produzido paixão de alta qualidade.

Ele estendeu o braço por cima de mim, atendeu o telefone e ficou escutando alguns segundos. Desligou e se levantou.

– Era Tank. Alguém desovou outro corpo no terreno de Vinnie. Dessa vez nem se deu ao trabalho de enterrar.

– Vocês já identificaram?

– Ainda não. Acabou de sair a notícia na frequência da polícia. Vou tomar uma chuveirada rápida e descer. Depois que encontraram o segundo corpo, eu instalei câmeras no prédio vizinho. Então, com um pouco de sorte, teremos a imagem do assassino. Tank mandou um técnico para pegar as imagens.

Tank é o segundo comando de Ranger. É o cara que protege a retaguarda de Ranger e não precisa de descrição porque seu nome já diz tudo.

Sentei-me na cama.

– Posso dar uma olhada também?

– Claro. Desça quando quiser.

Tomei banho e vesti a roupa da véspera. Prendi o cabelo em um rabo de cavalo, desci pela escada para o quinto andar e parei na pequena cozinha e refeitório onde Ella preparava café da manhã completo todos os dias. Cereais com leite quente, frio, frutas, bolinhos e pães, um prato de ovo e outro de carne.

Eu me servi de uma xícara de café com creme, peguei um bolinho e fui para a sala de Ranger. Tenho certeza de que todos no prédio sabem que passei a noite aqui, mas ninguém deu risadinhas nem cochichou. Qualquer coisa além de um sorriso simpático e teriam de se explicar para Ranger. E ninguém queria se indispor com ele.

Ranger estava sentado à mesa dele com o vídeo baixado no computador. Ele também tinha passado pela cozinha e escolhido café, um pote de iogurte natural sem gordura e um prato de frutas. Olhou para o meu café com creme, o bolinho gigante e quase rolou os olhos nas órbitas.

– É um bolinho saudável – comentei. – Tenho quase certeza de que é feito com cenoura. E fiz muito exercício ontem à noite. Eu mereço esse bolinho.

Ranger sorriu.

– Concordo. Por que ficava gritando *vai vordo*?

– É complicado – fiquei atrás dele para poder ver a tela. – Esse é o assassino, saindo da cena?

– É – Ranger reclinou na cadeira, com a mão no mouse. – Vou repetir para você. Estamos usando câmeras de infravermelho, como pode ver. Na verdade, são três câmeras num mesmo suporte. Todas as três ativadas por sensores de movimento. A hora aparece no canto superior direito.

– Cinco da manhã. Devia haver pouco trânsito na Hamilton nesse horário.

– O ônibus de Mooner está estacionado na frente do terreno. Pouco se vê da rua. E o assassino não perde tempo quando larga o corpo lá.

Observei o vídeo e vi um carro aparecer na ruazinha atrás do terreno. O carro entrou no terreno e parou. O motorista desceu, correu para o outro lado do carro e abriu a porta de trás. O carro o protegia da câmera, mas, o que quer que tenha feito, levou menos de um minuto. Eu via o tempo correndo na tela do computador. Ele deu a volta no carro correndo, sentou-se de novo no banco do motorista e foi embora. O corpo largado no chão parecia ser de uma mulher de cabelo louro e comprido.

– Alguma ideia? – perguntou Ranger.

– Passe de novo.

Assisti ao vídeo mais três vezes e fiquei cada vez mais intrigada. Ranger enfiou um pedaço de melão na boca.

– E então?

– Parece que o carro é de cor clara, modelo recente de Toyota. Dá para ver o emblema quando ele entra no terreno. O meu palpite é que é um Camry. E com alguma manipulação da imagem, deve ser possível ver a placa quando ele sai. Já entregou isso para a polícia?

– Já. E estamos também verificando a placa.

– É difícil dizer com o infravermelho, mas não vi sangue algum. Não deu para ver o rosto dela. Magra. Saia curta. Camiseta regata. Sem sapato.

– E o assassino?

– Homem. Obviamente disfarçado. Está usando um jaleco que parece ter enchimento. E uma máscara de borracha de Frankenstein. As mãos estão escondidas nas luvas. A julgar pela altura dele em relação ao carro, diria que tem entre 1,77m e 1,83m de altura. E tem alguma coisa familiar nele.

Ranger olhou espantado para mim.

– Você o conhece?

– Não consigo associar um nome à pessoa, mas quanto mais vejo o vídeo, mais sinto que já o encontrei antes.

– Você conheceu muitos bandidos desde quando começou a trabalhar para Vinnie.

Comi um pedaço do bolinho. Seria reconfortante pensar que tinha reconhecido o assassino de alguma captura prévia, mas não estava certa disso. Parecia que eu realmente *conhecia* o cara.

Ranger fechou o arquivo.
- Quais seus planos para hoje?
- Pensei em fazer aquela minha coisa de capturar fugitivos.
- Você sabe onde me encontrar se quiser fazer aquela sua coisa do vordo.

A terrível verdade era que eu queria fazer a minha coisa do vordo naquele exato momento. E queria muito. Vieram lembranças de Ranger na cama, sua voz sussurrando no meu ouvido, as costas dele escorregadias de suor, o sedoso cabelo castanho caindo na testa quando ele assumiu o controle e se deitou em cima de mim. A única coisa que me impedia de fechar a porta da sala e montar nele naquela cadeira era saber que estávamos sem camisinha.

Ele leu meus pensamentos, que arrancaram outro sorriso dele.
- Querida.
- Esse vordo é um safado - disse para ele.

Passei pelo escritório a caminho de casa. O ônibus de Mooner continuava lá e mais dois carros da polícia, o furgão do médico-legista, a van da unidade estadual da cena do crime, um furgão de satélite da Fox News, o SUV de Morelli e o Caddie de Vinnie. Achei melhor não parar, já que estava com a mesma roupa da véspera, vindo da direção errada, e porque, apesar de ter tomado uma chuveirada, me preocupava de estar cheirando a sexo ou, no mínimo, igual a Ranger, porque tinha usado o gel de banho dele. Tudo bem, tenho um acordo com Morelli e tecnicamente não fiz nada de errado. E a noite passada foi toda culpa da maluca da avó dele. Só que não era boa ideia parar ao lado dele cheirando a Ranger logo de manhã. Se a situação fosse inversa e eu tivesse certeza de que ele estava transando com Terry Gilman, poderia ficar tentada a arrancar o coração dela do peito com uma faca de manteiga. Supus que Morelli teria o mesmo tipo de problema com Ranger.

Entrei no estacionamento do meu prédio e estacionei. O plano era fazer um pit stop rápido, transformar-me numa Stephanie nova em folha e voltar para a cena do crime. Corri para o saguão e subi a escada dois degraus de cada vez até o segundo andar. Irrompi no corredor e vi que tinham deixado uma sacola de presente de papel metálico dourado na frente da minha porta. Dentro da sacola tinha um avental vermelho e um cartão.

QUERO VÊ-LA USANDO ISSO. OUTRA ROUPA SERIA OPCIONAL. DAVE.

Que chatice. Levei a sacola para a lixeira do andar e a joguei lá dentro.

Quarenta minutos depois eu estava na rua de novo. Rex estava alimentado, eu tinha tomado outro banho e posto roupas limpas, verificado as mensagens no meu telefone e também meus e-mails. Havia 16 mensagens com propaganda de drogas do tipo viagra. Aquilo era como querer vender areia no deserto, porque os meus homens não precisavam de reforço algum.

Havia também três mensagens da minha mãe perguntando se eu tinha tido notícias de Dave Brewer, dizendo que ele era um jovem muito simpático e que vinha de uma família maravilhosa. Era evidente que minha mãe tinha desistido de Morelli como fonte de futuros netos. Ranger nunca esteve na disputa. Dave Brewer era o rebatedor da vez.

Cheguei ao terreno da firma de fiança e percebi que todos continuavam no mesmo lugar, e o carro de Connie tinha sido acrescentado à mistura. Estacionei e fui para onde Connie e Vinnie estavam, nada contentes.

— Alguém largou outro corpo aqui – disse Connie. – Dessa vez foi uma jovem.

— Alguém a reconheceu?

— Juki Beck – disse Vinnie. – Paguei fiança para ela uma vez, dois anos atrás. Furto de loja. No ritmo que nós vamos, terei de chamar um exorcista antes do sindicato deixar que eu construa nesse terreno.

– Tenho de baixar e-mails – disse Connie. – O ônibus ainda está cheirando a urso?

– Não – disse Vinnie. – Cheira a Mooner.

Dei a minha chave para Connie.

– Pode usar o meu apartamento. Mas não deixe Vinnie entrar.

– Bela maneira de tratar o seu parente – disse Vinnie. – Sabe, fui eu que te dei esse emprego, posso tomar de volta.

– Você não me *deu* o emprego. Chantageei você para me contratar. E não vai tomá-lo de volta porque não consegue encontrar alguém tão estúpido para trabalhar para você.

– Não é verdade – disse Vinnie. – Tem um monte de estúpidos chatos por aí. E onde é que se meteu o meu urso? Por que você não o está procurando?

– Está na minha lista.

Connie foi para o carro, Vinnie voltou para o ônibus e Morelli se afastou do grupo de policiais e técnicos forenses e veio falar comigo.

– O cara está forçando a sorte – disse Morelli.

– Vinnie disse que identificou a mulher.

– É. Vinnie e metade dos policiais da Força. Ela era bem rodada.

– Tinha ligação com Dugan?

– Aparentemente, não. Ela servia mesas na Cervejaria do Binkey. Divorciada. Sem filhos. Vinte e seis anos de idade.

– Talvez seja um assassino diferente.

– A causa da morte é a mesma. Dugan, Lucarelli e Beck, todos tiveram o pescoço quebrado. Dugan e Lucarelli estavam bastante decompostos para mostrar muitos detalhes. Beck teve sérias queimaduras de corda no pescoço. Deve ter ficado inconsciente por falta de ar e depois quebraram o pescoço dela.

Senti uma onda de náusea subir no estômago.

– Esse cara é forte – comentou Morelli. – Não é tão fácil assim asfixiar alguém, e Dugan e Lucarelli eram homens grandes.

Olhei para o fundo da propriedade onde Juki Beck tinha sido puxada do carro. Eu o conheço, pensei. Esse monstro. Esse assassino em série. Ele anda entre nós, parecendo normal. É vendedor de sapatos, policial, ou frentista de posto de gasolina.

– Por que ele trouxe Beck para cá? – perguntei a Morelli. – Sei que o terreno está escondido pelo ônibus de Mooner, mas mesmo assim parece arriscado.

– Essa é a parte feia da coisa – disse Morelli.

– Como pode ficar mais feia?

– Tinha um bilhete pregado na blusa dela. Dizia: *Para Stephanie.*

VINTE E UM

Eu estava de barriga para cima, olhando para Morelli através de teias de aranha, e a primeira coisa em que pensei foi que a vítima do 7-Eleven tinha se vingado de mim e que eu tinha sido paralisada. As teias de aranha sumiram e eu tirei a arma paralisante da mente.

– O que aconteceu? – perguntei para Morelli.

– Você desmaiou.

– Isso é ridículo.

– Concordo, mas se alguém me mandasse uma mulher morta, eu talvez desmaiasse também – ele estava apoiado em um joelho, debruçado sobre mim. – Pronta para se levantar?

– Preciso de um minuto.

– Não demore muito. As pessoas vão pensar que estou lhe propondo casamento.

Eu me levantei bem devagar.

– Por que eu?

– Não sei. Tem recebido cartas ou telefonemas ameaçadores?

– A única que me ameaça é a sua avó.

– Ranger tinha câmeras funcionando e parece que gravou a desova. Não vi o vídeo ainda, mas soube que o assassino estava coberto da cabeça aos pés. O interessante é que ele trouxe a vítima para cá no carro dela.

– Encontrou o carro?

– Ainda não. E se não o encontrarmos, seguirá o padrão, porque nunca achamos os carros de Dugan e de Lucarelli. Desapareceram sem deixar rastros. – Ele me beijou na testa. – Tenho de voltar para a delegacia. Quero ver o vídeo e botar alguns nomes no sistema. Para ver se consigo ligar alguém a você e a Dugan. Há poucas pessoas que sabem desse bilhete, por isso não conte para ninguém.

– Ranger?

– Pode contar para ele.

Lula estava parada perto do ônibus, à minha espera. Usava calça de strech verde, sapato de salto alto com estampa de leopardo, uma blusa decotada amarelo-limão, também de strech, e tranças no cabelo, que a faziam parecer que tinha uma aranha na cabeça.

– E agora? – ela perguntou.

– Outro corpo. Esse não foi enterrado. Só depositado.

– Temos um indivíduo doente aqui. Ele está matando gente demais. Pode até ter ultrapassado o limite legal de Trenton.

Para manter o bilhete em segredo, eu procurei manter a calma, mas estava muito abalada. No fundo da minha cabeça, uma ideia me incomodava, que Vinnie ou a firma de fiança podiam estar envolvidos de alguma maneira. Jamais me ocorreu que a conexão fosse *eu*. E pregar um bilhete numa mulher morta, endereçado a mim como se fosse um cartão de presente, era terrível, revoltante e muito mais do que assustador.

– Você parece mal – comentou Lula. – Está tudo bem?

– Estou com problemas.

– Ah, é? Quais?

Eu tinha uma lista de lavanderia que terminava com um enorme problema do qual eu não podia falar.

– Para começar, estou com o vordo.

– Então você aproveitou. Que mal há nisso?

– Estou aproveitando demais. É até mais confuso do que quando não aproveitava nada. E acho que posso estar com uma infecção na bexiga.

– Infecção na bexiga não é nada bom. Talvez devesse reduzir.

— Não posso reduzir. Eu me transformei numa viciada em sexo. Se chego a meio metro do Ranger ou do Morelli estou pronta para ir... e ir, e ir, e ir, e ir.

— Isso é muita ida. Sou uma profissional aposentada, e seria ida demais até para mim. Você precisa é de calcinha da vovó. Ponha uma calcinha grande e feia de vovó e não vai mais desabotoar a calça. Mesmo se esquecer no calor do momento e levantar a saia, não vai ver ação alguma porque a calcinha da vovó tem efeito brochante nos homens. O seu homem vai pensar *unh, ah, eu não vou me esforçar com uma mulher que usa calcinha da vovó.*

Podem dizer que sou louca, mas aquilo fez tanto sentido quanto todo o resto que estava acontecendo na minha vida. E era melhor do que pensar em Juki Beck.

— Tudo bem, estou dentro. Onde pego minhas calcinhas da vovó?

Meia hora depois estávamos na JCPenney, andando pelo departamento de lingerie.

— Essa é a perfeita loja tem tudo – disse Lula. – Eles têm calcinhas para qualquer ocasião. Têm tudo, desde fio-dental até calcinhas da vovó e tudo o mais entre elas.

Lula pegou uma calcinha cor-de-rosa de algodão na arara e a levantou para examinar.

— Ora, é disso que estou falando. Não vai querer ser vista com essa calcinha. Tem de apagar a luz antes de vesti-la para não ser *vista*.

— Ela parece grande.

— É, essa coisa vai chegar até a sua axila. Experimente e levamos para um test drive. Para ver se você vai querer transar com alguém quando estiver usando isso.

Levei a calcinha para o provador, experimentei e me olhei no espelho. Uma visão nada bonita. Eu estava definitivamente entrando em território de controle de natalidade.

– E então? – Lula perguntou quando saí.

– Perfeita.

– Eles têm vermelha e branca também. Aposto que, se puser a branca, vai querer pular de uma ponte.

Comprei uma de cada cor e usei a rosa para sair da loja. Melhor prevenir do que remediar, era o meu lema. Só que a verdade era que não tinha muito do que me arrepender, levando em conta a noite que acabei tendo. E a noite anterior com Morelli também não foi nada sem graça.

– Agora que você esteve sucessivamente com Morelli e Ranger, quem está ganhando a corrida de saco? – perguntou Lula.

– A comida e a roupa de cama são melhores na Rangeman, mas Morelli tem o Bob.

– Todas essas coisas são importantes, só que estou falando do grande O.

Fiquei um tempo pensando.

– São diferentes, mas iguais.

– Isso não quer dizer nada – comentou Lula. – Está me parecendo que você tem de pesquisar mais.

Ai, ai.

– E que tal o namorado número três? – ela perguntou.

– Dave Brewer? Nem o conheço bem.

– Ele é bonito, certo? E é grande, forte e másculo?

– Acho que sim.

– E ele sabe cozinhar. Parece que isso equivale aos lençóis de Ranger e ao cachorro do Morelli. E sua mãe gosta dele.

– A aprovação da minha mãe não conta muito. Uma vez ela me juntou com Ronald Buzick.

– O açougueiro? O cara gordo e careca? – Lula me seguiu para fora do shopping. – Ele não é um homem atraente. Sua mãe devia estar pensando nas salsichas de graça. Ganhei dele uma vez umas *kielbasa* sensacionais.

Destranquei meu Escort e me lembrei do Ronald Buzick. Ele tem mais ou menos a mesma altura do assassino. O macacão parecia ter enchimento, mas aquelas protuberâncias podiam ser o Ronald mesmo. Ele era suficientemente forte para quebrar o pescoço de alguém. E era meio esquisito. Parecia bonachão na aparência, mas eu apostava que, no íntimo, tinha muita raiva. Ora, se o homem ficava com a mão enfiada no cu das galinhas o dia inteiro...

– Você acha que Ronald Buzick poderia matar alguém? – perguntei para Lula.

– Acho que qualquer pessoa é capaz de matar qualquer pessoa. As pessoas ficam meio doidas e *explodem* a cabeça de alguém. Pelo menos no meu bairro. O que nós vamos fazer agora? Precisamos almoçar?

– Acabamos de almoçar no shopping.

– Ah, é. Esqueci.

Engrenei a marcha e saí do estacionamento.

– Acho que está na hora de visitar Merlin Brown de novo.

– Boa ideia, já que ainda não me fizeram cair sentada no chão hoje. Não seria certo passar um dia inteiro sem ele me derrubar. – Ela olhou para mim. – Temos um plano?

– Não.

– Provavelmente você continua não querendo que eu atire nele, nem que o atropele com o seu carro.

– Certo.

– Tive uma nova ideia. Que tal levarmos para ele uma pizza envenenada? Não estou dizendo que queremos matá-lo, nem nada. Estou pensando que podíamos apenas dar para ele uma pepperoni boa-noite-cinderela.

– Isso é ilegal.

– Só um pouquinho. As pessoas tomam hipnóticos o tempo todo. Pelo menos no meu bairro.

– Você precisa se mudar para outro bairro.
– É, mas lá o aluguel é barato.
– Aposto que é.
– E o meu apartamento tem um grande closet.
– Mas também não tem cozinha.
– As mulheres têm de ter prioridades – disse Lula. – Acontece que sou uma pessoa estilosa. E tenho todo o meu guarda-roupa profissional da minha antiga vocação.
– Eu já fui uma pessoa com estilo. E agora estou usando calcinha da vovó.
– Para começo de conversa, você nunca teve estilo. Não tem um top, nem uma única peça com estampa de leopardo. E em segundo lugar, estará fora dessas calcinhas em pouco tempo. Só precisa dar um descanso para suas partes.

VINTE E DOIS

O carro de Merlin estava estacionado na vaga do prédio dele.
– Temos uma boa notícia e outra má, e tudo é a mesma notícia – disse Lula. – Parece que Merlin está em casa. E agora?
– Vamos falar com ele.
– E dizer o quê?
Desliguei o motor e peguei minha bolsa.
– Não teremos sorte alguma se tentarmos derrubá-lo no chão, por isso pensei em falar com ele.
Atravessei o estacionamento com Lula atrás de mim. Pegamos a escada para ir para o apartamento de Merlin e bati na porta.
Merlin atendeu na segunda batida. Estava pelado de novo e de pau duro.
Lula examinou Merlin.
– Deve ser aquela hora do dia.
– Espero que possamos conversar – eu disse para Merlin.
– Agora?
– Isso mesmo.
Ele apontou para o mastro.
– Imagino que não possa me ajudar com isso.
– Não – eu disse. – Nem um pouco.
Ele olhou para Lula.
– E você?
– Não faço mais isso – disse Lula. – Agora preciso estar apaixonada. Nesse meio-tempo, agradeceria se guardasse isso porque é uma distração, assim balançando.

Merlin olhou para baixo.

– Ele tem vontade própria.

– Bem, leve-o para o banheiro e converse com ele – disse Lula.

– Não temos o dia todo.

Merlin suspirou e foi para o banheiro arrastando os pés.

– Às vezes é bom ter uma ex-prostituta como parceira – eu disse para Lula.

– Pode apostar que é. A calcinha está funcionando aí? Sentiu alguma pontada quando viu o meninão do Merlin?

– Não. Você sentiu?

– Eu senti uma coisa, mas não tenho certeza do que foi. É como ver um acidente de trem. Horrível, mas fascinante ao mesmo tempo.

Ouvimos um monte de grunhidos vindo do banheiro.

– Assim – disse Merlin atrás da porta fechada. – Me fode. Faz. Faz. – *Slap!* – Faz de novo, minha puta. – *Slap!* E depois grunhidos. – *Uhn, uhn, uhn.*

Fiquei mudando o peso do corpo de um pé para outro e agarrei com força a alça da minha bolsa.

– Não estou me sentindo bem.

– É – disse Lula. – Não sei se ele está gozando ou se precisa de mais fibra na dieta dele.

– Chega. Vou dar o fora daqui. – Dei meia-volta e corri para a porta. – Falo com ele pelo telefone. Ou mando um e-mail.

Saímos correndo do prédio, nos enfiamos no Escort e saí do estacionamento cantando pneu.

– Preciso de alguma coisa para comer ou terei de tomar uma chuveirada – disse Lula. – Essa experiência não foi nada edificante.

Dei uma passada de emergência por um drive-thru do Dunkin' Donuts. Compramos 12 donuts divididos em dois sacos para não brigar por eles e nos sentamos no estacionamento para comer.

— Tudo bem, eu me sinto melhor — disse Lula.
— Eu também, só que pode ser que eu vomite.
— Você está fora de forma. Não come bastante donuts. Eu me sinto bem porque estou em forma. Poderia botar praticamente qualquer coisa dentro do meu corpo e ele só ia dizer *minha nossa, lá vamos nós de novo*.

Uma mensagem de texto de Dave zumbiu no meu celular. RECEBEU A MINHA SURPRESA? VEM MAIS AÍ.

Oh, que júbilo.

— Má notícia? — perguntou Lula.

— Acho que Dave está virando um perseguidor.

Se não fossem Juki Beck e o bilhete, eu teria pensado que Dave era um problema mais grave. Por não ser, foi posto de lado como uma irritação menor. Abaixei o vidro da minha janela para pegar um pouco de ar.

— Andei pensando em Boris Belmen.

— O cara do urso?

— Ele não se lembra de ter atirado no atendente do bar. E disse que não era dele aquela arma. Ele não sabia de onde a arma tinha saído.

— Isso é problema nosso, por quê?

— O único modo que tive de fazer Belmen comparecer ao tribunal foi prometendo que eu cuidaria do urso se ele fosse condenado.

— As pessoas do seu prédio não vão ficar contentes se você tiver um urso. Talvez devesse raspá-lo e vesti-lo, só que pode ser presa quando ele abaixar a calça para cagar no estacionamento.

— Se eu pudesse provar que Belmen não atirou no atendente do bar, escaparia dessa.

— Provar que as pessoas são inocentes não é a nossa especialidade — disse Lula.

Eu detestaria fazer uma lista das nossas especialidades. Destruir carros, comer donuts, criar pandemônios.

Tirei o arquivo de Belmen da bolsa e li o relatório da polícia.

– Os disparos aconteceram no Bumpers Bar and Grill, na Broad.

– Já estive lá – disse Lula. – É um bar muito legal. Eles têm sanduíche de caranguejo e cerca de setecentos tipos de cerveja. Fui lá uma vez com Tank quando estávamos nos encontrando.

Segui até o fim da Stark e virei na Broad. O Bumpers ficava dois quarteirões à frente, numa área em que quase todos os prédios eram comerciais. Estacionei a meio quarteirão de distância, Lula e eu descemos do carro. Alguma coisa me fez olhar para o outro lado da rua e lá, parado, olhando fixamente para mim, estava o fantasma de Jimmy Alpha.

Alpha era o treinador de um lutador de boxe chamado Benito Ramirez. Eu havia matado Alpha em defesa própria muitos anos atrás. Na época, era uma caçadora de recompensas novata, o trabalho com os bandidos estava além da minha capacidade e, num momento de puro terror e de pânico, consegui atirar em Alpha antes de ele atirar em mim.

E agora lá estava ele olhando feio para mim, do outro lado da rua. Ele fez um gesto com os dedos no olho para eu saber que tinha me visto e me reconhecido. E então saiu andando e desapareceu, dobrando a esquina.

– Você o viu? – perguntei para Lula.

– Quem?

– Era um homem parecido com Jimmy Alpha.

– Você matou Alpha.

– Matei. Mas esse homem era parecido com ele.

VINTE E TRÊS

— Dizem que todo mundo tem um sósia em algum lugar – disse Lula. – Você acabou de ver o sósia de Jimmy Alpha. Ou talvez esteja com algum tipo de síndrome do estresse e a repetição de um momento traumático tenha sido alucinação.

O que eu sabia era que... tinha de manter a lucidez. Estava tendo um dia ruim e precisava respirar fundo e seguir em frente. Uma coisa de cada vez.

Agora estamos investigando o tiro de Boris Belmen.

Caminhamos o meio quarteirão até o Bumpers, passamos pela pesada porta de carvalho, abrimos caminho entre cubículos e mesas para chegar ao bar. Subi num banquinho.

— Onde o atendente do bar foi atingido? – Lula quis saber.

— Na perna.

Nós duas nos debruçamos sobre o bar e olhamos para o atendente.

— Vou adivinhar – ele disse. – Vocês estão querendo saber se fui eu que levei o tiro.

Ele estava bronzeado demais, tinha vinte e poucos anos, era louro. Tinha uma tatuagem tribal no pulso e uma corrente de ouro no pescoço.

— Você parece saudável – comentei.

— Foi o Phil que levou o tiro. Ele costuma trabalhar de noite, mas está de folga essa semana. Não pode correr com a perna latejando.

– Como aconteceu? Ouvi dizer que foi um bêbado.

– Foi o que me disseram. Eu não estava aqui.

– Sabe de alguém que *esteve* aqui na hora?

– Melanie. Ela estava servindo as mesas. Por que tantas perguntas? Vocês são da polícia?

– Sinceramente – retrucou Lula. – Nós parecemos policiais? Você já viu uma policial com um sapato desses? É um Louboutin legítimo.

Olhei para o sapato de Lula. Eu estava com ela quando compramos aquele par de sapatos na traseira da van Squiggy Biggy dois dias depois que uma jamanta 18 rodas foi saqueada a caminho da Saks.

– São sapatos quentes – disse Lula.

Isso era verdade.

– Sou uma agente de fiança – eu disse para o atendente de bar.

– Estou fazendo uma investigação pelo acusado e seu dependente.

Lula ergueu as sobrancelhas.

– Ele tem um dependente?

– Bruce – respondi.

– Ah, é. Tinha quase esquecido.

– Melanie está descansando. Está lá fora, nos fundos.

Lula e eu demos a volta no prédio e encontramos Melanie sentada num barril de cerveja, fumando. A primeira *prise* deliciosa de nicotina já tinha passado e ela avançava mecanicamente no que restava do cigarro.

Eu me apresentei e perguntei se tinha visto o tiro.

– Eu estava lá – ela disse –, mas não vi como aconteceu. Estava servindo um casal em um cubículo e ouvi o disparo da arma. Então ouvi Jeff berrando que tinha levado um tiro. Na hora entrei em pânico, sabe? É que podia ser algum doido querendo dizimar todos em volta.

– Você viu alguém empunhando uma arma?

– Não. Quando olhei em volta, Jeff tinha desmaiado e estava caído atrás do bar. E tinha um cara de camisa vermelha parecendo atônito, parado na frente do bar.

– Mais alguém por perto?

– Não. Era hora de fechar e o lugar estava praticamente vazio. As pessoas do cubículo ligaram para 911 e eu fui ver se podia ajudar Jeff.

– E o cara de camisa vermelha?

– Parecia colado no chão. Olhos arregalados, boca aberta e apoiado num banquinho do bar.

– Ele estava bêbado?

– Digamos que, se ele tivesse levado o tiro, não sentiria dor alguma. Quando Jeff acordou, disse que o cara de camisa vermelha tinha atirado nele.

Melanie deu a última tragada no cigarro, deixou-o cair no asfalto e o apagou com a sola do sapato.

– Preciso voltar ao trabalho.

– Só mais uma coisa – eu disse. – Enquanto tudo isso acontecia, onde estava a arma, se não estava na mão de ninguém?

– Estava no chão, ao lado de Jeff.

Lula e eu fomos para o meu Escort e liguei para Morelli.

– Você sabe quem está cuidando do caso de Boris Belmen? – perguntei para ele. – Belmen é acusado de atirar em um atendente de bar.

– Jerry pegou esse. Belmen deu seu urso como garantia da fiança, certo?

– Certo. Acabei de falar com a garçonete que estava trabalhando na hora em que o atendente do bar levou o tiro e não acrescentou nada. A arma foi encontrada atrás do bar, ao lado de Belmen.

– Vou passar isso para Jerry.

– Você teve chance de assistir ao vídeo de Beck? – perguntei.

– Sim. Estou com ele no meu computador.

– Alguma coisa lhe saltou aos olhos? Reconheceu o assassino?

– Não e não, mas acho que a máscara de Frankenstein é um toque interessante.

– O cara no vídeo fez lembrar Ronald Buzick? – perguntei para Morelli.

Silêncio total; imaginei Morelli incrédulo e até horrorizado.

– Ele é açougueiro – eu disse para Morelli. – É forte. Ele poderia esganar alguém. E está acostumado com carne morta.

– O assassino se movimentava como um cara mais jovem. Talvez um atleta. Ronald se move como um cara acima do peso com hemorroidas. E Ronald está com o braço engessado. Caiu de um elevador hidráulico e fraturou o braço em dois lugares.

– Um inútil. Mais uma coisa. Eu podia jurar que vi Jimmy Alpha agora há pouco.

– Alpha está morto.

– Eu sei, mas aquele homem era igual a ele. E fez um sinal, indicando que estava de olho em mim. Sinceramente, acho que não gostou de mim. Parecia furioso.

– Se outra pessoa dissesse isso para mim depois da manhã que você teve, eu deixaria passar como histeria, mas você não é dada à histeria. Exceto, talvez, quando vê uma aranha.

– Temos algum plano para hoje à noite?

– Vou me encontrar com Terry. Quero que ela veja o vídeo, e ela só vai poder depois das seis.

Desliguei e dei um suspiro. Terry. Não devia ser nada. Só trabalho.

– E então? – perguntou Lula.

– Não é o Ronald Buzick.

– Que pena. Fiquei ouvindo e achei que você raciocinou bem. O que mais me impressionou foi a parte sobre carne morta.

Peguei a Stark até a Olden e atravessei para a Hamilton.

– Vou voltar para o meu apartamento para falar com Connie – eu disse para Lula. – Ela enviou uma mensagem de texto dizendo que temos mais um faltoso.

VINTE E QUATRO

Connie estava trabalhando na minha mesa de jantar e Dave Brewer estava cozinhando na minha cozinha.
– Como? O quê? – perguntei para Connie, apontando para Dave.
– Ele ligou para saber se você estava em casa e começamos a conversar, uma coisa levou à outra e resolvemos fazer uma surpresa para você com o jantar.
– Acho que Connie não recebeu o memorando do perseguidor – Lula cochichou para mim.
– Estou atrasado – disse Dave. – Tive uma avaliação em Ewing Township que demorou mais do que o previsto. Deixei broas de milho assando no forno e já posso começar o ensopado.
– Ora, *ora* – disse Lula –, sinto cheiro de bacon.
– É minha receita especial – disse Brewer –, ponho pimenta jalapeño, bacon e um pouco de cheddar nas minhas broas de milho.
Lula farejou na direção do forno.
– Hum. São três dos meus grupos alimentares prediletos.
Dave estava de calça jeans e camiseta cáqui. Usava um avental vermelho amarrado na cintura e estava artisticamente decorado com farinha. Ele não se equiparava a Ranger ou a Morelli, mas era um cara bem-apessoado. Felizmente eu estava com a calcinha da vovó. Seria péssimo se a praga de Bella me obrigasse a transar com Dave Brewer.
– Estou fazendo o bastante para todos – disse Dave. – Ficará pronto às seis, mas não posso ficar para comer. Preciso ir para

outra avaliação à noite. – Ele olhou para mim. – Mas vou tentar voltar para a sobremesa mais tarde.

Não ia haver sobremesa alguma mais tarde. A porta estará trancada e lacrada. Mesmo assim, eu tinha de admitir que o que ele estava cozinhando, fosse o que fosse, cheirava muito bem. Vi Dave pegar cebola picada, pimentão vermelho e cogumelos e jogar numa panela esquentando no fogo.

– O que está fazendo?

– Tex-Mex Turkey Fiesta. Além disso, tem uma salada na geladeira. Isso é uma comemoração para mim. Assinei o contrato de aluguel de um apartamento hoje. A essa hora na semana que vem terei minha própria cozinha.

Lula espiou por cima do ombro dele.

– Você sabe cozinhar cebola e tudo mais.

Ele mexeu a cebola no óleo quente.

– É o meu hobby. Me acalma. Quando fico louco demais, eu cozinho.

– É um bom hobby – disse Lula. – Tem algum outro?

– Gosto de futebol. E costumava jogar golfe, mas minha ex-mulher jogou fora meus tacos quando eu estava na prisão.

– Eu nunca faria isso – disse Lula. – Eu os teria vendido.

Connie entrou na cozinha e me deu uma pasta.

– Regina Bugle. A acusação original foi violência doméstica. Ela atropelou o marido com seu Lexus e depois deu marcha a ré em cima dele.

– Estão vendo? Essa é uma mulher que assume o comando. Aposto que ele mereceu – disse Lula.

Nós todos pensamos um pouco.

– De qualquer modo, ela não apareceu no tribunal ontem – disse Connie. – Era ré primária, então não deve ser difícil. Só não tentem pegá-la quando estiver de carro.

Peguei a pasta e folheei. A mulher tinha 32 anos. Caucasiana. A foto mostrava uma loura bonita com muita maquiagem. Tinha atropelado o marido de 59 anos que ficou com as duas pernas quebradas, duas costelas fraturadas, muitos hematomas e ferimentos leves. Eu podia apostar que ela havia assinado um contrato pré-nupcial desfavorável.

– Ela tem endereço em Lawrenceville – eu disse para Connie.
– Continua lá?
– Continua. Falei com ela hoje de manhã. Ela disse que esqueceu a data da audiência e que ia passar aqui para assinar os novos documentos quando tivesse uma brecha no horário. Interpretei que isso queria dizer *nunca*.
– Onde está o marido?
– Está em alguma clínica de reabilitação cara em Princeton.
– Vamos embora – eu disse para Lula.
– Só se você prometer que estaremos de volta às seis. Não quero perder as broas de milho com bacon.

Os Bugle moravam numa casa grande de tijolos estilo colonial, numa vasta área muito bem tratada, num bairro cheio de casas luxuosas. Havia um Lexus preto estacionado na entrada.

– Parece que ela está em casa – disse Lula. – E uma boa notícia: não está no carro.

Toquei a campainha. Uma mulher loura abriu a porta e nos encarou.

– Regina Bugle? – perguntei.
– Sim. O que você quer?
– O dinheiro do aluguel – disse Lula e atacou a mulher com a arma de eletrochoque.

Regina despencou no chão, de olhos abertos, mexendo os dedos.

— Ai — eu disse para Lula. — Você nunca ouviu falar de força desnecessária?

— Já, mas não usei força alguma. Apenas encostei as pontas nela. Tirei as algemas do bolso de trás da calça e as prendi nos pulsos de Regina.

— Fique de olho nela enquanto revisto a casa — eu disse para Lula. — *Não* a zapeie de novo.

Examinei o andar térreo para ver se as portas estavam trancadas e os aparelhos, desligados. Voltei para a porta e levantamos Regina. Estava com os joelhos bambos e os pés não tinham ligação com o cérebro, de modo que praticamente a arrastamos até o meu Escort.

— Isso vai fazer a nossa sorte mudar — disse Lula. — Estávamos por baixo, mas agora pegamos alguém, então vamos pegar todos os outros. É assim que funciona. Quando vem, vem com tudo.

A dez minutos da delegacia, Regina recuperou o controle dos músculos da boca.

— Não pensem que não vão pagar por isso — ela berrou do banco de trás. — Atropelei o babaca do meu marido e vou atropelar vocês também. As duas. A primeira vai ser a vadia que tocou a minha campainha.

Lula olhou para mim.

— Essa é você. Está encrencada.

— Vou descobrir onde você mora e vou te pegar — disse Regina. — Vou te atropelar, passar por cima de novo, de marcha a ré e depois vou descer do carro e nocauteá-la com o meu *taser* até o seu cabelo pegar fogo.

— Você tem muita raiva — Lula disse para Regina. — Precisa fazer ioga ou aprender aquela coisa de tai chi que vejo as senhoras chinesas fazendo no parque.

Descarregamos Regina, peguei o meu recibo de corpo do tenente do registro e voltamos para o meu apartamento.

— Devíamos parar e comprar uma garrafa de vinho para acompanhar o jantar – disse Lula. – Tem uma loja de bebidas no próximo quarteirão. Já comprei lá e eles têm uma boa seleção de vinhos baratos.

Parei no pequeno estacionamento da loja e Lula e eu fomos andando pelas ruazinhas até Lula encontrar o que queria.

– Eu compro vinho de acordo com o desenho da garrafa – disse Lula. – Depois de beber o primeiro copo, tudo tem gosto bom para mim, por isso acho que só se compra um mais classudo para ficar bonito na mesa.

Nesse caso foi uma garrafa de cabernet com a imagem de um cara de capa preta. O cara era o Zorro, ou então o Drácula.

Estávamos no caixa para pagar quando a porta se abriu, entrou um homem grandalhão que sacou uma Glock.

– Isso é um assalto. Ninguém se mexe.

Ele devia ter 1,80m, corpulento, usava uma máscara de esqui preta e tinha um grande curativo no pé.

Lula chegou para a frente e olhou bem para ele.

– Merlin?

– Ahn.

– Que diabo está fazendo?

– Assaltando a loja.

– Por Deus, homem, não tem nada melhor para fazer?

– Já fiz isso. Agora estou com vontade de beber um vinho.

– Então por que não compra um? Eles têm vinho de três dólares aqui.

– Não tenho dinheiro algum. Não tenho emprego.

– E o seguro-desemprego?

– Já gastei meu cheque do desemprego. Tive de pagar uma prestação do carro. E minha televisão pifou, então tive de comprar outra. Essas telas planas não são baratas, sabia? E agora que fico em casa o dia todo, já que não trabalho, tenho de ter uma televisão decente para assistir.

– Entendo o que quer dizer.

– Então resolvi que ia assaltar uma loja. Assim consigo uma garrafa de vinho e algum dinheiro para viver essa semana.

– É, mas agora nós sabemos quem você é – eu disse para ele.

– É. Isso é mau. Só que já sou procurado por assalto à mão armada, de modo que talvez nem seja um problema.

– Que tipo de vinho você gosta? – Lula perguntou para ele.

– Tinto. Já roubei um bife da Shop and Bag. Vou ter um ótimo jantar hoje. – Ele olhou para a garrafa na mão de Lula. – Isso aí parece bom. Passe para cá.

– De jeito algum – disse Lula. – Consegui a última garrafa desse vinho. Vá procurar você mesmo o seu maldito vinho.

Merlin apontou a arma para ela.

– Passe o vinho, senão eu atiro.

Lula semicerrou os olhos e deu um pisão no pé dele com curativo com o salto do seu Louboutin.

– Au! – disse Merlin, dobrando ao meio. – *Porra!*

Lula deu com a garrafa de vinho na cabeça dele e Merlin caiu feito um saco de areia.

– Hoje é o meu dia – disse Lula. – Além de ter encontrado essa ótima garrafa de vinho, ela acaba de frustrar um assalto.

Merlin estava desmaiado. Provavelmente isso era bom, levando em consideração que o pé dele devia estar doendo à beça. Chutei a arma dele para longe e o algemei. Lula pagou o vinho, e o funcionário nos ajudou a arrastar Merlin para o meu carro. Pedimos para um cara na rua nos dar uma mão, e ele conseguiu enfiar Merlin no meu banco de trás.

– Eu disse que ia ser assim – comentou Lula. – Quando vem, vem com tudo.

Quando chegamos à delegacia, os olhos de Merlin estavam abertos e ele gemia.

— Como é que ele conseguiu esse galo enorme na cabeça? — quis saber o tenente do registro.

— Ele bateu na própria cabeça com uma garrafa de vinho — declarei. — Um daquele acidentes estranhos.

VINTE E CINCO

Lula e eu voltamos para Connie no meu apartamento. Empurramos o computador dela e as pilhas de pastas para um lado, levamos a comida e a garrafa de vinho para a mesa de jantar.
Lula serviu vinho para todas e ergueu seu copo.
– Um brinde. Quando vem, vem com tudo.
Bebemos a isso e atacamos a comida.
– Isso está delicioso – disse Connie. – Ele realmente cozinha muito bem.
Lula serviu-se de mais ensopado e olhou para mim.
– Devia se casar com ele. Você pode ter ótimo sexo sozinha, mas jamais poderá cozinhar tão bem assim.
Connie concordou.
– Ela tem razão. Se não quiser se casar com ele, talvez eu me case.
– Se eu me casasse com Ranger teria ótimo sexo *e* ótima comida – eu disse. – Ranger tem Ella.
Connie parou com o garfo na metade do caminho para a boca.
– Ranger quer se casar com você?
– Não.
– Então isso seria um problema – disse Connie.
Fiz um esforço considerável para não suspirar. Andava suspirando muito ultimamente.
– Joe às vezes quer se casar comigo.
Connie e Lula se viraram para mim. Esperançosas.
– Ele sabe cozinhar? – perguntou Connie.

— Não. Em geral ele digita a comida. Mas digita pizzas e sanduíches de almôndega muito bons.

— Eu ficaria com Dave — disse Lula. — Um dia a gente envelhece e não quer mais sexo, mas sempre quer comida.

— Isso é verdade — concordou Connie. — Voto em Dave.

— Eu adoro essas broinhas de milho — disse Lula. — Essas estão demais.

Quando terminamos, tínhamos acabado com as broas de milho e também não sobrou quase nada do Tex-Mex Fiesta.

— E a sobremesa? — Lula quis saber.

— A última broa de milho foi a minha sobremesa — disse Connie. — Vou arrumar as coisas e ir para casa.

Lula levou o prato para a cozinha.

— Estou pensando que preciso de sorvete.

Espiei no meu freezer para ver se tinha algum sorvete magicamente depositado ali. Não. Nada de sorvete.

— Tenho de dar uma carona para você até o seu carro — eu disse para Lula. — Podemos parar no caminho e comprar sorvete.

— Se formos à Cluck-in-a-Bucket, posso pedir um sorvete de máquina. Gosto quando misturam baunilha com chocolate e põem chocolate granulado em cima.

Empilhamos tudo na pia, dei um pedaço da broa de milho que tinha separado para Rex, Lula e eu trancamos tudo e saímos. Ando bem de salto alto, mas Lula é campeã nisso. Ela consegue passar o dia inteiro de salto 10 agulha. Acho que não deve ter terminação nervosa alguma nos pés.

— Como consegue andar com esse sapato horas a fio? — perguntei para ela.

— Faço isso porque sou do tipo equilibrado — ela disse, rebolando no estacionamento, indo para o meu Escort. — Tenho distribuição perfeita de peso entre meus seios e minha bunda.

Desci a Hamilton, passei pelo terreno da obra com o ônibus de Mooner parado no meio-fio e parei na Cluck-in-a-Bucket. Lula entrou para pegar o seu sorvete de máquina e eu fiquei para atender uma ligação de Morelli.

– Acabei de me livrar de Terry – ele disse. – Tenho de cuidar da papelada, depois estou livre. Pensei em passar na sua casa.

– Como foi com Terry?

– Um enorme zero – disse Morelli. – Ela não reconheceu o assassino. E não viu ligação entre Juki Beck e Lou Dugan. Mas, para não ser um desperdício completo do meu tempo, ela estava com uma saia curta que fez Roger Jackson cair da cadeira do outro lado da sala.

– E você?

– De onde eu estava não deu para ver direito. Não é para mudar de assunto, mas falei sobre Belmen com Jerry. Jerry também estranhou a arma. E acontece que a arma pertencia ao atendente do bar. Jerry foi lá falar com ele, e as acusações tinham sido retiradas. Connie deve receber os papéis amanhã.

– Deixe-me adivinhar. Foi o atendente de bar que atirou nele mesmo?

– É, foi um acidente, mas ele achou que não ia cair bem com as mulheres, por isso culpou Belmen. Imaginou que, por estar muito bêbado, Belmen não teria ideia do que aconteceu.

– Então estou livre do urso.

– Parece que sim. Talvez seja hora de você pensar em arrumar outro emprego. Alguma coisa com condições de trabalho melhores... como extermínio de barata ou coleta de lixo tóxico.

– Você parece a minha mãe.

– Depois de falar com você hoje cedo, eu verifiquei umas coisas e descobri que o irmão de Jimmy Alpha acabou de sair da prisão com condicional precoce. Até o mês passado ele estava trancafiado, acusado de falcatruas. Disseram que é muito parecido com o irmão.

– Você acha que ele teria algum laço com Lou Dugan?

– Estou investigando isso.

– Preciso ir. Lula chegou com o sorvete dela.

– Tive uma ideia – disse Lula, entrando no Escort. – Devemos caçar Ziggy enquanto estamos nessa maré boa. Estamos tão cheias desse feitiço agora que você talvez possa falar com Ziggy e fazê-lo vir conosco sem criar confusão.

– Tem certeza de que quer ir atrás de Ziggy sem o seu alho?

– Posso arriscar. Tenho sempre uma cruz na minha carteira para garantir.

Fui pela Hamilton e contei do irmão de Jimmy Alpha para Lula.

– Eu devia ter me lembrado dele – disse Lula. – Nick Alpha. Ele era um cara mau. Metido em um monte de coisas. Ninguém vai para a pista sem conhecer Nick Alpha. Ele não deve gostar muito de você por ter matado seu irmãozinho caçula.

Entrei no Burgo, dei umas voltas e cheguei à rua Kreiner. O sol já tinha se posto e as luzes dos postes estavam acesas. Uma nesga de lua pendia no céu sobre os telhados e a luz saía das janelas do primeiro andar... exceto na casa de Ziggy. A casa de Ziggy estava às escuras.

– Ele pode estar lá dentro – disse Lula. – Pode estar com as cortinas pretas fechadas e não dá para saber o que acontece.

– O carro dele não está na frente da casa.

– Pode estar na garagem.

– Ele não tem garagem – retruquei.

Lula atacou a casquinha de sorvete. Tinha pedido o tamanho gigante e já estava reduzido a um extragrande.

– Ele pode ter vendido o carro.

Eu estava parada do outro lado da rua bem na frente da casa de Ziggy, e meu instinto dizia que ele não estava em casa. Ziggy gostava de sair à noite. Quando o sol se punha, ia jogar boliche, jogava bingo, fazia suas compras no mercado.

Lula chegou para a frente.

– Você viu aquilo? Tem alguma coisa se mexendo ao longo da casa de Ziggy. Alguém espreitando.

Espremi os olhos para enxergar no escuro.

– Não estou vendo nada.

– No lado direito da casa. Ele está vindo para a frente. É Ziggy!

Lula abriu a porta do carro, desceu e saiu em disparada. Corria de salto 10 e ainda segurando sua casquinha de sorvete.

Eu vi o homem endireitar as costas quando Lula o atacou. Tinha a altura e o físico de Ziggy, mas estava no escuro. Ele deu meia-volta e correu, Lula correu atrás dele. Peguei a chave do carro e corri atrás de Lula.

Difícil acreditar que fosse Ziggy. Ziggy tinha 72 anos de idade. Estava em boa forma para a idade, mas esse homem da escuridão corria mesmo. Eles desapareceram atrás de uma casa e eu segui o barulho do galope deles. Ouvi alguém gritar e grunhir, depois um baque. Fiz a curva e quase caí em cima de Lula. Ela estava sentada em cima de um infeliz de cara para baixo, sobre um canteiro de flores, e continuava segurando o sorvete.

O cara olhou para mim e pediu *socorro* com a boca, sem emitir som.

– Nossa! – eu disse para Lula. – Esse não é Ziggy. Saia de cima do pobre homem.

– Era Ziggy – disse Lula. – Eu o vi à luz da lua e vi as presas.

– Para começar, não há quase luz da lua hoje.

– Bem, foi algum tipo de luz. Cintilou nas presas dele.

– Isso é um assalto? – perguntou o homem. – Vocês vão me roubar? Eu não tenho dinheiro algum.

Lula rolou para o lado e eu o ajudei a se levantar.

– Erro de identidade – eu disse. – Desculpe ter sido derrubado.

Ele limpou a terra da camisa.

– Não posso acreditar que ela conseguiu me pegar com esses saltos.

– Por que você correu?

– Eu procurava o meu gato e vi essa mulher enorme e maluca atravessando a rua e vindo na minha direção. *Qualquer pessoa* teria corrido.

Lula semicerrou os olhos.

– O que quer dizer com mulher *enorme*? Acha que sou *gorda* ou qualquer coisa assim?

Mesmo na mais completa escuridão, eu vi o cara empalidecer.

– N-n-não – disse ele, recuando dois passos.

Empurrei Lula de volta para a casa de Ziggy, examinamos em volta e batemos nas portas. Não havia sinal de que havia alguém na casa e a chave não estava mais no esconderijo. Voltamos para o Escort e ficamos mais um tempo ali sentadas, vigiando a casa.

Lula terminou seu sorvete, enviou mensagens de texto para todos os seus conhecidos e organizou a bolsa. Quando terminou a arrumação, enfiou um fone de ouvido na orelha e selecionou música no seu smartphone.

Tamborilava com as unhas no painel do carro e cantava junto.

– *Roxannnnne*.

– Ei.

Ela cantou mais alto.

– *You don't have to put on the red light*.

– *EI!*

Ela puxou o plug de ouvido.

– O que é?

– Você está me enlouquecendo tamborilando no painel e cantando. Não dá para só *ouvir*?

— Estou procurando me ocupar. Não aguento mais ficar aqui sentada. Minha bunda está dormente e preciso fazer xixi.

Saí dali e levei Lula até o carro dela.

— Até amanhã — ela disse. — E ainda não me convenci de que aquele cara não era Ziggy. Vampiros têm fama de ser dissimulados.

Ela havia estacionado na Hamilton, atrás do ônibus de Mooner. O trailer da obra não estava mais lá. Provavelmente removido para outro ponto para melhorar a visibilidade da rua e tornar o terreno menos atraente como cemitério. Deixei o carro em ponto morto ao lado do meio-fio um tempo e fiquei olhando para a terra cheia de marcas que dava na ruazinha de trás e para a cerca lá do outro lado. A fita da cena do crime tinha sido removida, mas a lembrança arrepiante do vídeo permanecia. Na minha cabeça, vi o carro entrando no terreno e vi o assassino desovar o corpo. Não era uma visão que me agradava repassar. Ela lançava filamentos de medo e de horror que se enrolavam na minha espinha. Três pessoas tinham sido assassinadas. E a sensação inabalável de que eu de fato *conhecia* o assassino queimava meu peito. Imaginei Nick Alpha de avental e com máscara de Frankenstein. Isso era uma possibilidade. Apertei as trancas automáticas do carro e saí da cena.

VINTE E SEIS

Morelli e Bob esperavam por mim quando cheguei em casa.
– Dei cabo do que restava do ensopado na geladeira – disse Morelli. – Você falou sério quando disse que Dave Brewer cozinha?

Larguei minha bolsa no aparador da cozinha e dei uma batidinha na gaiola de Rex para dizer oi.

– Falei. Ele gosta de cozinhar e a mãe não o quer na cozinha dela, então ele mendiga cozinhas. Ele não ficou para comer. Só queria cozinhar. Acho que é relaxante para ele.

– Ele nunca me passou a imagem de alguém que precisasse relaxar. Até onde lembro, ele nunca pareceu estressado. Jogava futebol como se estivesse passeando no parque.

– Todos adoram ele. Lula, Connie, minha mãe, minha avó.

Morelli se encostou no aparador, de braços cruzados. Sério.

– E você?

– Nem tanto. A mãe dele disse que foi uma armação com ele o caso em Atlanta. O que você acha?

– É possível. Ele podia estar assumindo a culpa de alguém. Ou pode ter sido estimulado a operar numa zona cinzenta. Ou pode ter recebido informações erradas.

– Ou podia ser culpado?

– É, isso também. Verifiquei a história dele. Teve um bom advogado, e algumas pessoas que iam testemunhar tiveram um lapso de memória no último minuto. E dois outros funcionários de banco que também eram acusados de crimes viajaram para locais desconhecidos.

– Eu não sabia de nada disso.

– Não foi um grande assunto na imprensa, mas o caso todo foi, no mínimo, muito enrolado.

Fomos para a sala de estar assistir à TV e paramos para observar Bob. Ele estava escarrapachado no sofá, de pernas para o ar, dormindo profundamente.

– Não tem espaço para nós – eu disse para Morelli.

Ele enfiou o dedo na gola da minha blusa e me puxou para o quarto.

– Acho que vamos ter de descobrir outra forma de ocupar o nosso tempo.

Ele tirou minha blusa e meu sutiã. Passou para a minha jeans, abaixou até os joelhos e parou.

– Que diabo?

Segui o olhar dele até minha calcinha da vovó.

– É complicado – eu disse.

– Querida, complicado é seu nome do meio.

Ele puxou a calça jeans toda e foi para a calcinha da vovó.

– Ainda bem que sou italiano, com um tesão muito forte. Um homem normal fugiria disso.

– É tudo culpa da sua avó. Ela botou o vordo em mim.

– Eu não sei do que você está falando. E não me importo se ela botou vordo, manteiga de amendoim ou maionese em você. Essa calcinha devia ser queimada e enterrada.

Morelli tirou a calcinha e a jogou para fora do quarto.

– Vordo é uma praga, um feitiço. Sua avó me enfeitiçou.

– Ela é uma velha maluca. Feitiços são o hobby dela.

– É um mau hobby.

– É inofensivo. Feitiços não existem.

– Então como você explica essa espinha gigantesca na minha testa?

– Donuts?

Tudo bem, pode me chamar de supersensível, mas acabei de ter minha calcinha insultada e ouvi dizer que tenho uma espinha monstro porque como donuts. Não é coisa que uma mulher nua queira ouvir. Especialmente se tem algum mérito. Cheguei para a frente, os pés afastados para dar mais estabilidade, mãos na cintura, olhos semicerrados, fios de fumaça provavelmente saindo do meu couro cabeludo.

– O quê?

– Merda – disse Morelli. – Você está muito tesuda assim.

Senti meus olhos quase saltarem das órbitas e meus braços ficaram adejando no ar involuntariamente.

– Estou tendo uma crise de indignação e você continua pensando em sexo? Que diabo há de errado com você?

– Não consigo evitar. Estou em modo projétil. E se quiser que eu me acalme agora, tem de parar de abanar os braços e de balançar seus seios na minha cara.

– Eu *não* estou balançando os seios na sua cara. Os meus seios estão bem aqui e a sua cara está longe, aí.

– Isso pode mudar.

– Acho que não. Vou me vestir – olhei em volta. – Onde está a minha roupa?

Morelli olhou para a sala de estar.

– Hum...

Olhei para onde ele estava olhando. Bob tinha descido do sofá, estava sentado na frente da TV, comendo a minha calcinha.

– *Largue isso* – eu disse para Bob. – *Agora!*

Bob pulou e correu para a cozinha com o que restava da calcinha da vovó.

— Não tem problema — disse Morelli. — Ele já comeu coisa pior. Comeu um sofá inteiro uma vez. Não que essa tenha sido uma refeição menor. Tem tecido suficiente naquele balão para cobrir um Volkswagen.

— Você está comparando a minha bunda com um Volkswagen?

— Vou contar até dez e vamos começar de novo — disse Morelli.

— Vou mais devagar dessa vez, uma vez que você já está nua.

Meu Deus, o que eu estava fazendo? Puxando briga deliberadamente com Morelli. A calcinha da vovó não funcionou, e agora eu recorria a uma briga para terminar tudo.

— Espere aí — eu disse. — Não se mexa.

Fui até o meu closet, vesti um robe e voltei para Morelli.

— O negócio é o seguinte. Estou confusa. Estou sendo pressionada pela minha mãe nesse relacionamento. Talvez tenha uma maldição que sua avó pôs em mim. E posso estar com uma infecção na bexiga.

— Posso lidar com isso tudo — disse Morelli. — Vá ao médico. Beba suco de cranberry. E faça o que tiver de fazer para se desconfundir. Procuro você amanhã.

Fiquei aliviada, Morelli foi muito compreensivo. Mas desapontada porque não insistiu para ficar.

Abri os olhos e olhei para o relógio. Eram quase nove horas da manhã. O dia tinha começado sem mim. Arrastei-me para fora da cama e fiquei embaixo do chuveiro até a água esfriar. Eu me vesti e passei um tempo de boa convivência com Rex enquanto ele comia um pote de cereais e corria em sua roda. Escovei os dentes, prendi o cabelo num rabo de cavalo, peguei a bolsa, abri a porta para sair e quase atropelei vovó Bella que estava no corredor, na frente da minha porta. Ela botou o dedo embaixo do olho e cacarejou.

Pulei para trás, bati a porta com força e a tranquei. Tirei o celular da bolsa e liguei para Morelli.

— Sua avó Bella está aqui. Está no corredor do lado de fora.

— Tem certeza?

— É claro que eu tenho certeza. Velha italiana assustadora, vestida de preto, certo?

— Ela não dirige. Como podia chegar até aí?

— Talvez tenha vindo de táxi. Droga, ela pode ter vindo voando numa vassoura.

— Por quê?

— Ela está me perseguindo! *Todo mundo* está me perseguindo!

— Tudo bem. Deixe-me falar com ela.

Abri a porta e Bella não estava mais lá. Nenhum sinal dela em lugar algum.

— Ela sumiu — eu disse para Morelli.

— Graças a Deus por isso. Está usando outra calcinha daquelas gigantes?

— Não. Estou com um fio-dental de renda vermelha.

— Tem certeza de que isso é a melhor coisa para uma infecção urinária?

— Estou me sentindo bem esta manhã. Acho que a infecção foi embora.

— Uma coisa a menos para se preocupar — disse Morelli.

— Como vai Bob?

— Está ótimo. Ele vomitou a calcinha por volta das duas da madrugada. Quer de volta?

Corri para o meu carro, fui para o escritório de agentes de fiança no terreno vazio e estacionei atrás do ônibus de Mooner. Connie, Lula e Vinnie já estavam lá, com seus carros estacionados mais adiante. Não havia van alguma da cena do crime, nenhum carro da polícia, nenhum rabecão do médico-legista, nenhum caminhão da TV por satélite. Oba! Um dia sem assassinato. Fiquei imensamente aliviada.

A porta do ônibus estava aberta, persianas levantadas e a luz saía através delas. Enfiei a cabeça e espiei.

– O que está acontecendo?

– Estou assumindo o comando – disse Connie. – A decoração útero não está funcionando. Chamei tio Jimmy e dois primos para virem aqui hoje. Vamos arrancar fora tudo que é preto e substituir por alguma coisa que não faça com que eu queira me matar.

Mooner estava digitando textos no celular dele.

– Oi – eu o cumprimentei.

– Paz – retribuiu Mooner.

Vinnie estava numa cadeira, debruçado sobre o computador.

– Esse negócio está acabando. Ninguém liga. Não temos nenhuma fiança. É como se não existíssemos mais.

– Talvez você precise sair desse terreno – sugeriu Lula. – Deve estar vazando vírus da morte e arruinando sua boa sorte habitual.

– Harry quer que fiquemos aqui. Não quer ter de mudar o endereço no iPhone dele. Por isso tive uma ideia. Acho que precisamos fazer propaganda. As pessoas veem o terreno vazio e acham que fechamos.

– Que tipo de propaganda vai fazer? – perguntou Lula.

– Cartazes e coisas assim. Na semana passada entrei em contato com uma empresa especializada na promoção de marcas. Estão fazendo um jingle para mim, para eu poder fazer propaganda no rádio. E vão botar um cartaz no ônibus hoje.

– O cartaz no ônibus é uma boa ideia – concordou Lula. – É um passo na direção certa.

— É, e mandei fazer uns folhetos. Vocês, meninas, podem espalhar por toda a cidade. Especialmente nos bairros com alta incidência de crimes, como a rua Stark.

— Quem está incluído aí nessas *meninas?* — quis saber Lula.

— Porque eu não sou paga para sujar a propriedade pública com merda — ela pegou um dos folhetos da mão dele e examinou. — Espere aí, isso aqui sou eu.

— É, a empresa das marcas que fez. Acharam que precisávamos de um toque pessoal, por isso usaram fotos de você e de Stephanie no folheto.

— Então isso é uma coisa completamente diferente — disse Lula. — Essa foto está realmente ótima. Estou com uma das minhas roupas preferidas. Ficarei feliz de ser espalhada pela cidade. Talvez até consiga alguns trabalhos como modelo com isso. É uma boa vitrine para os meus talentos.

Tirei o folheto da mão dela. Éramos Lula e eu, sim. Ela estava com uma camiseta superdecotada de lantejoulas douradas que mostrava um monte de seio espremido e junto, uma saia curta verde e sapato plataforma dourado salto 10. Eu usava exatamente a mesma roupa. O título dizia: Se você for mau, mandamos nossas meninas pegá-lo.

Fiquei muda. Minha boca estava aberta, mas só saíam gritinhos.

— Você não ficou muito bem nas nossas fotos — disse Vinnie.

— Então eles deram uma melhorada digital. Roupa nova e seios maiores.

Balancei a cabeça.

— Não, não, não, não.

— É do meu jeito ou pé na estrada — disse Vinnie. — Se não tivermos logo uma avalanche de telefonemas dos fracassados presos, você vai sair por aí pedindo dinheiro para pagar a gasolina.

Ele tinha razão. Aquele era um dos muitos problemas com o meu trabalho. Não recebo salário. Faço dinheiro capturando fujões. Se não houver nenhum fujão para pegar, meu contracheque é zero. Atualmente meu único fujão digno de nota era Ziggy, e não era tão valioso assim.

Peguei um grampeador de parede na mesa e enfiei na bolsa.

– Muito bem. Ótimo. Passe para cá uma pilha desses cartazetes idiotas.

VINTE E SETE

*B*ANGUE! *BANGUE!* Lula pregou um cartaz num poste telefônico na parte baixa da rua Stark e eu saquei um marcador preto e cobri meu rosto na foto.
— Vinnie não vai gostar disso — disse Lula. — Devia pelo menos pôr uma carinha feliz.
— Jamais.
— Cara, você está mesmo de mau humor. Aposto que é a calcinha da vovó. Não fez nada ontem à noite, não é? E agora está toda rabugenta.
— A calcinha da vovó não funcionou. Morelli a arrancou fora e o cachorro comeu.
BANGUE! BANGUE! Lula pregou outro cartaz.
— Acho que calcinha da vovó não é páreo para o vordo. Esse feitiço que puseram em você é poderoso.
Pintei a minha cara.
— A verdade é que eu não acredito em feitiços, e, mesmo assim, os feitiços dela parecem estar funcionando.
— Talvez tenha havido apenas uma grande dose de coincidências. Como se houvesse um talento para atrair coincidências.
Estávamos paradas na frente de um mercadinho. A porta se abriu com estrondo e um cara magricela, de roupas largas e sapato grande, irrompeu e deu uma trombada em Lula. Tinha uma arma em uma das mãos e um punhado de cédulas de dinheiro na outra. Ele bateu nela de frente, no peito e, BANGUE!, ela o grampeou. Ele berrou, deu meia-volta, correu para a rua e foi atro-

pelado por um Escalade. O Escalade jogou o cara no meio-fio e continuou rodando como se nada estranho tivesse acontecido.

– Caramba – disse Lula.

Algumas crianças e moradores de rua saíram correndo dos cantos escuros como baratas quando a luz se apaga, e, num piscar de olhos, o dinheiro e a arma tinham novos lares. Lula deu para todos eles um cartaz, e as crianças e moradores de rua desapareceram nas sombras de novo.

Um velho saiu correndo do mercadinho.

– Chamei a polícia – ele disse, abanando o celular. – Fui assaltado quatro vezes esta semana. – Ele olhou para o cara caído na rua. – O que aconteceu?

– Foi atropelado por um Escalade – disse Lula. – Depois foi roubado.

O velho foi até o cara caído na rua e deu-lhe um bom chute.

– Bosta de cachorro – disse o velho.

Ele deu meia-volta e entrou na loja dele. Quando passou por ela, Lula deu-lhe um cartaz.

Lula e eu fomos ver o cara caído na rua.

– Você está bem? – perguntei para ele.

Ele abriu os olhos.

– Estou parecendo bem, sua piranha?

– Desculpe o grampo – disse Lula. – Foi um daqueles atos reflexos.

Um carro da polícia de Trenton parou, dois policiais fardados desceram e foram ver o cara na rua.

– Oi, Eddie – disse um dos policiais. – Como vão as coisas?

– Fui roubado. Esse bairro aqui é um buraco de rato.

O velho reapareceu.

– Levaram *meu* dinheiro que ele tinha roubado. Essa é a quarta vez esta semana. Odeio este homem. Ele é bosta de cachorro.

Lula deu um folheto para Eddie.

– Ligue para Vinnie e estará solto num instante. E se vocês guardarem seus folhetos autografo para vocês.

Cobrimos mais dois quarteirões com cartazes e voltamos para o meu carro. Ainda tinha os pneus, mas alguém tinha espalhado tinta de spray e escrito PUTA nele. Olhei para o outro lado da rua e vi Nick Alpha parado diante de uma porta. Olhava fixamente para mim, sério, fumando um cigarro. Fez uma arma com a mão, apontou para mim e fez com a boca *bangue*. Então se virou e foi embora.

– Minha nossa! – eu disse para Lula. – Você viu aquilo?
– Vi o quê?
– Nick Alpha!
– Onde?
– Já foi embora.
– Estou me sentindo esquisita – disse Lula se vendo no espelho retrovisor. – Acho que meus dentes estão crescendo. Olha só como estão! Meus caninos estão ficando pontudos? Sei que estão mais compridos do que estavam ontem. Acho que os germes do vampiro estão me dominando.

– Acho que são os germes *pirados* que estão dominando você.
– Tudo bem, mas eu já falei sobre isso. Não vou me responsabilizar se pular em cima de você de repente e se sugar o seu sangue todo. E é uma hora terrível para isso estar acontecendo. Logo agora que posso conseguir um contrato de modelo por todos esses cartazes que estamos grudando por aí.

Saímos da rua Stark e passamos pelo projeto habitacional público. Muitos clientes em potencial ali.

BANGUE! BANGUE! BANGUE! BANGUE! Lula pregou cartazes por toda parte e deixamos uma pilha num mercado de drogas a céu aberto.

– Isso está indo melhor do que eu pensava – disse Lula. – As pessoas estão até me agradecendo por dar o folheto para elas. E você tem uns elogios simpáticos na sua foto.

— Um cafetão e um bêbado disseram que eu estava melhor na foto do que na vida real. Isso não é um elogio.

— Eles estão gostando do seu peito ampliado. Você até recebeu uma oferta de trabalho.

— Do cafetão!

— É, mas ele é muito bom. As meninas dele trabalham em algumas esquinas excelentes.

Quando acabamos a pregação de cartazes ali, fomos cobrir a área em volta da delegacia de polícia. Eu segurava os últimos cinco cartazes enquanto Lula grampeava.

Senti uma mudança na pressão do ar e o desejo percorreu meu corpo. Eu me virei e trombei com Ranger.

— Querida.

— Nossa! — dei dois passos para trás. — Não ouvi você chegar. Está pegando relatórios da polícia?

— Estava fazendo uma verificação de antecedentes — Ranger olhou para o cartaz que Lula tinha acabado de pregar num prédio. — Vocês estão pregando isso, ou arrancando?

— É ideia do Vinnie, para atrair mais trabalho.

Lula abriu o grampeador e espiou dentro.

— Estou sem grampos. E estou cansada disso de qualquer maneira. Tenho uma bolha no meu polegar de tanto grampear e quebrei uma unha. Minha amiga Shirleene tem um salão de manicure no próximo quarteirão. Vou até lá para fazer as unhas. Quer vir comigo?

— Não.

— Bem, não posso andar por aí com uma unha quebrada. Tenho uma reputação a zelar. Vou dar um jeito no meu transporte e, se ficar presa, faço Vinnie vir me pegar. Isso é uma emergência de trabalho.

Lula desceu a rua e eu enfiei o resto dos cartazes na bolsa.

— Onde deixou o carro? — perguntou Ranger.

— Virando a esquina, na Leeder.

– Eu parei na Leeder, mas não vi o seu carro.
Fomos andando até a Leeder e Ranger estava certo... nada do Escort. Senti meus ombros curvando.
– Alguém roubou o meu carro.
– Tem certeza de que parou aqui?
– Tenho. Tem até uma mancha nova de óleo no chão.
Ranger passou o braço no meu ombro e beijou o topo da minha cabeça.
– Um dia preciso conversar com você sobre os cuidados com o carro.
– Sei cuidar do carro. Tinha uma lata de óleo de motor no porta-malas.
– Essa é a minha garota.
O Porsche 911 turbo dele estava estacionado a dois carros de distância. Entramos, prendemos nossos cintos de segurança e o vordo assumiu o controle. Senti uma leve fragrância de gel de banho Bulgari Green quando Ranger se moveu. O cabelo castanho dele estava sedoso de tão limpo e com um corte perfeito. A pele morena de latino, lisa e beijável. Ele usava uma camiseta preta da Rangeman com calça cargo. A camiseta se esticava sobre o bíceps como se tivesse sido pintada ali. A calça cargo estava preenchida em todos os lugares certos.
– Você já fez num 911? – perguntei para ele.
– Acho que não é possível.
– Aposto que eu consigo.
Ele se virou para olhar para mim. E então sorriu.
– É o vordo – disse para ele.
– Ficaríamos mais confortáveis se fôssemos para a Rangeman.
Eu estava com a mão na perna dele e os lábios na orelha.
– É longe demais.
Ranger engrenou a marcha, avançou dois quarteirões e parou numa ruazinha entre dois prédios. Afastou o banco dele para trás e desligou o motor.

— Então faça — ele disse.
Empurrei meu banco para trás, tirei os tênis com os pés mesmo e a calça jeans também. Estava com o fio-dental de renda vermelha e tive uma lembrança pavorosa do sonho da vovó com o cavalo voador e o rinoceronte. Isso podia ser o incidente com o rinoceronte, pensei. Ele podia cair lá de cima e me esmagar feito um inseto. Muito bem, é sua última chance de avaliar a sanidade desse ato. Você quer muito mesmo? Engoli ar. Eu queria *demais*.
Avaliei a logística de brincar de esconder o salame num carro esportivo. Ranger tinha razão. Não ia ser nada fácil. Se eu deitasse em cima dele, não teria espaço para a minha perna. A porta dele era perto demais. Só havia um jeito de fazer isso. Desci, dei a volta no carro, abri a porta dele e montei nele com uma perna para fora e um pé no console.
Biiiiiiii! Minha bunda estava em cima da buzina. *Biiii, biiii, biiii, biibiibiibiibii!*
Uma gota de suor desceu pelo lado do rosto de Ranger.
— Querida.

Trinta segundos depois eu estava de volta ao meu lado do carro, muito mais tranquila, lutando para me enfiar na calça jeans antes de sairmos da ruazinha.
Eu ia para o inferno. Sem dúvida alguma.
— Conte sobre esse vordo — pediu Ranger.
— É um feitiço sexual. A avó do Morelli, Bella, botou em mim, para Morelli achar que sou uma puta.
— Se eu achasse que isso foi resultado do feitiço de Bella, mandava um presente para ela.
— De que forma explica o que eu acabei de fazer?
— Magnetismo animal.

VINTE E OITO

Ranger entrou na Clinton.
– Ainda quero que você dê uma espiada no sistema de segurança da nova conta.
– Claro. Posso fazer isso agora, se estiver bem para você.
– Tenho reunião com um cliente daqui a meia hora, mas você pode ver o projeto sozinha. Ele não pode sair do prédio, então você vai ter de usar o meu escritório ou o apartamento.

Não tinha muito trânsito ao meio-dia e passamos direto por todos os sinais. Ranger parou na garagem subterrânea, desceu e apontou para a frota de carros.
– Escolha um.
– Você é muito gentil, mas não precisa emprestar um carro para mim.
– Empresto carros para você o tempo todo.
– E quase sempre os destruo ou perco. Tenho muito azar com carros.
– O trabalho na Rangeman é muito estressante, e você é uma das poucas fontes de distração aqui. Dou um carro para você e meus homens começam a fazer apostas de quanto tempo vai levar para acabar com ele. Você tem lugar no meu orçamento com a descrição *entretenimento*.
– Puxa...
– Além disso, precisa ir para casa de algum jeito e eu não posso levá-la. Estou com a tarde toda tomada de reuniões e tenho um jantar de negócios com o meu advogado.

— Levo o Cherokee.
— Vou avisar a Hank. As chaves estão no carro.
Subimos no elevador em silêncio. Ele abriu a porta do apartamento e eu o segui até o estúdio. As plantas do projeto estavam em cima da mesa dele.
— Leve o tempo que quiser — ele disse. — Avise à mesa de controle quando for sair.
Ele me puxou para perto.
— Ou pode ficar e passar a noite aqui.
— Quando é sua próxima reunião? — perguntei.
Ele olhou para o relógio.
— Em dez minutos.
Abri o zíper da calça dele.
— Bastante tempo.
Nove minutos depois, Ranger saiu de cima de mim. Fui com ele até a porta, peguei um sanduíche de salada de frango na geladeira e me instalei à mesa de jantar para examinar a planta de segurança. Lula ligou assim que terminei de comer o sanduíche.
— Você tem de voltar para o ônibus — ela disse. — Houve um progresso enorme aqui e os negócios estão bombando. Vinnie foi ao centro pagar a fiança de três idiotas. E Connie descobriu uma pista de Ziggy.
Arrumei tudo e deixei um bilhete para Ranger, detalhando as poucas sugestões que tinha para a planta, pedi desculpas por não ter podido terminar. Liguei para a mesa de controle e disse que estava saindo.

O trânsito estava lento demais na Hamilton. Cheguei mais perto do terreno do escritório de fiança e vi que os carros passavam devagar e as pessoas ficavam olhando espantadas. Me encolhi só de pensar em outro corpo. Então eu vi.

Estavam espantados com o ônibus. Tinha sido todo embrulhado com filme de pvc. O fundo era verde forte. As letras pretas. E Lula e eu estávamos estampadas na lateral. Eram exatamente os mesmos texto e foto que tinham sido usados nos folhetos... só que agora eu tinha mais de dois metros de altura e meus seios eram do tamanho de bolas de basquete.

Parei o carro, atravessei a rua correndo e fui para o ônibus. Um cara num caminhão buzinou para mim e outro num Subaru disse que ele era mau e perguntou se eu daria umas palmadas nele. Mantive a cabeça baixa e entrei na monstruosidade de Mooner.

Connie estava ao computador. Lula estava no sofá enviando mensagem de texto. Mooner, de cabeça para baixo no quarto dos fundos.

– O que ele está fazendo? – perguntei para Connie.

– Não sei direito. Acho que pode estar tentando fazer com que as drogas vazem para fora da cabeça dele pelo cabelo.

– O trânsito está congestionado quase dois quilômetros na Hamilton porque as pessoas estão parando para ver o ônibus.

– O pessoal da televisão esteve aqui há alguns minutos – disse Lula. – Vamos aparecer no noticiário da noite. Somos famosas. Somos como estrelas do rock.

– Era esse o novo progresso? – perguntei.

– Era – disse Lula. – O que poderia me animar mais?

Fiz a mímica de me enforcar.

– Detesto dizer isso, mas está funcionando – disse Connie. – Os fracassados podres estão adorando os folhetos. Estamos no páreo de novo.

Espiei em volta dentro do ônibus.

– E a reforma aqui dentro?

– Tio Jimmy vai começar esta noite depois do expediente. Ele disse que não era nada de mais fazer as paredes e o chão. Os móveis estofados é que terão de esperar até domingo.

Ouvimos um barulhão e olhamos para o quarto.

— Não tem problema — disse Mooner. — Eu só perdi a cabeça.

Connie foi até a geladeira e pegou uma garrafa d'água.

— Pode não valer muito, mas minha tia Theresa é vizinha da garagem Maronelli, ao lado da funerária, e ela disse que tem visto Ziggy entrando e saindo de lá. Tia Theresa tem 93 anos e não enxerga a mão na frente do rosto, por isso nada garante que seja mesmo Ziggy, mas passo para você de qualquer maneira.

— Vamos verificar isso — disse Lula. — Nosso mote é que não fique uma pedra no lugar.

— Ela o vê durante o dia ou à noite? — perguntei para Connie.

— Ela não disse.

Meu celular tocou e, pelo toque, eu sabia que era da casa dos meus pais.

— Acabei de chegar de uma tarde de velório na funerária Stiva — disse vovó. — Marilyn Gluck me deu carona para casa e passamos pelo terreno onde ficava o escritório de fiança. Tem um ônibus parado lá com a sua foto nele. É linda. Parece que você fez um daqueles implantes de seios e nós nunca notamos isso antes.

— Eu não fiz implante de seios. Foram aumentados em um computador.

— O telefone não parou de tocar desde que cheguei em casa. Todos estão ligando para dizer que viram você no ônibus. Norma Klap disse que o filho dela, Eugene, gostaria de namorar você.

— Minha mãe sabe?

— Sabe. Ela está passando roupa.

Desliguei e saí com Lula para procurar Ziggy. Lula estava com a cruz e dois dentes de alho na bolsa. Eu estava de óculos escuros e um boné de beisebol, torcendo para ninguém me reconhecer.

A funerária Maronelli fica no fim do Burgo, uma rua depois da Liberty. É da família Maronelli há muitas gerações e, tirando a instalação de água encanada, não mudou muito nesses anos todos. As salas de velório são pequenas e escuras. Inglês é falado como segunda língua. A bandeira italiana fica exposta no pequeno saguão da entrada. Manny Maronelli e a mulher dele moram num apartamento em cima das salas de velório, mas têm setenta e tantos anos e passam a maior parte do ano em seu trailer duplo em Tampa. Os filhos deles, Georgie e Salvatore, administram o negócio e mantêm as contas em azul com um menu diversificado de serviços que incluem apostas em corridas, prostituição e eventuais sequestros. É uma operação muito eficiente, já que os homens podem comparecer aos velórios, lamentar a morte de alguém e obter um boquete ao mesmo tempo.

A garagem para quatro carros é separada e fica ao lado da casa funerária. O rabecão fica normalmente na entrada da casa, por isso imaginei que a garagem fosse usada para guardar as coisas que caem da traseira dos caminhões. Eram quase quatro horas quando Lula e eu passamos pela funerária, e não havia sinal algum de atividade. Tínhamos chegado entre os velórios da tarde e da noite.

Parei o carro do outro lado da rua e ficamos lá sentadas um tempo, avaliando as coisas. Nenhum trânsito na rua. Ninguém passeando com cachorro. Nenhuma criança de bicicleta. Lula e eu saímos do carro, fomos para a garagem e experimentamos a porta lateral. Não estava trancada. Abri a porta, e Lula e eu entramos. Olhamos em volta. Sem janelas. Muito escuro. Acendi a luz, fechei a porta e examinei tudo.

O material da funerária estava empilhado contra uma parede. Tudo desde guardanapos de coquetel até fluido para embalsamar. Um Lincoln Town Car preto estava parado na frente de uma das baias do meio. Um carro de flores ao lado dele. Caixões cobriam toda a parede dos fundos da garagem. Um deles estava com a tampa aberta.

— Gosto do caixão de tampa aberta — disse Lula. — É de primeira classe. Quando eu for, quero ter um caixão como esse. Aposto que é muito confortável para o sono eterno.

Ela foi até o caixão, se debruçou para espiar dentro e Ziggy se levantou.

— Aiiiii — berrou Lula. — Eu tenho uma cruz! Tenho alho! Que Deus me ajude!

— Não se pode nem tirar uma soneca em paz — disse Ziggy, saindo do caixão.

Lula tirou a arma da bolsa.

— Tenho uma bala de prata aqui. Para trás!

— Balas de prata servem para lobisomens — explicou Ziggy. — Que horas são? Já é noite?

Olhei no meu relógio.

— São quatro horas.

— O que você está fazendo aqui? — perguntou Lula.

— Estou tentando dormir. Aqui é muito tranquilo. E é escuro.

— Os donos da funerária não se importam de você dormir aqui no caixão deles?

— Acontece que este é o meu caixão. Comprei dois anos atrás. É muito confortável. Ele costumava ficar lá em casa, mas estava assustando a minha irmã, por isso Georgie disse que eu podia deixar aqui.

— Mesmo para um vampiro, você é esquisito — disse Lula

— Não é fácil ser vampiro — disse Ziggy. — Tenho de evitar a luz do sol, tenho de achar sangue para beber e nem posso usar dentaduras normais. Tenho de usar essas especiais que mando fazer. E há as expectativas. Como dormir num caixão. E tenho de ficar sempre atento com as pessoas que querem enfiar uma estaca no meu coração.

— É isso — disse Lula. — Uma estaca no coração. Eu sabia que havia uma maneira de matar você.

Ziggy engoliu ar.

— Você já tem o caixão — disse Lula. — Não tem com o que se preocupar. Está tudo em ordem.

— Você não vai enfiar estaca alguma em mim — disse Ziggy. — Eu não estou preparado. Se chegar perto de mim, chupo todos os líquidos do seu corpo.

— Droga — disse Lula. — Já tenho essa praga dos vampiros em mim. Meus dentes estão crescendo e não estou gostando nada disso. Tinha dentes perfeitos antes de você me chupar.

Ela enfiou a mão na bolsa, pegou a pistola de eletrochoque e encostou em Ziggy.

Ziggy desmoronou no chão.

— Isso foi assustador — disse Lula. — Gosto dos líquidos do meu corpo. Não ia ficar bem sem eles.

— Não sei qual de vocês dois é pior. Ele não é um vampiro e não vai secar os seus fluidos. O melhor que ele poderia fazer seria botar um diurético no seu café.

— E eu sou pior como?

— Você só faz bravatas. Você não tem bala de prata nem estaca. Está fazendo ameaças que não tem intenção alguma de cumprir.

— É, mas fazemos isso o tempo todo.

Era verdade.

— Vamos algemá-lo e pôr no Jeep antes dele acordar.

— E a luz do sol?

— Ele vai ficar bem.

— Tem certeza? E aquela gritaria? Eu não aguento mais aqueles gritos. Temos de cobri-lo.

Olhei em volta. Nada. Nem panos para cobrir móveis, lençóis ou sacos de lixo.

— Eu já sei — afirmou Lula, segurando os braços dele. — Vamos botar no caixão. Pegue as pernas e me ajude a levantar.

— Caixões são pesados. Não vamos conseguir levá-lo para o Jeep.

— Tem um carrinho de rodinhas para levar caixões perto da porta. É o que eles usam nos enterros. Ele sobe e desce.

— Está bem, mas se não funcionar vamos ter de aturar a gritaria.

— Feito — disse Lula —, mas eu não vou ficar assistindo quando ele murchar todo e virar cocô de gato. Assim que começar a fumegar, dou o fora daqui.

Pusemos Ziggy no caixão, fechei e tranquei a tampa. Peguei o carrinho e o pus perto, erguemos o caixão e o pusemos em cima e empurramos tudo junto para a frente da garagem.

— Eu espero aqui — disse Lula. — Traga o Jeep de marcha a ré até a porta.

Corri para pegar o Jeep e abaixei o banco de trás para dar mais espaço para o caixão. Recuei até a porta, Lula ativou o automático para abrir a porta e pusemos o caixão dentro do SUV.

— Não cabe — disse Lula.

A parte de trás do caixão ficou uns sessenta centímetros para fora do para-choque, mas eu não me importei com isso. Já tinha chegado até ali. Eu ia levar Ziggy de qualquer jeito. Ia deixar a porta de trás aberta e dirigir bem devagar.

Peguei a Liberty até a Broad e fui para o centro da cidade. O carro atrás de mim mantinha distância.

— Seria bom se tivéssemos pendurado uma bandeira vermelha no caixão de Ziggy — disse Lula.

— Eu devia ter posto uma venda nos olhos dele para ele não saber se é dia ou noite e ser levado no banco de trás.

Fui devagar pela Hamilton e parei num sinal, concentrada no trânsito à frente. Ouvi arranhadas e depois um grito. Virei e vi Ziggy saltar do Jeep e correr para uma rua transversal abanando os braços e gritando.

— Como pode? — disse Lula. — Eu vi quando você trancou a tampa.

— Deve ter uma chave por dentro.

Dobrei à direita e fui na direção dos gritos. Estávamos de janelas abertas, ouvindo e os gritos pararam.

– Uh, oh – disse Lula. – Cocô de gato.

– Ele deve ter entrado em algum prédio.

– Claro – disse Lula. – Deve ser isso. Quer sair e procurar por ele?

– Não. Você quer?

– Não – Lula virou para trás. – O que vamos fazer com o caixão dele?

– Acho que devolver para a funerária.

– Já notou como as pessoas estão olhando para nós? Como se nunca tivessem visto um caixão saindo de um Jeep antes.

Refiz a rota pela Broad até a Liberty. Passei pela funerária e recuei na entrada que dava na garagem. O carrinho de caixão não estava mais lá e a porta da garagem estava fechada.

– E agora? – perguntou Lula.

– Agora nós tiramos o caixão do Jeep de Ranger com o máximo de dignidade que pudermos e depois damos o fora daqui.

– E se alguém nos vir e quiser saber o que estamos fazendo?

– Dizemos que Ziggy queria dar um passeio de carro, mas que resolveu voltar para casa andando.

– Ótimo – disse Lula. – Parece verdade.

– É *meio* verdade.

– Excelente.

Tiramos o caixão do Jeep, o botamos no chão na frente da porta da garagem, corremos para o SUV e fomos embora.

VINTE E NOVE

Eu estava tentando levar Lula de volta para o escritório de fiança, mas o progresso na Hamilton era muito lento, fiquei presa no congestionamento criado pelo ônibus dos "bad boys". Deixei Lula um quarteirão antes e peguei um desvio para o Burgo, retornei e peguei a Hamilton no outro lado do congestionamento. E isso gerou o benefício extra de me poupar de passar pela Stephanie de dois metros e taça D dupla.

Dez minutos depois saí do elevador no meu prédio e vi Dave sentado na frente da minha porta. Havia duas sacolas do mercado ao lado dele no chão e ele segurava flores.

Dave se levantou quando me viu.

– Trouxe flores para você.

Olhei para as sacolas.

– E compras de supermercado?

– É. Pensei em arriscar de você chegar em casa com fome. Eu saí do trabalho, passei de carro pelo supermercado e me senti inspirado.

Peguei as flores e destranquei a minha porta.

– O que tem no menu?

– Salada, escalope de batata e costeleta de cordeiro. Você vai ficar encarregada do escalope de batata.

– Eu não estou usando avental.

– Que pena.

Ele desempacotou as coisas e arrumou tudo na bancada.

– Você não está correspondendo à fantasia.

– Tenho medo de perguntar.
– Chefes de torcida e reputações – disse Dave.
– Que tipo de reputações?
– Boa com o bastão.

Ai, meu Deus, eu já podia sentir o rinoceronte pairando em cima de mim.

– Vamos combinar uma coisa – eu disse para ele. – Tenho dois homens na minha vida, e os dois com porte de arma. Você não vai querer provocá-los. Pode cozinhar, mas não paquerar. Sem duplos sentidos. Nada de ficar olhando para o meu peito. Nenhuma fantasia rodando bastão.

– Não vou desistir das fantasias rodando bastão – disse Dave –, mas substituo você por Alberta Zaremba – ele procurou em volta e achou a tábua de cortar. – Vou preparar as costeletas de cordeiro. Você pode descascar as batatas e cortá-las em rodelas com mais ou menos três milímetros de espessura.

Quando eu estava quase terminando de cortar, ele espiou por cima do meu ombro para ver como eu ia.

– Perfeito – disse ele. – Pena que não nos conhecemos melhor quando estávamos no colégio.

Ele estava perto demais. Senti sua respiração no meu pescoço, e o peito dele roçando nas minhas costas quando se inclinou.

– Você está perto demais – eu disse. – Lembra-se dos homens armados?

Ele deu um passo para trás e eu cortei a última rodela.

– E agora? Ponho a batata no pirex?
– Sim, mas tem de passar manteiga primeiro.

Ele tirou a manteiga da geladeira e botou na bancada. Acrescentou manteiga, leite e queijo suíço já ralado.

– Passe manteiga no pirex, ponha uma camada de batata, acrescente pequenos pedaços de manteiga, salpique o queijo ralado e vá fazendo assim as camadas – ele disse.

— Está bem.
Espalhei o resto do queijo na batata e recuei para admirar minha obra, achando que estava bonita e muito apetitosa.
— O que vem agora? – perguntei.
Ele levou um segundo para responder.
— Leite.
Ainda bem. Num breve momento irracional, tive medo de que ele arrancasse minha roupa. E eu talvez tivesse dificuldade para me defender. Ele tinha mais altura e mais peso do que eu e não estava em grande forma, mas também não estava tão fora de forma assim.
Ele acrescentou o leite às batatas e pôs o pirex no forno.
— Estou com a salada e as costeletas de cordeiro no ponto. Só falta o vinho.
— O que vamos fazer com o vinho?
— Beber até a batata ficar pronta.
Aceitei um copo de vinho e ouvi a tranca da porta da frente se abrir. Só duas pessoas além de mim poderiam destrancar a minha porta. Morelli tinha a chave. E Ranger tinha habilidades que cidadãos normais que obedecem às leis não costumam ter. Eu sabia que era Morelli porque ouvi Bob arfando do outro lado da porta.
A porta se abriu e Bob entrou correndo, parou diante de Dave e fez sua dança de felicidade. Bob amava todo mundo, especialmente as pessoas com comida na mão.
— Espero não estar interrompendo nada – disse Morelli, tirando um biscoito de cachorro do bolso e jogando na sala de estar para distrair Bob.
— Não está – eu lhe disse. – Dave passou aqui para fazer o jantar. E tenho certeza de que temos o bastante para você e para o Bob. Fiz escalope de batata quase sozinha – fui até o forno e abri.
— Olha só!

Morelli espiou dentro do forno e deu um sorriso de orelha a orelha.

— Eu adoro escalope de batata.

Ele me abraçou e deu um beijo na minha têmpora. Um beijão estalado que Dave não poderia ignorar.

— Legal você ajudar Steph na cozinha — ele disse para Dave.

Isso foi o equivalente a Bob levantar a perna no seu arbusto preferido e marcar território. Morelli me segurava com firmeza ao seu lado. Pegou meu copo de vinho para experimentar, achou fraco e tirou uma cerveja da geladeira.

— Como está indo? — Morelli perguntou para Dave. — Soube que está trabalhando para o seu tio.

— Preenche os espaços vazios — disse Dave. — E as novidades na sua vida?

— Assassinatos — disse Morelli. — Alguém está dando estatísticas péssimas para Trenton. Se continuar assim, seremos a nova capital dos homicídios — ele bebeu um gole de cerveja. — Houve uma invasão de domicílio e homicídio duplo ontem à noite.

— Assalto? Violência doméstica? — perguntei.

— Não sei. Não estou no comando da investigação.

Dave tirou as costeletas de cordeiro da geladeira e botou na bancada.

— Mataram como?

— Com tiros.

— Sujeira — disse Dave.

TRINTA

Morelli estava no sofá sem sapatos, operando o controle remoto da TV. Bob estava espremido no sofá, com Morelli de um lado e eu do outro. Os pratos que usamos estavam na lavadora. Os poucos restos de comida, na geladeira. Dave tinha recusado o convite para assistir a uma reprise de *Bowling for Dollars* e ido embora.

— Isso é que é vida — disse Morelli. — Uma fantástica refeição feita em casa, agora relaxando na frente da televisão. E mais tarde um pouco de romance.

Minha nossa. Mais romance. E a infecção urinária tinha voltado.

— O que você acha de Dave?
— Ele faz costeletas de cordeiro sensacionais.
— Fora isso.
— Ele tem traquejo social de alto nível. Devia estar na pista de maior velocidade profissional antes de ser pego como laranja no esquema de enriquecimento rápido de alguém.

Bob se levantou, deu duas voltas e se espremeu de novo entre Morelli e o braço do sofá.

Alguém tocou a campainha e eu fui atender, com certo receio de ser Dave voltando. Espiei pelo olho mágico e vi que era Regina Bugle. Obviamente tinha sido dispensada sob fiança de novo.

— O que é? — gritei para a porta fechada.
— Quero conversar.
— Dá para ser pelo telefone?
— Não.

Não vi uma arma na mão dela, por isso abri a porta. Regina se abaixou, pegou uma torta e apertou contra o meu rosto.

– Vadia – disse ela. – A próxima coisa que vai atingir a sua cara vai ser um para-choque.

Ela saiu andando pelo corredor e entrou no elevador.

Morelli chegou por trás de mim.

– Hum, sobremesa – ele limpou um pouco da torta. – Merengue de limão!

– Preciso tomar um banho.

– Como vai a infecção urinária?

– Voltou – eu disse.

Junto com uma enorme culpa. O vordo estava cobrando seu preço. E o plano de Lula não estava funcionando. O meu conflito só tinha aumentado.

Bob chegou trotando e comeu a torta do chão.

– Bob e eu vamos sair – disse Morelli. – Tem um jogo na casa de Mooch esta noite.

Sábado de manhã, Morelli ligou para dizer que ia passar o dia ajudando o irmão Anthony a se mudar de um lado do Burgo para outro, para uma casa maior. Anthony e a mulher eram uma fábrica de bebês.

Antes de o escritório pegar fogo, Connie costumava trabalhar meio expediente aos sábados, mas esses sábados agora eram aleatórios. E já que o ônibus estava sendo reformado, eu desconfiava que Connie estaria em Point Pleasant hoje, em busca das peças do quebra-cabeça.

Quando Vinnie tem bandidos soltos por aí, eu trabalho sete dias por semana. O único bandido solto neste momento era Ziggy, e eu estava achando que o dinheiro que ganharia por capturá-lo não valia novas tentativas de perseguição a um vampiro escandaloso.

Eram quase nove horas e eu estava de bobeira, de camiseta puída, uma das antigas de Morelli, da Marinha, e de chinelos felpudos cor-de-rosa. Tinha limpado a gaiola de Rex e posto comida e água para ele. Estava só na minha segunda xícara de café. Tinha comido a sobra do cordeiro. E resolvia se limpava a privada ou se voltava para a cama. Então meu telefone tocou.

— Acabei de receber uma ligação de Emma Brewer — disse minha mãe. — Ela está muito animada com você e Dave.

— Emma?

— A mãe dele. Ela disse que vocês têm se encontrado.

— Eu o deixei usar minha cozinha.

— Dois dias seguidos! Ele fez costeletas de cordeiro para você? Emma disse que é a especialidade dele.

— É, ele faz uma excelente costeleta de cordeiro. Morelli estava aqui e adorou.

— Você deixou Joseph Morelli se meter no seu encontro?

— Não foi encontro algum.

— Stephanie, esse jovem simpático é a sua chance. Você devia arrumar seu cabelo. Fazer as unhas. Acho que ele está interessado. Morelli não vai dar em nada. Jamais conseguirá que ele se case com você. Achei que seria bom eu convidar os Brewer para jantar — disse minha mãe. — Você e Dave, Emma e Herb e...

— Não! Não faça isso. Dave e eu somos apenas amigos. Na verdade, *nem* amigos somos.

— Não foi o que eu soube por Emma. Acho que ele está apaixonado por você.

— Puxa, eu gostaria de conversar mais, mas estava no meio da faxina da privada. Tenho de ir. Coisas para fazer.

E desliguei. Depois, como penitência por toda a luxúria que andei praticando, e por desligar o telefone na cara da minha mãe, e por não gostar mais de Dave, esfreguei o banheiro inteiro.

Uma hora depois, já tinha tomado banho e me vestido com a calça jeans de sempre, tênis e camiseta e estava parada do lado de fora da porta dos fundos do meu prédio. Dei uma geral rápida à procura do Lexus de Regina Bugle, e, como não o vi, fui para o meu Jeep emprestado.

Cheguei a poucos metros do Jeep e vi que havia alguém ao volante. Minha primeira reação foi confusão. A segunda foi que aquilo não era nada bom. O homem atrás da direção tinha sessenta e poucos anos. Usava uma camisa de malha com gola, estava de olhos abertos olhando fixamente para alguma coisa, a cabeça inclinada num ângulo estranho e havia marcas de corda em seu pescoço. O bilhete pregado na camisa dizia PARA STEPHANIE.

TRINTA E UM

Estendi a mão para me equilibrar e recuei imediatamente, para não me encostar no Jeep. Voltei trôpega, o coração aos pulos dentro do peito, e andei tonta para a segurança do saguão. Liguei para Morelli e para Ranger e fiquei no saguão até um carro da Rangeman aparecer três minutos depois. O carro da polícia de Trenton chegou dois minutos depois disso.

Ranger e Morelli chegaram dois minutos depois do carro da polícia. Estacionaram, olharam para mim e foram direto para o carro com a vítima de assassinato. Pararam com as mãos na cintura e conversaram com os dois homens que tinham chegado primeiro.

Ranger e Morelli eram profissionais e tinham uma relação profissional. Eu não chegaria ao ponto de dizer que gostavam um do outro, mas já tinham trabalhado juntos antes e quase sempre conseguiam ser cordiais. Morelli achava que Ranger era imprevisível. E estava certo. Ranger achava que Morelli era bom policial. E estava certo.

Um policial isolou a área com a fita de cena do crime. O médico-legista chegou. Havia duas ambulâncias na rua. Eu fiquei perto da porta de trás e um dos caras da Rangeman ficou a um metro de mim, em posição de descanso. Eu não tinha dúvida alguma de que ele levaria um tiro no meu lugar para não ter de encarar Ranger se Stephanie morresse. Fiquei esperando na porta até a volta de Ranger e Morelli. Meus dentes tinham parado de bater e eu estava passando de assustada para furiosa. Como se não bastassem os problemas que eu tinha, agora mais essa.

— É Gordon Kulicki — Morelli disse para mim. — O nosso melhor palpite é que aconteceu por volta de duas da madrugada. Você viu o bilhete. Conhecia Kulicki?

— Não. Ele tinha algum vínculo com Dugan?

— Era o banqueiro de Dugan. E jogavam juntos toda quinta-feira à noite. Dugan, Lucarelli, Kulicki, Sam Grip e mais dois que variavam.

Fiquei vendo o fotógrafo forense trabalhando em volta do Jeep.

— Sam Grip devia tirar férias num lugar bem longe daqui.

— Sam Grip não é visto há semanas — disse Morelli.

— Estrangular alguém, depois quebrar o pescoço parece uma trabalheira danada — eu disse. — Por que esse cara não mata as vítimas com um tiro?

— Ele pode querer deixar um cartão de visita — disse Morelli. — Ou Dave pode ter a resposta. Tiros são sujos. Se a sua vítima não sangrar, não deixa tanta coisa para limpar. De todo modo, esses não são crimes passionais. São execuções planejadas.

— E eu estou envolvida.

Morelli apertou os lábios.

— É.

Olhei para Ranger.

— Desculpe pelo seu Jeep. Quem venceu a aposta?

— Tecnicamente você não destruiu o carro — disse Ranger. — Um dos meus homens trará outro para você.

Ranger foi para a Rangeman e Morelli ficou calado até Ranger entrar no carro.

— Antes de ser mandado para a prisão, Nick Alpha estava envolvido com Lou Dugan — Morelli disse, afinal. — Em geral, prostituição e jogo ilegal. Nick foi solto sob fiança uma semana antes de Dugan desaparecer. Falei com alguém que conhece Nick e ele disse que Nick nunca se conformou com a morte do irmão. Ele disse que a saída dele da prisão foi loucura.

— E agora?

— Vou fazer meu trabalho de policial e vou conversar com Nick, mas não tenho motivo para agir. Imagino que você não pensaria em tirar umas férias bem longe daqui?

— Vou pensar nisso. Por que você esperou Ranger sair para falar sobre Nick Alpha comigo?

— Tive medo de que Ranger pudesse fazer Nick Alpha desaparecer e nunca mais ser visto.

— Bem pensado.

Um Shelby GT350 preto e reluzente parou ao nosso lado, um Rangeman desceu, me deu a chave e pegou carona em outro carro da Rangeman.

Morelli balançou a cabeça.

— Não acredito que ele esteja te dando um Shelby. Você tem alguma ideia de quanto custa um carro desses?

— É só emprestado – eu disse.

— Um dia vou descobrir de onde vêm todos esses carros dele. Tem de ser ilegal.

O médico-legista assobiou e acenou para Morelli.

— Preciso ir – disse Morelli. – Volto mais tarde. Procure se proteger.

Eu me sentei ao volante do Shelby e saí do terreno. O carro era bom, e eu pretendia continuar dirigindo até chegar ao Oceano Pacífico, mas me contive e fui para a Rangeman. Entrei no Burgo para evitar os ônibus, saí na Broad e liguei para Ranger para dizer que estava chegando.

— Quero dar mais uma espiada no vídeo do cara desovando o corpo – disse para ele.

— Use a sua chave eletrônica para entrar no meu apartamento – ele disse. — Vou ficar fora da Rangeman a maior parte do dia. O vídeo está em um disco na primeira gaveta da direita.

Passei pelo centro da cidade, virei à direita numa rua paralela e fui para a garagem da Rangeman. Peguei o elevador para o sétimo andar e entrei no covil de Ranger. Entrar no apartamento dele é sempre uma experiência sensual. A energia masculina domina aquele espaço. Ella mantém a ordem e a civilidade. Ranger regula a pressão atmosférica.

Encontrei o CD e o botei no computador de Ranger. Respirei fundo para relaxar, esvaziei a cabeça e rodei o vídeo. A sensação de familiaridade foi tão forte que chegou a sufocar. Aquela não era só uma pessoa do meu passado distante. Era alguém que eu conhecia. Esperava que, assistindo ao vídeo, veria Nick Alpha claramente, mas não foi tão simples. Eu simplesmente não sabia. Não parecia Alpha, não mais do que um punhado de homens que eu encontrava frequentemente.

Liguei mentalmente vários homens ao vídeo. Vinnie era baixo demais. Albert Klaughn era baixo demais. Meu pai não era suficientemente atlético. Ranger e Morelli eram possibilidades, mas Ranger nem tanto. Os movimentos de Ranger eram muito fluidos, a postura mais militar. Mooner era uma possibilidade. Sally Sweet também era. Meu amigo Eddie Gazarra podia ser. Tank era grande demais. Havia alguns policiais e membros da equipe de Ranger que combinavam. Mooch Morelli. Meu primo Kenny também combinava. Joe Juniak era grande demais. Assisti ao vídeo pela última vez e o tirei do computador. Não significa que não fosse Nick Alpha, pensei, mas não me convence de que seja ele.

O projeto do novo sistema de segurança ainda estava na mesa de jantar. Terminei de examiná-lo e acrescentei mais algumas sugestões aos comentários anteriores. Pensei em deixar um bilhete para Ranger, mas não queria que Ella o encontrasse, então descartei a ideia.

Peguei uma garrafa de água e um sanduíche de salada de ovo na geladeira de Ranger e fui de elevador até a garagem. Segui para a Hamilton e estacionei atrás do ônibus. Mooner estava sentado numa cadeira de jardim que tinha posto na calçada. Dois grandes recipientes de plástico de lixo com o carpete preto também estavam na calçada.

— Como está indo? — perguntou Mooner.

— Um louco está mandando gente morta para mim, uma louca quer me atropelar, eu tenho de pegar um cara que pensa que é vampiro e estou com o vordo.

— Excelente — disse Mooner.

Olhei para o terreno deserto e procurei visualizar o assassino dirigindo o carro e arrastando o corpo para fora.

— Você matou Juki Beck? — perguntei para ele.

— Acho que não — disse Mooner —, mas, ora, bolas, não sei de nada.

Voltei minha atenção para o ônibus. A Stephanie de dois metros no lado da calçada tinha alguma coisa escorrendo no rosto e nos seios.

— O que aconteceu com o ônibus? — perguntei para Mooner.

— Apareceu uma velhinha. Toda vestida de preto. Ela jogou um monte de ovos em você. Depois começou a rir, uma risada de louca. Era como o cacarejo de uma bruxa. Em seguida ela botou o dedo no olho, cuspiu na calçada e foi embora. Foi arrepiante, cara.

Muito bem, então Morelli era divertido e sexy e inteligente e bonito. Talvez não bastasse para compensar o fato de vir num pacote que continha uma avó maligna. Talvez minha mãe estivesse certa e eu devesse pensar em Dave. Tinha quase certeza de que os avós dele já tinham morrido.

Fiz o sinal de paz para Mooner e voltei para o Shelby, comi meu sanduíche e bebi minha água. Olhei para o meu cabelo no espelho retrovisor e fiquei pensando se minha mãe não tinha razão. Quem sabe eu não precisasse mesmo me repaginar. Especialmente agora que andava por aí em um Shelby. Acho que não faria mal algum deixar o sr. Alexander salpicar algumas luzes douradas.

Eu precisava definitivamente capturar Ziggy. Tinha feito luzes, e depois foi como se alguma coisa estalasse no meu cérebro. Além de manicure e pedicure... entrei numa de fazer compras. Com as unhas pintadas de rosa e bonitas, eu tinha de ir até o fim.

Cheguei ao estacionamento do meu prédio e foi um alívio ver que estava normal de novo. Nenhum veículo de emergência, nenhuma fita de cena do crime, nenhum carro com um cara morto dentro. Entrei no apartamento, disse oi para Rex e fui direto para o quarto. Larguei as sacolas e caí esparramada na cama. Respire fundo, pensei, isso é um simples ataque de pânico. Nada de mais. Todo mundo tem. Você só precisa arrastar Ziggy de volta para a cadeia, receber de Connie seu pagamento pela captura e poderá, então, pagar a conta do seu cartão. E existe uma possibilidade de as roupas ficarem péssimas em você, e de você devolvê-las. Só porque pareciam lindas na loja não quer dizer que fiquem lindas em você.

Eu me sentei e joguei as roupas na cama. Vestido vermelho semiformal com decote e saia rodada e sapato vermelho de salto agulha. Experimentei os dois e rodopiei na frente do espelho do banheiro. Fiquei fabulosa. Não ia devolver de jeito algum.

Vesti a calça jeans, a camiseta e calcei o tênis de novo. Levei meu notepad para a mesa de jantar e fiz uma lista de todos os lugares em que poderia encontrar Ziggy. Tinha muitas atividades noturnas, mas a casa dele e a de Maronelli eram as únicas diurnas. Não tinha por que sair para procurar Ziggy agora, pensei. Ia atrás dele à noite.

Abri meu laptop e pluguei Nick Alpha em alguns dos programas de busca que usávamos para encontrar as pessoas. Já era bem ruim ficar aqui parada esperando que Regina Bugle me atropelasse. Eu não ia ficar de bobeira esperando a entrega do próximo cadáver... ou pior, descobrir que o próximo cadáver era o meu.

Pelo que pude ver online, Nick estava sem mulher atualmente. Tinha se casado duas vezes e se divorciado duas. Dois filhos adultos com a primeira mulher e nenhum com a segunda. Não tinha atividade alguma de crédito recente e nenhum endereço atual.

O oficial da condicional dele teria um endereço, mas eu não tinha acesso a este oficial.

Liguei para Connie porque ela tinha acesso a quase tudo, de uma forma ou de outra.

– Que barulheira é essa? – perguntei para ela. – Estão dando uma festa? Mal consigo te ouvir com essa música.

– É a televisão. Botei no volume máximo para abafar o zumbido da minha mãe.

– Preciso de informação sobre Nick Alpha.

– O quê?

– Nick Alpha – berrei ao telefone. – Passei nos programas básicos, mas não surgiu nada atual. Quero o endereço residencial. Ele tem carro? Está trabalhando?

– Vou fazer umas ligações e falo com você depois.

Desliguei e ouvi alguém batendo à porta. Houve um tempo em que isso geraria alegria e animação, o fato de ter visita. Esse tempo estava no passado, e uma batida na porta agora conjurava visões de Regina Bugle, de um cara grande de máscara de Frankenstein e de Dave Brewer. Fui pé ante pé até a porta, espiei pelo olho mágico e claro, lá estava ele, Dave. Segurava uma garrafa de vinho e uma sacola de mercado. Sim, ele era tranquilo e legal. Sim, ele cozinhava bem. Não, eu não o queria no meu apartamento. Prendi a respiração e me afastei na ponta dos pés.

Dez minutos depois fui espiar pelo olho mágico. Dave continuava lá. Fui para o quarto e dobrei a roupa lavada que estava uma semana no cesto de roupa. Fiz a cama. Escovei os dentes. Voltei e espiei de novo. Dave ainda estava lá. Caramba. Como fazer para me livrar desse cara?

Fiz um sanduíche de manteiga de amendoim sem fazer barulho e comi com uma cerveja. Verifiquei meus e-mails. Admirei meus dedos dos pés. Adormeci sobre a mesa de jantar e acordei com um susto quando o telefone tocou.

– Ainda bem que você está em casa – disse minha avó Mazur.
– É uma emergência. Eu tinha de ir para a funerária hoje à noite com Lucille Ticker e ela acabou de ligar para dizer que suas hemorroidas estavam reinando e que ela vai ficar em casa. Preciso muito de uma carona. Sua mãe está em alguma função da igreja e seu pai na taverna, fazendo o que ele costuma fazer lá. O velório começa em dez minutos e vai ser o acontecimento do ano. É de Lou Dugan.

Velórios não ocupavam lugar de destaque na minha lista de coisas preferidas, mas o de Lou Dugan podia valer a pena. Havia uma chance de Nick Alpha estar lá. Que melhor lugar para confrontar um assassino do que no velório da sua vítima?

– Estou indo – disse para ela.

Corri para o quarto e troquei de roupa rapidamente, sapato preto de salto, saia preta justa e blusa branca trespassada. Deus me livre se minha mãe soubesse que fui a um velório de calça jeans e camiseta. Dave ainda estava no corredor quando saí correndo.

– Ai, meu Deus – eu disse. – O que você está fazendo aqui?

– Eu bati, mas ninguém atendeu.

– Eu devia estar no chuveiro. Desculpe, mas preciso sair. Estou atrasada para pegar a minha avó.

– Eu posso entrar e cozinhar – ele disse.

– Olha só, Dave. Isso não está dando certo. Você tem de encontrar outra cozinha experimental.

– Eu não quero outra.

Rolei os olhos nas órbitas, grunhi e tranquei a porta do meu apartamento.

– Tenho de ir – eu disse, corri pelo corredor e entrei no elevador.

Ele desceu pela escada e chegamos ao saguão no mesmo instante.

– É o Morelli, certo? – disse Dave. – Morelli não quer que você se encontre comigo.

Atravessei o estacionamento e destranquei o Shelby.

– Morelli não se importa. Você não representa ameaça alguma. Além disso, Morelli me trocaria por uma costeleta de cordeiro.

– Carro novo? – perguntou Dave.

– É. Alguém desovou um cara morto no meu SUV.

– É difícil ficar atualizado com os seus carros.

Sentei-me ao volante, tranquei as portas, dei até logo para Dave e saí do estacionamento. Eu me senti meio mal de deixá-lo lá parado com seu vinho e sacola do mercado, mas sinceramente eu não sabia mais o que fazer com ele. Mas ele não caía na real.

Vovó estava à minha espera na calçada. De vestido vermelho-cereja com um casaco combinando, sapato preto de salto baixo e um colar de pérolas, segurando sua grande bolsa preta de couro, vovó carregava uma .45 cano longo que não cabia numa bolsa mais delicada. O batom combinava com o vestido e o cabelo perfeitamente ondulado.

Parei ao seu lado e ela entrou.

– Que beleza de carro – disse ela, prendendo o cinto de segurança. – Aposto que esse carro é de Ranger.

– É.

– Pena que ele não queira se casar com você. Ele teria o meu voto. É sexy como poucos e tem carros maneiríssimos.

– Gosta mais dele do que do Dave?

– Não me interprete mal. Gosto de Dave sim, mas eu escolheria sexo em vez de cozinha qualquer dia da semana. Você pode comprar um hambúrguer, mas não é todo dia que se encontra um homem com uma embalagem como Ranger. Não estou falando do que você está pensando, embora tenha notado e pareça muito bom. Estou falando de *tudo* que vem junto, das costeletas para baixo. Ele é quente. E acho que é inteligente. Ele se fez sozinho.

– Ele tem bagagem – eu disse. – Não está disposto a incluir mais nada.

– Então acho que fico com o cara que sabe cozinhar.
– E Morelli?
– É legal. É quente também, mas não vejo você fazendo muito progresso ali.

Entrei no estacionamento da casa funerária, mas não tinha mais vaga. Deixei vovó descer do carro e encontrei uma a um quarteirão de distância. Todos estavam lá para ver Lou Dugan. Voltei para a funerária e abri caminho no mar de gente na varanda, entrei na casa de cabeça baixa para restringir os contatos sociais, com respiração rasa para minimizar o cheiro de flores de velório e de pessoas mais velhas.

Alguém agarrou meu cotovelo e tive de levantar a cabeça. Era a sra. Gooley. Eu tinha sido colega da filha dela, Grace.

– Stephanie Plum! – disse ela. – Não a vejo há anos, mas leio sobre você nos jornais. Lembra quando você incendiou essa casa funerária? Foi um acontecimento e tanto.

– Aquilo foi um acidente.

– Ouvi dizer que foi você que encontrou o pobre Lou, que descanse em paz.

– Na realidade, ele foi encontrado por uma escavadeira. Cheguei lá um pouco mais tarde.

– É verdade que ele estava com a mão para cima, tentando sair da cova?

– Terá de me desculpar – eu disse e me afastei. – Estou tentando encontrar a minha avó.

Um cartaz anunciava o velório de Dugan na sala do repouso eterno número um. Era um acontecimento. Nem todo mundo merecia velório naquela sala. Era a maior sala e ficava logo depois da entrada.

Fui avançando pouco a pouco em meio à multidão até a sala número um e duas mulheres que não reconheci me fizeram parar quando cheguei à porta.

— Oh, meu Deus — disse uma delas. — Você é Stephanie Plum. E estava lá quando Lou tentou sair da cova. Como foi?

— Ele não tentou sair da cova — retruquei.

Uma mulher mais velha juntou-se ao grupo.

— Você é Stephanie Plum? — perguntou.

— Não — respondi.

— Você se parece com a foto no ônibus, menos o peito.

— É, acontece muito isso — eu disse.

TRINTA E DOIS

Entrei na sala do velório e me encostei na parede ao fundo. Não conseguia ver vovó, mas sabia que ela estava abrindo caminho para chegar até o caixão. E quando ela finalmente chegasse ia se irritar, porque estava fechado. Não importava o que restava do morto, vovó tinha de ver. Achava que, se tinha feito o esforço de sair e de se vestir toda, pelo menos merecia uma espiada.

Eu esperava encontrar Nick Alpha ali, no mínimo alguém que tivesse ligação com ele, mas as pessoas estavam muito imprensadas. Era impossível circular pela sala, e eu não via nada além das cabeças das pessoas à minha frente. Torcia para esvaziar um pouco no fim do velório.

Não havia cadeiras, e ficar de pé de salto alto era envelhecer. A temperatura na sala devia estar oscilando perto de 38 graus e dava para sentir o meu cabelo frisando todo. Verifiquei se havia mensagens de texto no meu iPhone. Uma de Connie dizendo que estava esperando uma resposta do agente da condicional de Alpha. O sr. Mikowitz veio dizer que achou que estou muito bem no ônibus. O nariz dele estava vermelho, ele exalava um cheiro forte de bebida e o couro cabeludo cor-de-rosa transpirava sob os cinco fios penteados para cobrir a careca. Agradeci o elogio e ele se afastou.

Ouvi uma altercação na parte da frente da sala, perto do caixão, e um atendente da casa funerária de terno preto foi para lá. Imaginei que devia ser minha avó tentando abrir a tampa. Já tinha visto isso antes e não ia me meter, a menos que estourasse um vale-tudo, ou se ouvisse um tiro.

Alguém esbarrou em mim, olhei em volta e fixei os olhos nos olhos de Nick Alpha.

— O tempo todo que fiquei na prisão vivi pelo dia em que sairia e acertaria as contas pelo Jimmy — ele disse chegando bem perto e falando baixo. — Vou matar você exatamente como matou meu irmãozinho, mas vou deixar que se preocupe com isso por um tempo. Não será a primeira vez que terei de matar alguém, mas será a mais prazerosa.

O olhar dele era muito frio e a boca, de linhas duras. Ele recuou e desapareceu no mar de gente, os enlutados, os curiosos e os festeiros.

Às vezes temos de ser cuidadosos com o que desejamos porque podemos conseguir. Eu queria falar com Nick Alpha, e agora nem tanto. Pelo menos, ele queria que eu me preocupasse um pouco. Queria dizer que provavelmente não ia me matar quando saísse da casa funerária, então estava tudo bem. E se era ele o cara que estava matando todos os outros, ele me estrangularia primeiro. Gostava mais das chances que eu tinha com isso do que se levasse um tiro. Montei um cenário na minha cabeça, em que eu feria o assaltante na perna com minha lixa de unha e conseguia frustrar o estrangulamento.

O diretor da casa funerária, em seu terno preto, afastou as pessoas do seu caminho e acompanhou vovó até onde eu estava.

— Leve-a para casa — ele disse. — *Por favor*.

— Eu só vou quando ganhar um biscoito — retrucou vovó. — Gosto de comer um biscoito sempre que presto meu respeito.

O diretor da funerária me deu uma nota de cinco dólares.

— Compre um biscoito para ela. Compre uma *caixa* inteira de biscoitos. Mas tire-a daqui.

– É melhor você ser gentil comigo – vovó disse para o diretor.
– Sou velha e vou morrer logo, e estou de olho no leito de repouso de luxe com o esculpido em mogno. Vou partir na primeira classe.

O diretor amoleceu um pouco.

– Gostaria de contar com isso, mas a vida é cruel e não consigo imaginar você nos deixando num futuro próximo.

Peguei vovó pelo cotovelo e a ajudei a sair da sala do velório. Fizemos um rápido desvio para a mesa dos biscoitos, ela embrulhou três em um guardanapo, os botou na bolsa, e corremos para o carro.

– O que você aprontou dessa vez? – perguntei para ela quando já estávamos a caminho de casa.

– Eu não fiz nada. Fui uma perfeita dama.

– Você deve ter feito *alguma coisa*.

– Posso ter tentado abrir a tampa, mas estava pregada, e depois eu esbarrei num vaso de flores que caiu em cima da mulher do falecido, e ela se molhou um pouco.

– Se molhou um *pouco*?

– Ficou *encharcada*. Era um vaso grande. Ela parecia ter ficado na chuva o dia inteiro. E isso nunca teria acontecido se não tivessem pregado a tampa.

– O homem não era nada além de ossos podres.

– É, mas *temos* de vê-lo. Eu não sei por que eu não pude vê-lo. Queria ver como eram os ossos podres dele.

Deixei vovó em casa e me certifiquei de que ela entrasse, depois fui até o fim do quarteirão e saí do Burgo, para o bairro de Morelli. Cheguei à casa dele e parei. O SUV não estava lá. Nenhuma luz acesa. Eu podia ligar para ele, mas tinha um certo receio de saber que ele estava com alguém. Só de pensar, já sentia um nó no estômago. Só que ultimamente quase tudo na minha vida criava um nó.

Segui para casa, estacionei e peguei o elevador para o segundo andar. Saí do elevador e vi Dave. Ele estava sentado no chão, de costas para a minha porta.

– Oi – ele disse, ficou de pé, pegou o vinho e a sacola do mercado.

– Que diabo está fazendo aqui?

– Esperando você.

– Por quê?

– Estou com vontade de cozinhar.

Dei um suspiro e abri a porta.

– A palavra "perseguidor" significa alguma coisa para você?

– Você tem um perseguidor?

– Você! Você está se transformando em um perseguidor.

Ele desembrulhou as compras e procurou o saca-rolha.

– Não sou perseguidor. Perseguidores não fazem o jantar.

Eu me servi de vinho.

– O que vai ser?

– Massa. Vou fazer um molho leve com legumes frescos e ervas. Tenho uma bisnaga de pão e queijo para você ralar.

– Eu não tenho ralador de queijo. Compro queijo já ralado. Na verdade, nem isso eu faço. Como fora quando quero massa. Só como em casa quando quero manteiga de amendoim.

– Comprei um ralador de queijo para você. Está na sacola.

– Por que você tem de cozinhar? Teve um dia ruim?

Ele lavou tomates e botou na bancada.

– Tive um dia bom. De sucesso. Eu me sinto cheio de energia – ele olhou para mim. – Como foi o seu dia?

– A mesma coisa de sempre. Um cara morto no meu carro. Ameaça de morte na funerária. Perseguidor no meu corredor.

– Ouvi falar do cara morto. Gordon Kulicki, certo?

– Foi o que me disseram.

Ele derramou azeite de oliva na minha frigideira grande e acendeu o fogo embaixo dela.
— Isso deve ter sido... o quê... assustador.
Tirei o sapato de salto.
— É. Assustador.
Ele picou a cebola e a jogou no azeite quente.
— Você não parece assustada.
— Foi um dia longo.
Achei minha panela grande, a enchi de água e botei numa boca do fogão.
— E depois de um tempo acho que a gente se acostuma com os sustos. Sustos passam a ser o novo normal.
— Isso é decepcionante. Pensei que eu seria o cara grande e forte que viria para cá consolar uma pobrezinha assustada como você.
— Tarde demais — olhei para o molho que ele estava fazendo. — Falta quanto tempo para o jantar ficar pronto?
— Meia hora.
— Vou tomar uma chuveirada rápida. Estou fedendo a funerária.
Tranquei a porta do banheiro, tirei a roupa e entrei no chuveiro. Depois de muito sabonete, xampu e água quente saí sem um tico de cheiro de cravos. Eu me enrolei na toalha e já ia secar o cabelo, quando ouvi alguém mexendo na maçaneta, a maçaneta girou e Dave entrou completamente nu.
Berrei e agarrei minha toalha.
— Saia!
— Não banque a sonsa. Nós somos adultos.
Ele estendeu a mão para mim e eu acertei a cara dele com o secador de cabelo. Os olhos dele se enevoaram e ele despencou no chão. Apagado. Sangrando pelo nariz. E o sr. Esperançoso dele foi ficando menos atrevido a cada segundo.
Agarrei os pés dele e o arrastei pelo apartamento até a porta da frente, com cuidado para não pingar sangue no tapete. Abri a por-

ta e o levei até o corredor. Corri até o meu quarto, recolhi a roupa dele, voltei correndo para a porta e joguei as roupas lá fora. Então tranquei a porta e espiei pelo olho mágico. Se ele não acordasse nos próximos dois minutos eu ia ligar para o 911.

– Por que eu? – eu disse.

Depois de algum tempo, Dave abriu os olhos e gemeu um pouco. Pôs a mão no rosto e encostou de leve no que tinha sido o seu nariz. Ficou lá deitado mais alguns segundos, se reanimando, provavelmente esperando a cabeça desanuviar. Ele se sentou e olhou para a minha porta. Eu pulei para trás, instintivamente. Abafei um gritinho nervoso e rolei os olhos nas órbitas mentalmente. Ele não podia me ver. A porta estava trancada. Não era como a do banheiro que podia abrir enfiando um clipe de papel na fechadura. Essa porta tinha corrente de segurança, duas trancas e a tranca normal da fechadura.

Voltei para o olho mágico e vi Dave se vestindo. O sangue continuava pingando do nariz dele no carpete do corredor, mas parecia estar secando. Ótimo. Não precisava dos socorristas. Voltei para o meu quarto, vesti um short e uma camiseta e dei uma última espiada pelo olho mágico. Nada do Dave. Hurra. Fui para a cozinha e me servi de mais vinho. A massa estava cozida, no escorredor. O molho estava na frigideira. Não seria sensato desperdiçar. Fiz um prato para mim, ralei queijo em cima com meu novo ralador e comi na frente da televisão. É estranho que às vezes coisas ruins podem virar coisas boas. No fim das contas tinha sido um dia bem horrível, mas terminou com uma grande massa.

Na manhã de domingo, Dillon Ruddick, o porteiro do prédio, estava no corredor com um vaporizador para tirar as manchas de sangue do carpete. Dillon tinha a minha idade e era superboa-praça. Não chegava a cientista espacial, mas era capaz de trocar uma lâmpada com o melhor deles e era bonitinho de um jeito meio desleixado.

Abri a porta e dei para Dillon uma xícara de café.

– Desculpe o sangue aí.

– O que foi dessa vez? Ninguém registrou tiros.

– Bati com o secador de cabelo na cara de um cara.

– Uau – disse Dillon.

– Não foi culpa minha.

– Acho que podíamos botar linóleo aqui. Facilitaria para limpar.

Nem preciso dizer que não era a primeira vez que havia mancha de sangue na minha porta da frente.

Fechei a porta e a tranquei.

– Tenho de ir. Coisas a fazer.

– Sem dúvida – disse Dillon.

O sol brilhava e a temperatura estava perfeita: 23 graus. Saí do prédio e procurei rapidamente o Lexus preto de Bugle. Não havia Lexus à vista, por isso atravessei e fui para o Shelby. Parecia não haver ninguém ao volante. Até ali, tudo bem. Aproximei-me devagar do carro e espiei lá dentro. Nenhum corpo. Oba!

Tarde da noite passada, Connie tinha enviado mensagem de texto com informação sobre Nick Alpha e um endereço novo de Ziggy. Segundo a fonte de Connie, Ziggy tinha mudado seu caixão para a casa de Leonard Ginder. Eu conhecia a casa. Ficava no limite do Burgo e era uma ruína. Leonard tinha um bom emprego na fábrica Personal Products na Route 1, mas cortaram a parte dele na linha de produção e ele foi dispensado. Está sem emprego há mais de um ano e a casa dele estava penhorada. A mulher dele o deixou meses atrás. Dizem que ela fugiu com seu professor de zumba. Eu não tinha certeza se Leonard ainda morava na casa, ou se Ziggy era invasor.

Desci a Hamilton e passei pelo ônibus de Mooner. Não vi Mooner e não havia carros nem furgões parados por perto. O trânsito estava leve. Trenton parecia fora do ritmo. Domingo de manhã era hora de ir à igreja, comer donuts e ficar descansando, assistindo a desenho animado.

Lula esperava por mim na frente da cafeteria. Ela estava na calçada com um café gigante numa das mãos e uma pistola de água Super Soaker na outra. Usava calça de ioga cor-de-rosa, camiseta sem manga combinando e tênis também rosa. Tudo com detalhes de purpurina prata e o penteado de aranha cheio de brilhos cor-de-rosa.

Esperei Lula se instalar no Shelby e fiz a pergunta óbvia.

— Pra que essa Super Soaker?

— Tive uma ideia de gênio quando você ligou para mim hoje de manhã. Eu pensei: o que preciso fazer para me proteger do vampiro? E a resposta que surgiu na minha cabeça foi água benta! Não sei por que não tinha pensado nisso antes.

— Encheu a pistola de água benta?

— Enchi. Suguei tudo lá na igreja. Sabe aquela piscina de passarinho que eles têm logo na frente?

— A pia-batismal?

— Isso. Eles enchem de água benta e é grátis, para quem quiser.

— Brilhante — eu disse para Lula.

Ela bateu com o dedo na cabeça.

— Aqui não cresce capim.

Avancei pelo Burgo até a casa de Leonard na rua Meecham. A casa berrava negligência, desde o jardim da frente sem cuidado algum até os batentes podres das janelas e o telhado de telhas de asbesto que desintegrava. Todas as janelas de persianas abaixadas. As casas que a ladeavam estavam mais apresentáveis, com pintura nova e gramados cuidados. Evidentemente os proprietários não tinham sido demitidos. Não havia garagens ou entradas para carro nessa rua, de modo que as casas tinham carros parados na frente... exceto a de Leonard. O carro de Leonard tinha sido tomado. Ruim para Leonard. Bom para mim. Bastante espaço para o Shelby.

— Como você quer fazer isso? — perguntou Lula.

— Connie disse que não há telefone nem energia elétrica na casa. Parece que Leonard também não tem celular. Significa que não podemos ligar para ele para saber se está aí dentro. Poderíamos tentar falar com os vizinhos, mas não quero transformar isso em uma atração.

— Pelo menos não temos de nos preocupar se Ziggy vai escapar. Hoje o dia está bem ensolarado. Ziggy não vai querer sair. E se sair, vamos ouvir os gritos dele e vê-lo fumegando.

Lula e eu descemos do carro e fomos para a porta da frente. Bati uma vez. Ninguém respondeu. Encostei a orelha na porta. Silêncio.

— Aposto que Leonard não está aí e que Ziggy está dormindo na sua caixa eterna — sussurrou Lula.

Sorte a minha.

Pus a mão na maçaneta e girei. Não estava trancada. Abri a porta e entrei. Estava com as algemas presas atrás, na cintura da calça jeans, minha pistola paralisante no bolso do blusão e spray de pimenta no outro bolso. Esperei um pouco para meus olhos se acostumarem com a escuridão lá de dentro. A casa estava abandonada. Não havia móveis no cômodo da frente.

Lula deu uma fungada longa e ergueu a Super Soaker.

— Sinto cheiro de vampiro.

Olhei para Lula.

— Você é doida.

— Bem, sinto cheiro de *alguma coisa*.

— Mofo.

— É. Sinto cheiro de vampiro mofado.

Fomos pé ante pé para a sala de jantar e encontramos o caixão. O resto da sala não tinha nada. A tampa do caixão estava aberta e Ziggy dormia lá dentro, os braços cruzados sobre o peito feito os mortos-vivos.

– Que o Senhor me proteja – disse Lula.

Antes que eu pudesse perceber o que ela ia fazer, ela deu uma esguichada de água benta em Ziggy.

Ziggy se sentou e balançou a cabeça, espalhando água.

– O que é isso?

Lula lhe deu outra esguichada, Ziggy saltou do caixão e grudou nela.

– Ele quer o meu pescoço – ela berrou. – Tire ele daqui. Tire ele daqui.

Lula dava tapas em Ziggy e Ziggy fazia barulho de sucção perto do pescoço dela. Agarrei Ziggy pelas costas da camisa e o arranquei de cima de Lula.

– Pare de chupar – eu disse para Ziggy. – Você não é vampiro. Sai dessa.

– É uma maldição – disse Ziggy. – Não posso evitar.

Prendi uma algema em um pulso e, depois de lutar um pouco, consegui prender o outro também.

– Olha o que nós vamos fazer – eu disse a Ziggy. – Vamos sair andando com você pela porta da frente, como pessoas normais, e vamos entrar no meu carro. *Nenhum* de nós vai bancar o maníaco que berra.

– Está sol? – Ziggy quis saber. – Parece que está fazendo sol.

– Meu Deus, meu Deus – disse Lula. – Vou fechar os olhos e tapar os ouvidos. Olha como ele está pálido. Já viu alguém branco assim? Ele vai fritar rapidinho.

– Ele não fritou quando correu pela rua dois dias atrás – eu disse.

– Eu estava correndo rápido – disse Ziggy. – Acho que estava correndo entre os raios de sol.

Lula inclinou a cabeça.

– Ouvi dizer que vampiros são velozes assim.

– Leonard também está morando aqui? – perguntei para Ziggy.

– Não. Eles o obrigaram a sair daqui. Está morando numa caixa de papelão em Pine Barrens. Achei que seria um desperdício deixar essa casa ficar vazia desse jeito. E não contava que vocês me encontrassem de novo.

Eu estava segurando o cotovelo de Ziggy, atravessando a sala de estar com ele. Abri a porta e Ziggy engasgou.

– Eu não posso ir lá fora. É morte certa.

– É morte se não for – eu disse para ele. – Se você não entrar naquele carro, eu vou te arrebentar com a pistola d'água.

– Deus pode não gostar disso... já que está cheia de água benta – disse Lula.

– Iiiiiiiiiii!

– Eu sabia – disse Lula. – Ele está pegando fogo. Está derretendo. Não consigo mais olhar.

Ziggy estava correndo em círculos com as mãos algemadas nas costas, sem saber para onde ir. Perdeu o equilíbrio, caiu e ficou lá no jardim da frente, sem conseguir se levantar.

– Iiiiiiii! Iiiiiiii!

Ele parou para recuperar o fôlego, olhando para si próprio.

– Ãhn... Ainda estou vivo.

– Pode ter sido a água benta que esguichei nele – sugeriu Lula.

– Talvez tenha lhe dado uma proteção divina.

Icei Ziggy para que ficasse de pé.

– Resumo das notícias. Ele não é um vampiro. Nunca foi. Nunca será. Fim da história.

Levei Ziggy para o Shelby e o enfiei no banco de trás.

— Eu ainda me sinto um pouco como um vampiro — disse Ziggy. Lula prendeu o cinto de segurança.

— Talvez seja um dos híbridos. Tipo, é um vampiro mas não muito.

— É, pode ser isso — disse Ziggy.

Fui para a delegacia de polícia e registrei Ziggy com o tenente de registros.

— Agora que sabemos que você não é cem por cento vampiro, tem de parar de chupar pescoços — eu disse para ele.

— Vou tentar — disse Ziggy —, mas é um hábito muito difícil de cortar.

TRINTA E TRÊS

Lula estava no carro à minha espera quando saí da delegacia. Eu me sentei ao volante e me virei para ela.

– Você está suando? Seus braços e peito estão molhados.

– É água benta da Super Soaker. Achei que ajudaria com o meu problema de vampiro.

– Que problema é esse?

– Meus dentes. Estou sentindo este crescer. Estou surpresa de ver que você não reparou que ele está maior do que os outros.

Lula puxou o lábio para cima e mostrou os dentes. Os incisivos talvez estivessem um tico maiores, mas eu não saberia dizer se isso era recente. Nunca prestei muita atenção nos dentes dela.

– Está parecendo um dente normal – eu disse para Lula.

– Mas eu não sinto que esteja normal. E acabou a minha água benta. Preciso reabastecer a Super Soaker. Você tem de me levar de volta para a igreja. São Joaquim fica apenas a dois quarteirões daqui.

– Não acho que seja uma boa ideia, numa tarde de domingo. Pode estar havendo um batizado. Podem estar precisando da água deles.

– *Eu* é que preciso da água deles – berrou Lula. – Meus dentes estão crescendo aqui. Estou falando sério. *Preciso de mais água benta.*

Minha nossa! Era como se eu estivesse no meio de uma epidemia de gente maluca. Fui para a igreja e estacionei na rua.

— Fico esperando aqui — eu disse para Lula —, e se eu vir você se despencando lá de dentro com um padre no seu encalço, dou o fora e você fica por sua conta.

— Não acho que eu deva entrar — disse Lula. — Pode ser arriscado demais. Você vai ter de pegar a água para mim.

— Ah, não. Não, não, não.

Uma lágrima escorreu no rosto de Lula.

— Eu estou me transformando numa vampira — disse ela, soluçando. — Esse dente está me matando. Está crescendo a cada minuto. Eu não quero virar vampira. Eu nem gosto de ver os vampiros na televisão. E também não estou mais lendo livros sobre vampiros.

— Pelo amor de Deus, passe para cá essa Super Soaker idiota.

Peguei a pistola de água e entrei na igreja com ela. Havia duas mulheres rezando. Uma estava de cabeça baixa num banco central. A outra estava mais para a frente. Fui até a pia-batismal e olhei fixamente para ela. Eu não tinha ideia de como Lula tinha feito para sugar a água. A pia era pequena demais para a Super Soaker. Fiz o sinal da cruz, pedi perdão, fui para o toalete feminino e enchi a Super Soaker na torneira da pia reservada para deficientes.

Já ia saindo da igreja quando Bella, a avó de Morelli, entrou.

— Você! O que está fazendo aqui?

Meus joelhos fraquejaram e senti todo o ar saindo dos meus pulmões.

— Rezando — eu disse.

— Nunca te vi aqui antes.

— Gosto de vir quando não tem ninguém.

Mãe do céu, eu estava mentindo na igreja.

— Eu também — disse Bella. — Gosto quando Deus pode prestar atenção. Você é uma boa menina de vir à igreja. Retiro o vordo de você. — Ela olhou para a Super Soaker. — O que é isso?

– É um presente para a minha sobrinha. Eu quis benzê-la.

Bella cuspiu na pistola.

– Agora tem a minha bênção também. Desejo boa sorte para ela.

– Nossa, obrigada.

Bella deu meia-volta e foi andando pelo corredor do meio até o altar. Eu consegui fazer minhas pernas irem até o carro. Dei a Super Soaker para Lula, me sentei no banco do motorista e encostei a testa na direção.

– Preciso de um tempo – eu disse. – E não esguiche no carro. Não quero o carro de Ranger todo molhado.

Deixei Lula no café e segui para a casa de Morelli. Estacionei atrás do SUV dele. Bati na porta uma vez e entrei. Bob veio correndo para mim, tentou parar, derrapando, e bateu nas minhas pernas. Acariciei as orelhas e as costas dele, e Morelli saiu da cozinha andando devagar.

– Há quanto tempo... – disse Morelli.

– Quase dois dias.

– Parece mais.

– Encontrei a sua avó hoje e ela tirou o feitiço de mim.

– O feitiço da espinha?

Deixei minha bolsa cair na mesa de centro.

– Não. O feitiço vordo.

– É difícil acompanhar todos os feitiços. – Ele me puxou para perto e me beijou. – Você continua bebendo suco de cranberry?

– Não.

– Essa foi a melhor notícia que recebi hoje. – Ele me beijou logo embaixo da orelha, no pescoço, no ombro. – Senti sua falta ontem à noite.

– Passei aqui, mas você não estava em casa.

— Saí tarde da casa de Anthony. Levei um século para instalá-lo na nova casa. – Ele me beijou de novo. – Você quer ir lá para cima tirar uma soneca?

— Uma soneca?

Morelli sorriu de orelha a orelha.

— Eu estava tentando ser sutil.

Estávamos abraçados, e a sensação do corpo dele contra o meu era boa, mas eu não estava a fim de tirar uma *soneca*. Em geral, quando Morelli ia descendo até o meu ombro eu já estava quente. Mas hoje não senti nada. Estava com muitas outras coisas na cabeça, pensei.

— Talvez possamos tirar essa soneca mais tarde. Tenho o que fazer esta tarde – eu disse.

— O quê, por exemplo?

— Levei vovó para o velório de Lou Dugan ontem à noite e Nick Alpha estava lá. Ele é completamente louco. Disse que ia acertar as contas pelo Jimmy. Ele falou que ia me matar e que não seria a primeira vez que mataria alguém, mas que seria a mais prazerosa.

Senti os músculos retesando nas costas de Morelli, e seus olhos mudaram de suaves e sensuais para o olhar duro de um policial.

— Ele disse isso mesmo para você?

— Disse. Então eu vou atrás dele. Se conseguir provar que ele matou Lou Dugan e seus parceiros de pôquer, posso tirá-lo das ruas.

— Não é certo que ele seja o assassino.

— Não, mas vale investigar.

— Concordo. Não vou mandar você ficar longe de Nick Alpha porque dar ordens para você nunca funciona, mas eu me sentiria muito mais tranquilo se você me deixasse investigar isso.

— Claro. Investigue ao seu bel-prazer.

Morelli semicerrou os olhos.

— Isso foi fácil demais.

Dei de ombros.

– Tenho coisa melhor a fazer.

– Como o quê?

– Pegar os bandidos que faltaram à audiência. E comprar lingerie sexy.

– Você está me provocando – disse Morelli. – Se vai se arriscar, pelo menos não faça isso sozinha.

Saí da casa de Morelli e parei no café para ler a mensagem de texto de Connie mais uma vez. Comprei um Frappuccino e um cookie gigante de chocolate e levei tudo para uma mesa de bistrô na frente da loja. Connie tinha enviado mensagem de texto com o endereço de Alpha. Segundo a fonte dela, ele possuía uma loja de lavagem a seco no primeiro quarteirão da Stark e morava em cima. Ela não tinha conseguido o número do telefone fixo nem do celular dele.

Eu conhecia o primeiro quarteirão da Stark. A maior parte dos prédios tinha três andares e fora construída logo depois da Segunda Guerra. Eram de tijolo vermelho escurecido pelo tempo e pela sujeira. As unidades no térreo eram lojas. Bares, mercadinhos, uma loja de penhores, uma de tatuagem, salão de cabeleireiro e uma igreja. Esse primeiro quarteirão era relativamente calmo e seguro, a menos que Nick Alpha estivesse por ali, querendo me matar.

Nunca tive motivo para notar a lavagem a seco. Lembrava vagamente que ficava no meio do quarteirão. Sabia que os fundos da loja davam para uma ruazinha de carga e descarga, como quase todas as lojas na Stark. Eu queria espionar o prédio e avaliar a possibilidade de entrar no apartamento de Alpha para procurar a máscara de Frankenstein. Sei que isso é meio ilegal, mas achei que não tinha opção. Não podia ficar sentada esperando Alpha resolver que era hora de me estrangular.

Terminei de comer meu biscoito e beber meu Frappuccino, e já ia sair quando Mooner entrou.

– Oi, garota – Mooner disse para mim.

– O ônibus ficou sem ninguém?

– Negativo. Isso é como um processo. É que não se pode apressar um artista como o tio Jimmy – ele acenou para a menina atrás do balcão. – Faça alguma coisa suave para mim – ele lhe disse. – Talvez abóbora.

Pendurei a bolsa no ombro e recolhi meu lixo.

– Preciso ir.

– Legal. Para onde vamos?

– Tenho de verificar umas coisas.

– Excelente. Verificar as coisas é mais do que laranja. É como uma das minhas especialidades.

– Abóbora saindo – gritou a menina do balcão.

Eis o que acontece com Mooner. A metade do tempo ele não sabia que diabo estava dizendo, mas eu sempre sabia do que estava falando. Ele pagou pelo suco de abóbora e caminhou devagar para perto de mim de novo, parecendo pronto para verificar as coisas. Não me entenda mal. Eu gosto de Mooner. Ele é um pouco excêntrico, mas é um cara legal. O problema é que parece um cachorrinho que foi ensinado só noventa por cento para se comportar dentro de casa. Existe sempre o potencial de xixi no tapete. Falando em sentido figurado.

– Eu só vou até a Stark – eu disse para ele. – Vai ser chato.

– Fantástico.

Dei um suspiro. Às vezes é melhor desistir e se deixar levar pela maré.

– Tudo bem, então – concordei. – Vamos embora.

Entrei na Stark e passei pela frente da lavanderia Kan Klean. Janelas padrão, com duas placas de vidro dos dois lados da porta da frente. Havia uma porta de rodar de segurança. Kan Klean fechava domingo. Uma porta lateral dava acesso aos dois andares em cima da lavanderia. Connie tinha dito que Alpha morava no segundo andar. O terceiro andar era alugado para alguém que se chamava Jesus Cervaz. Dei uma volta no quarteirão e peguei a rua dos fundos. O prédio de Alpha tinha um pequeno estacionamento atrás e uma área cercada para as latas de lixo, uma porta dos fundos que parecia que só dava para a lavanderia. Uma van Kan Klean e um Camry prata estavam estacionados lá. Os segundo e terceiro andares tinham acesso pelos fundos à escada externa.

Havia janelas dos apartamentos que davam para os fundos, mas era preciso ser o Homem-Aranha para chegar até elas. As portas dos fundos eram sólidas, sem janelas.

– O que estamos examinando? – perguntou Mooner.
– Imóveis.
– Você quer comprar?
– Não. Arrombar e entrar.
– Excelente.

Voltei para a Stark e passei pelo endereço de Alpha mais uma vez. Um homem saiu de um bar duas portas adiante e inclinou a cabeça para acender um cigarro. Era Nick Alpha.

– Cara – disse Mooner. – É o Twizzler.
– Twizzler?
– É assim que o chamamos. O cara adora Twizzlers.
– Como o conheceu?
– Ele é da minha turma de boliche. Entrou para o lugar de Billy Silks no mês passado quando Silky fraturou o polegar. Acontece que é muito difícil jogar boliche com o dedão quebrado.
– Eu não sabia que você joga boliche.

— Todo domingo à noite. Tenho uma camisa com o meu nome nela. Walter.

— O Twizzler tem camisa com o nome dele?

— Não, ele não tem uma camisa oficial. É apenas um reserva para o Silky.

— Então ele vai jogar com você esta noite?

— É, cara. Quando a pessoa participa de uma equipe, tem de comparecer. É uma responsabilidade, sabe?

É quase melhor ter sorte do que ser bom. Num lance de sorte absurdo, eu tinha acabado de descobrir quando Nick Alpha estaria fora do apartamento dele.

Levei Mooner de volta para o ônibus e fui para casa no piloto automático. Uma coisa era saber que Alpha não estaria no apartamento dele. Outra coisa completamente diferente era entrar lá. E havia sempre a possibilidade de Twizzler ter uma dor de estômago no meio de um jogo e ir para casa. Ranger me poria lá dentro e me manteria em segurança, mas eu não tinha certeza se queria envolver Ranger.

Estacionei na área do meu prédio e andei até a porta dos fundos. Estava na metade do caminho quando ouvi o carro vindo. Era a louca da Regina Bugle em seu Lexus preto, vindo para cima de mim. Pulei para trás do Buick do sr. Moyner, o Lexus passou cantando pneu e deu uma volta. Saí correndo e cheguei ao prédio bem na hora em que Regina já ia me atropelar. Ela parou em cima, mostrou o dedo para mim e partiu veloz.

Lembrete mental. Lembrar-me de procurar Regina Bugle na próxima vez. Subi a escada até o segundo andar e espiei no hall. Graças a Deus, nada de Dave. Entrei no meu apartamento e peguei a última cerveja na geladeira. Rex saiu da sua lata de sopa para dizer oi e eu joguei dois Fruit Loops na gaiola dele.

– Não foi um dia totalmente horrível – eu disse para Rex. – Peguei Ziggy e agora posso pagar meu cartão de crédito. E vovó Bella tirou o vordo de mim.

Comi cereal Fruit Loops direto da caixa junto com a cerveja e fui para o computador. Verifiquei meus e-mails e dei uma espiada na Craigslist para ver se havia oferta de empregos nos quais não me matariam. Quase tudo na Craigslist pagava melhor do que eu estava recebendo atualmente, mas minhas qualificações eram precárias. Eu tinha terminado a faculdade de artes. Isso não tinha valor algum.

TRINTA E QUATRO

Às oito horas liguei para Ranger.
— Está ocupado? – perguntei.
— Isso é sobre o vordo?
— Não. É sobre invadir o apartamento do Nick Alpha para procurar uma máscara de Frankenstein.
— Se eu não te acompanhar, você vai sozinha?
— Vou.
Um segundo de silêncio e desconfiei que Ranger estava pensando em suspirar.
— Quando e onde? – ele perguntou.
— Agora. Primeiro quarteirão da Stark.
— Estacione na garagem. Vamos num carro da frota.
Ranger estava à minha espera quando entrei na Rangeman vinte minutos depois. Usava um boné preto dos SEALs, uma camiseta preta, casaco de nylon preto, calça cargo preta e tênis preto. Eu já sabia por experiência anterior que ele carregava uma arma na cintura, outra no tornozelo e uma faca.
Ele me puxou e me beijou, e tive um arrepio de pânico quando não senti nada. Primeiro Morelli e agora Ranger. Nenhum calor na barriga. Nenhum formigamento nas partes íntimas. Nenhum desejo. Nada.
— Querida – perguntou Ranger. – Algum problema?
— Bella tirou o feitiço do vordo e eu acho que ela pode ter tirado demais.

– Que pena – disse Ranger quando abriu a porta do seu Cayenne. – Achei que seria interessante ver o que você consegue fazer dentro de um SUV.

Quinze minutos depois passamos pela Kan Klean. Nas janelas do segundo e do terceiro andares do prédio, as luzes estavam apagadas. Havia um trânsito moderado na rua. Adolescentes em grupos nas portas e na frente da pizzaria.

Dobramos a esquina, pegamos a ruela dos fundos e paramos atrás da van da Kan Klean. Não havia mais carro algum no pequeno estacionamento. Nenhuma luz saindo das janelas dos fundos. Nenhuma luz da rua nem a luz da varanda. Ranger parou na esquina uma porta à frente e voltamos a pé para o prédio da Kan Klean, subimos a escada e Ranger tentou abrir a porta. Trancada. Ele trabalhou nela um instante e conseguiu abri-la. Um de seus muitos talentos. Entramos e fechamos a porta. Não soou alarme algum. Não havia diodo piscando no painel de controle que sugerisse um alarme silencioso. Ranger acendeu uma lanterna de bolso e passou pela sala. Fiz a mesma coisa.

Percorremos sistematicamente o apartamento, primeiro fomos para a pequena cozinha. Procurávamos qualquer coisa que ligasse Alpha aos assassinatos. A máscara, o macacão, a corda de varal, anotações, itens pessoais tirados das vítimas, datas marcadas em um calendário, chave de carro. Não encontramos nada na cozinha e fomos para a sala de estar.

A sala tinha uma mobília masculina. Uma televisão com tela plana, um sofá grande de couro e duas poltronas de couro em frente à televisão. A mesa de centro na frente do sofá estava coberta de jornais, duas caixas de papelão cheias de pastas de arquivos, uma caixa de pizza, latas de cerveja vazias, uma caixa de Sugar Smacks e um saco gigante de Funyuns. Cada um de nós pegou uma caixa de arquivos e examinou tudo.

– Ele usou Bobby Lucarelli em algumas transações antes de cumprir pena na cadeia – disse Ranger. – Não vejo nada mais interessante aqui.

Botei a minha caixa na mesa de centro.

– Nada aqui. Só recibos diversos.

Ainda tínhamos de examinar o banheiro e dois quartos. O primeiro quarto era padrão. Cama desfeita. Roupas sujas no chão. Uma cômoda com coisas de homem. Chaves, relógio, duas latas de cerveja vazias, duas revistas de mulheres, uma caixa de camisinhas aberta. Havia um radiorrelógio e mais revistas de mulheres na única mesa de cabeceira. Uma pequena poltrona com estampa florida tinha sido posta num canto. Não encontramos nada incriminador no armário nem na cômoda. Nada embaixo da cama. Nada incriminador no banheiro.

Ranger parou na porta do segundo quarto e apontou a lanterna para o meio do cômodo.

– Legal – disse ele quando o facho brilhou sobre um cofre monstruoso. – Tiveram de trazer isso para cá com um gancho de grua.

– Parece exagerado para um negócio de lavagem a seco na rua Stark.

Ele abriu a porta com a ponta do pé.

– Não está trancado. E está vazio.

Espiei lá dentro.

– Nada de máscara de Frankenstein.

Ranger ficou imóvel.

– Tem alguém na escada dos fundos.

Congelei e, um segundo depois, uma porta rangeu quando a abriram. Ouvi passos na cozinha. Vozes de homens. Alguém bateu a porta. Os passos e as vozes se movimentaram na cozinha. Estavam vindo na nossa direção. Ranger me puxou para dentro de um closet. Fiquei espremida contra Ranger e senti o coração dele batendo nas minhas costas. Os batimentos estavam compassados. Normais. O meu coração, acelerado. Uma nesga fina de luz apareceu na parte de baixo da porta do closet. Tinham acendido a luz no quarto.

– E agora? – disse um dos homens.
– Agora pomos as bolsas no cofre.
– Temos de contar isso?
– Não. Já foi contado. Apenas jogue as bolsas aí dentro.

A porta do armário abafava o som, mas ouvi uma pancada seca e ruídos de movimentos rápidos.

– Feche a porta e tranque o cofre – disse um dos homens. – Depois podemos assistir à TV até o Nick voltar para casa.

A nesga de luz desapareceu de baixo da porta do closet e os homens saíram do quarto. Dois minutos depois ouvi o barulho da TV na sala de estar.

– O que vamos fazer? – cochichei para Ranger.

Ranger respondeu em voz baixa, com os lábios raspando na minha orelha.

– Vamos ficar aqui até todos irem embora ou Nick ir para a cama.

– Isso pode levar horas!
– É – disse Ranger, deslizando a mão para os meus seios.
– Pare com isso!
– Gostava mais quando você tinha o vordo.
– Não está sugerindo transar nesse closet minúsculo com dois homens assistindo televisão no quarto ao lado, está?
– Seria meio restrito – disse Ranger –, mas pelo menos você não correria o risco de tocar a buzina com a bunda.

Depois do que pareceu três dias, mas havia sido menos de uma hora, Nick Alpha voltou para casa. Fez barulho na cozinha, foi para a sala de estar e falou com os caras que estavam assistindo à televisão. Peguei algumas palavras, mas perdi a maior parte da conversa. Desligaram a televisão e, pouco tempo depois, uma porta bateu. Logo em seguida eu ouvi alguém apertar uma descarga no banheiro.

– Vou considerar isso um bom sinal – comentou Ranger.

Esperamos mais um pouco e Ranger abriu a porta. O apartamento estava escuro e silencioso. Ranger segurou a minha mão e saímos do quarto sem fazer barulho, seguimos pelo corredor e para fora do apartamento. Descemos a escada e corremos para o carro. Alpha abriu a porta do dele e atirou em nós. Ele se orientava pelo barulho, não pela visão, e o tiro passou longe. Disparou uma segunda vez e uma terceira, contra o Cayenne, mas já tínhamos zarpado, a toda, para a rua lateral.

– Sono leve – disse Ranger.

– O que você acha que ele tinha no cofre?

– Dinheiro de alguma coisa ilegal. As possibilidades são infinitas.

– É para nos preocuparmos? – perguntei.

– Não.

– Você acha que ele é o assassino?

– Não. Ele tem a altura certa e se envolveu com algumas das vítimas, mas não se encaixa. Acho que ele é adepto de arma de fogo. Não o vejo estrangulando quatro pessoas.

Detestei a ideia de Alpha não ser o assassino. Se não era ele, eu tinha de incluí-lo na lista de pessoas que queriam me pegar. Agora a lista devia ter Nick Alpha, O Assassino, Regina Bugle e possivelmente Dave. Só que eu não tinha certeza se O Assassino queria me eliminar. Talvez só curtisse me assustar. Essa era uma ideia reconfortante. Se fosse verdade, significava que apenas duas pessoas queriam me matar com certeza. Não estava claro se os planos de Dave tinham chegado a esse ponto.

Ranger atravessou o centro e parou na garagem do prédio dele. Estacionou numa vaga e se virou para mim.

– Quer subir?
– Obrigada pelo convite, mas acho que vou para casa.
– Continua sem sentir o vordo?
– O vordo acabou.

No início foi um alívio enorme, mas agora eu estava começando a ficar preocupada. Tinha acabado de ficar trancada num closet escuro com Ranger por uma hora e não senti nada. Lá embaixo parecia a *zona morta*.

– Eu não preciso do vordo, querida – disse Ranger.

Podia ser verdade, mas eu não queria descobrir. E se ele estivesse errado, e eu nunca mais fosse a mesma? Eu ia seguir o plano da *cabeça enfiada na areia* esta noite.

– Fica para outra vez – eu disse.

Meia hora depois eu estava em ponto morto no meu estacionamento. Tinha dado umas voltas e não vi Regina Bugle de tocaia em lugar algum. O carro dos pais de Dave não estava também, e eu não sabia se ele tinha um carro próprio. De qualquer modo, não devia ter saído de carro. Eu tinha quase certeza de ter quebrado o nariz dele e os olhos estariam muito inchados. Estacionei, atravessei o estacionamento correndo e fui para a segurança do prédio, subi a escada e verifiquei o corredor do meu andar com todo o cuidado. Nada de Dave. Oba!

A mancha de sangue tinha desaparecido quase toda do tapete e Dillon deixou a caneca de café na minha porta. Levei-a para dentro, tranquei a porta e disse oi para o Rex. Espiei a geladeira, mas estava praticamente vazia. A cerveja tinha acabado. Não havia sobras de comida. Esvaziei a caixa de cereais e fui para a cama.

Segunda-feira de manhã, pouco antes das oito, me arrastei para fora da cama e fui para a cozinha. Olhei para as prateleiras vazias da geladeira e fui ver o que tinha no armário. Nada de leite. Nada de café. Nada de cereal. Saí da cozinha e fui para o banheiro. Tomei uma ducha, vesti meu uniforme de sempre, jeans e uma camiseta feminina, e voltei para a cozinha para ver se a comida tinha aparecido num passe de mágica. Ouvi a campainha e, sem pensar, abri a porta para Dave Brewer.

Brewer estava com os dois olhos pretos e com um Band-Aid no nariz, segurando um saco de compras de supermercado e outro da cafeteria.

— Trouxe seu café da manhã — ele disse.

Fiquei sem ação. Não sabia se devia pegar minha arma no pote de biscoito na bancada e atirar nele, ou se pedia desculpa por ter quebrado seu nariz.

Ele passou por mim, largou os sacos de compras, pegou um copo grande de café e me deu.

— Pensei em fazer um omelete. E trouxe croissants frescos da padaria.

— Eu não quero omelete.

— Já tomou café?

— Não.

— Então quer um omelete. Faço um omelete incrível — disse Dave.

— Não está furioso porque quebrei seu nariz?

Ele encontrou a frigideira, a botou no fogão e derramou óleo nela.

— Acho que eu saí da linha. Entendi errado as pistas.

— Estou contente com o café, mas não quero você na minha cozinha — eu disse.

Ele botou as mãos na cintura e olhou para mim.

— Por que não?

— Você me constrange.

Ele pegou a tábua e picou cebola, presunto e pimentão.

— Você tem de ser mais específica do que isso.

— Eu já tenho namorado e não quero outro.

— Morelli? Você anda com ele desde o jardim de infância, e sua mãe disse que não vai dar em nada. Achamos que você precisa de alguém novo.

— Pode ser, mas não é você.

Ele pôs tudo picado no óleo quente e mexeu.

— Por que não sou eu? É muito fácil gostar de mim. Sou atraente. Muito bom na cama. Embora você não saiba disso porque nunca me deu uma chance, mas eu sei o que estou fazendo.

Qual era a dos homens? Todos pensam que são ótimos na cama e que as mulheres querem vê-los pelados. É como alguma coisa genética, de cromossomos.

— Você é um cara legal. E tem razão... é fácil gostar de você e é atraente. Você devia procurar por aí. Tenho certeza de que não terá problema algum para achar uma namorada.

Ele quebrou um monte de ovos num pote e bateu.

— Fui eleito sr. Popularidade no colégio.

— Eu lembro.

Como é que eu ia fazer para tirá-lo do meu apartamento? Parecia maldade demais quebrar o nariz dele de novo.

— E fui capitão do time de futebol.

— É.

Eletrochoque, pensei. Podia paralisá-lo com a arma de choque.

Ele mexeu o presunto e a cebola na frigideira, derramou os ovos e ralou um pouco de queijo cheddar. O cheiro na cozinha era fabuloso. Bebi meu café e pensei que não faria mal comer antes de dar um choque nele.

Ele pegou dois pratos do armário e botou um croissant em cada. Remexeu o omelete, acrescentou o queijo e dobrou ao meio.

— Se tivesse mais tempo, podia ter feito bacon ou salsichas — ele disse quando tirou a frigideira do fogão e cortou o omelete em

dois. — De qualquer maneira, isso é mais saudável. Eu não quero uma namorada gorda.
— Eu não sou sua namorada.
— Ainda não.
Eu definitivamente ia paralisá-lo com eletrochoque. E ia gostar disso. Ele empurrou meio omelete para o meu prato e levamos nosso café da manhã para a mesa da sala de jantar. Comi tudo e bebi todo o café.
— Delicioso — eu disse.
— Se me deixar passar a noite aqui, posso fazer waffles de manhã. Tenho uma receita excelente.
— Com licença — eu disse —, volto logo.
Achei meu taser, cheguei por trás de Dave e dei-lhe uma dose dupla de volts. Ele caiu da cadeira e o segurei antes que batesse de cara no chão. Não ligava a mínima se quebrasse o nariz dele de novo, mas não queria mais sangue no tapete. Arrastei-o para o corredor do andar, peguei minha bolsa e meu blusão, tranquei a porta do apartamento e desci pela escada até o saguão.
Examinei todo o estacionamento para ver se havia algum Lexus preto. Nenhum à vista, por isso corri para o Shelby e parti. Liguei para Dillon e pedi para ele cuidar de um corpo do lado de fora da minha porta.
— Ele deve voltar a si em poucos minutos — disse para Dillon.
— Teve uma tontura. Talvez você possa ajudá-lo a chegar ao carro. Mas não deixe que ele o convença a deixar que entre no meu apartamento.
— Tudo bem — disse Dillon. — Sem problema.
Desliguei Dillon e liguei para Morelli.
— Tenho informação sobre Nick Alpha — eu disse para Morelli.
— Está morando em um apartamento em cima do seu negócio de lavagem a seco na Stark e tem um cofre no segundo quarto, e te-

nho certeza de que o cofre está recheado de sacos de dinheiro. Não acho que esse dinheiro tenha vindo da lavagem a seco.

– Vou passar a informação adiante – disse Morelli. – Nunca me conte como descobriu isso.

Desci a Hamilton até o terreno do escritório dos agentes de fiança. O ônibus de Mooner e o carro de Connie estavam estacionados junto ao meio-fio. Nada de Vinnie. Nada de Lula. Parei atrás do carro de Connie e entrei no ônibus. As paredes e o teto estavam forrados de microfibra creme. No chão, tapete marrom Berber. As superfícies eram de fórmica imitando mármore verde-claro. A Estrela da Morte tinha sumido. Mooner assistia à televisão de óculos escuros. Connie trabalhava ao computador.

– Isso está ótimo – eu disse e me sentei numa poltrona. – Tio Jimmy trabalhou bem.

– É manteiga! – berrou Mooner para a televisão.

Connie olhou para mim.

– O ônibus está melhor, mas não está perfeito. Ainda tem Mooner.

– Isso porque ele é o dono – eu disse para ela. – Onde estão todos?

– Vinnie foi ao centro libertar alguém com fiança e Lula está no dentista.

– Ela disse qual era o problema?

– Não. Deixou mensagem no meu celular. A visão que tenho é das presas dela sendo limadas.

Isso arrancou uma careta de nós duas.

– O que você fez no fim de semana? – perguntou Connie. – Alguma coisa interessante?

– Levei vovó para o velório de Lou Dugan sábado à noite, e Nick Alpha estava lá.

– Não me surpreende. Eles eram sócios nos negócios antes de Nick ser preso. Dugan era sócio da academia na rua Stark onde treinava Benito Ramirez.

Contei a ela a conversa no velório.

Connie arregalou os olhos.

— Ele disse que ia te matar?

— Disse. E disse que já tinha matado antes.

— Você contou para Morelli?

— Ele vai conversar com Nick, mas não tenho certeza se isso vai funcionar.

— Você acha que Nick falava sério quando disse que ia te matar?

Fiz que sim com a cabeça.

— Acho. Acho que falava sério, sim. Ele teve bastante tempo na prisão para acumular isso sobre a morte de Jimmy. Morelli vai fazer o que puder como policial, mas eu preciso agir de alguma forma. Pensei que Nick podia ter matado Dugan, Lucarelli, Beck e Kulicki. Se conseguir provar, posso botá-lo na prisão para sempre e não terei mais de me preocupar com o fato de ele querer me matar.

— Ele conhecia Dugan, Lucarelli e Kulicki — disse Connie. — Podia ter alguma coisa contra eles. O momento confere. Alpha saiu da prisão logo antes dos assassinatos começarem.

— Invadi o apartamento dele ontem à noite, mas não encontrei prova alguma.

— Não quer dizer que Alpha não tenha matado aquelas pessoas.

Eu me servi de café e voltei para a minha poltrona.

— É verdade, mas Ranger não acha que ele se encaixe. Acha que Alpha é atirador, e todas as vítimas foram estranguladas e tiveram o pescoço quebrado. Então, se Ranger estiver certo, preciso descobrir alguma outra coisa sobre Nick Alpha. Tenho certeza de que ele é bandido. Só tenho de descobrir o que anda aprontando agora.

— Posso conseguir essas respostas para você — disse Connie. — A dificuldade vai ser provar.

— Se eu puder dizer para a polícia exatamente onde procurar, eles podem armar alguma coisa. Depois que eu puser a coisa para funcionar, posso me trancar no meu apartamento e só sair quando prenderem Alpha.

— E Ranger? Tenho certeza de que ele cuidaria de Alpha para você.

— Ranger já está tendo de se livrar de muito carma ruim. Não quero acrescentar mais nada.

Connie botou os fones de ouvido.

— Vou fazer umas ligações.

TRINTA E CINCO

Fui para a parte de trás do ônibus assistir a uma hora de reprise de *Jeopardy*, com Mooner, enquanto Connie fazia sua pesquisa de crimes.

— Eu poderia gostar disso — disse Mooner —, poderia governar *Jeopardy*. — Ele chegou para a frente. — O que é Sri Lanka! História antiga grega por duzentos dólares.

Abandonei *Jeopardy* e fui espiar Connie.

— Tenho duas pistas — disse Connie. — Alpha foi preso por jogo e extorsão. Parece que voltou ao negócio de extorsão e que há alguns comerciantes da rua Stark que não estão satisfeitos com ele.

— E se dispõem a falar?

— Com a polícia não, mas na comunidade.

— Será que consigo convencê-los a falar com a polícia?

— Só quando tirar Alpha das ruas por qualquer outra coisa. Há muito medo. Ele saiu da prisão enlouquecido de raiva.

— Tem mais alguma coisa?

— Rinha de galo.

— Desembucha!

— Dizem que ele está organizando rinhas de galo em algum lugar, nas noites de segunda e quinta. E rinha de galo é crime. Minha fonte não sabia onde estavam acontecendo as brigas, mas verifiquei o registro de imposto predial e Nick Alpha é dono de cinco propriedades na rua Stark. — Connie me deu um papel com os endereços. — Uma está no nome dele e quatro como NAA S/A.

A porta do ônibus foi aberta, Vinnie subiu os degraus e deu uma pasta para Connie.

– Os negócios estão crescendo. Estou pagando a fiança de caras que dizem que vão faltar à audiência para que as garotas peitudas corram atrás deles. – Ele apontou o dedo para mim. – Você vai ter de botar silicone ou então usar um sutiã que levante muito.

Olhei para os meus seios. Gostava deles exatamente como eram. Não eram grandes demais nem pequenos demais. Cabiam perfeitamente nas mãos de Morelli.

– Você é um idiota – eu disse para Vinnie.

– É – disse Vinnie –, mas sou o idiota do seu patrão. O que está fazendo aqui? Não tem nada melhor para fazer? Por que não está lá fora caçando os bandidos?

– Já peguei todos os bandidos.

– E os folhetos?

– Preguei todos.

– Dou-lhe cinco dólares se lavar o meu carro – disse Vinnie.

Fiquei tentada a aceitar. Precisava de dinheiro.

– É a rainha Elizabeth! – Mooner berrou para a televisão.

– Meu Deus – disse Vinnie. – Ele está assistindo a *Jeopardy* de novo? Prenda-o na cadeia porque agora vamos bombar. Eu tenho de trabalhar.

– Sabe alguma coisa de rinha de galo? – perguntei a Vinnie.

– O que você quer saber?

– Quero saber se há alguma aqui por perto.

– O papa é católico?

– Sabe onde acontecem?

– Não. Não são minha praia. Gosto dos cavalinhos. Imagino que as rinhas de galo mudem de lugar. São ilegais. Por que esse interesse? Poucas mulheres gostam de rinha de galo. Como primo, quero recomendar que não vá sozinha. Mesmo se estiver armada, não é bom ir sozinha. Ouvi dizer que é uma turba violenta.

Alguém bateu na porta e Morelli enfiou a cabeça.
— Bom-dia. Preciso falar com Stephanie.

Saí e fomos caminhando para longe do ônibus.

— Parece que encontramos o último jogador de pôquer — disse Morelli.

— Sam Grip?

— Provavelmente. O corpo não estava em boa forma. Estava enfiado no porta-malas do carro dele, e o meu palpite é que foi morto no mesmo horário em que Lou Dugan e Bobby Lucarelli. O carro estava estacionado em uma área abandonada de floresta em Pine Barrens e chamou a atenção porque havia uns quarenta urubus sentados em cima e outra centena deles voando em círculos. Tudo indica que ficaram voando dias ali e que alguém acabou indo investigar.

— Eca. Sam foi endereçado a mim?

— Não. Nenhum bilhete. Vão mandar um helicóptero para sobrevoar a área. Estou achando que vão encontrar o resto dos carros por ali mesmo.

— Por que o assassino escondeu os carros? Por que não os deixou com os corpos?

Morelli sacudiu os ombros.

— Não sei.

— Deve ser procedimento operacional padrão da máfia. Eles enterram gente em Pine Barrens o tempo todo. Aposto que as impressões digitais de Nick Alpha estão em todo o carro.

— Não sei se pode categorizar Nick Alpha como máfia — disse Morelli. — A maioria dos rapazes da máfia de Trenton está com 90 anos de idade.

— Colabore comigo nisso — eu disse. — Preciso colar alguma coisa no Alpha.

Morelli me puxou para perto e me beijou.

— Procure ficar longe de encrenca. Tenho de ir.

Fiquei vendo Morelli andar até o carro e achei que senti alguma coisinha na *zona morta*. Quem sabe não estava morta? Talvez estivesse só descansando.

Abri a porta do ônibus e disse para Connie:

– Estou indo. Quero verificar os endereços.

– Leve alguém com você – ela disse. – Dois desses endereços são na parte de cima da Stark.

– Não tenho alguém para levar. Vou ficar bem.

– Leve Mooner, por favor.

Olhei bem para ela.

– Você só quer se ver livre dele.

– Eu não aguento mais. Se ele berrar mais uma resposta, vou arrancar seus pulmões.

Dei um suspiro.

– Ele vai comigo.

– Isso é como um papel novo para mim – disse Mooner, prendendo o cinto de segurança no Shelby. – Quem ia imaginar que seríamos parceiros? É um espanto. Estou viajando.

– Nós só vamos passar pela Stark e espiar umas propriedades – dei-lhe o papel com os endereços. – Quando chegarmos à Stark, você fala os números para mim.

– Eu falaria melhor os números se tivesse um hambúrguer.

Fui para o drive-thru do Cluck-in-a-Bucket, compramos hambúrgueres de frango e batata frita.

– Esse trabalho é excelente – disse Mooner, comendo a última batata frita. – É quase tão bom como distribuição de medicamentos.

A única propriedade em nome de Alpha era o lava a seco, e eu não achava que tinha um bom potencial para rinha de galo. O segundo endereço era uma casa de cômodos de favela. Três andares na fronteira da terra de ninguém. Os dois últimos eram depósitos localizados no lado mais pobre da Stark. Um tinha o nome de

Gimple's Moving and Storage, e o outro parecia que nunca havia sido usado. Ficavam no mesmo quarteirão, mas de lados opostos da rua.

Virei a esquina e peguei a ruela de carga e descarga atrás da Gimple's. Tinha duas portas de rolo de garagem, uma plataforma de carga e uma porta nos fundos. Eu não sabia grande coisa de rinha de galo, mas achei que aquilo parecia uma possibilidade. Botei o carro em ponto morto nos fundos da Gimple's e liguei para Connie.

– Gimple's Moving and Storage é legítimo? – perguntei para ela.

– É uma firma legítima sim, com um número de telefone, mas deve ser fachada para alguma outra coisa, e não sei o que é.

Fui para o outro lado da Stark e passei em frente ao armazém que parecia vazio. Janela quebrada no segundo andar dos fundos. O exterior de tijolo coberto de grafite. Quatro portas de garagem de rolo enferrujadas e amassadas. Uma porta externa com fechadura.

– O que acha? – perguntei para Mooner.

– De quê?

– Oportunidade de negócios nesses dois prédios.

– Gosto desse.

– Por quê?

– Gostaria de parar meu ônibus aqui, cara. Tem espaço. Não tem latas de lixo nem lixo.

Ele tinha razão. A área do estacionamento não tinha lixo. Isso não era normal para a rua Stark. A Stark era como o lixão da prefeitura. Latas de cerveja, garrafas de uísque, sacos de alimentos, televisões quebradas, colchões incendiados, parafernália usada para drogas, tudo reunido nas sarjetas e nos becos. Um espaço de asfalto sem lixo queria dizer que alguém estava se esforçando para manter o lugar livre.

– Experimente a porta dos fundos – eu disse para Mooner.

Mooner foi andando devagar e abriu a porta.

– Está vazio, cara. Totalmente.

Fiz sinal para ele voltar para o carro. Passei em frente do outro depósito pela última vez e saí do bairro.

– Aquilo foi legal – disse Mooner. – Qual é a nossa próxima aventura?

Eu não tinha mais aventura alguma, mas sabia que Connie ficaria desapontada se eu o levasse de volta tão cedo.

– Acho que temos de ir até a Holy Cow para tomar um sorvete – eu disse.

– Maneiro.

Escolhi Holy Cow porque ficava na região administrativa da Hamilton e porque levaria quase uma hora. Pedi um sundae Jersey mud, e Mooner não conseguia resolver. Ficou na frente da lista, olhar vidrado, os lábios se movendo enquanto lia as opções em silêncio.

Morelli ligou e saí da lanchonete para falar.

– Encontraram três dos outros carros. Amanhã vão a pé para procurar o quarto.

– E acharam mais corpos? Encontraram alguma coisa dentro dos carros?

– Disseram que os carros estavam vazios.

– Você sabia que Nick Alpha anda administrando rinhas de galo?

– Ouvi falar das rinhas de galo. Não sabia que Alpha estava envolvido. – Um segundo de silêncio. – Você não está metida nisso, está?

– Não. Claro que não. Rinha de galo é repulsiva.

– A próxima vez que eu me apaixonar vai ser por alguém que não seja especialista em mentir.

– Você está apaixonado por mim?
– Você não sabia?
– Sabia, mas é mais gostoso ouvir.
– E eu fico apavorado – disse Morelli, desligando.

Acabei o meu sorvete e entrei. Mooner ainda estava parado e hipnotizado diante do balcão.

– Dê-lhe uma bola de chocolate, uma bola de morango, uma bola de café e uma porção de caramelo com noz-pecã – eu disse para a menina.

– Excelente – disse Mooner, com um sorriso largo, girando nos calcanhares.

Lula estava no ônibus quando voltamos.

– Tinha um abscesso – ela disse. – Por isso pensei que meu dente estava crescendo. O dentista disse que é comum sentir isso.

– Então você não está se transformando em uma vampira – disse Connie.

– Bem, posso estar, mas não tenho presas. E estou me sentindo muito melhor agora que fiz o canal. Claro que estou entupida de analgésicos, para poder lidar com isso – Lula olhou em volta. – Isso ficou ótimo. Não tem tanta personalidade, mas também não perdeu o brilho.

– Alguma coisa para mim? – perguntei para Connie.

– Não. Nenhum dos novos afiançados tem de comparecer ao tribunal ainda. Todos vão começar na próxima semana, e imagino que nem todos aparecerão. Vinnie pagou a fiança de alguns sem futuro mesmo. Como foi lá na rua Stark?

– Os dois depósitos são possibilidades.

Lula se interessou.

– Rua Stark? Depósitos? Perdi alguma coisa?

Expliquei para Lula as rinhas de galo e meu plano para mandar Nick Alpha de volta para a cadeia, para que ele não possa me matar.

– Esse é um bom plano – disse Lula. – Ele tem mesmo de ficar preso, já que maltrata animais. Não tenho paciência com as pessoas que maltratam animais. E gosto de frangos.

– Especialmente quando são cortados em pedaços e fritos – disse Connie.

– É, mas isso é um tipo diferente de frango – disse Lula. – São frangos para comer, carecas. Não são A Galinha Carijó.

– Frangos comestíveis não são carecas – eu disse.

– Eu vi no supermercado – disse Lula. – E são carecas.

– Cara – disse Mooner na parte de trás do ônibus –, tem alguma coisa errada com a minha televisão. Não consigo fazer com que ela funcione.

– Imagine isso – disse Connie. – Talvez o satélite esteja passando atrás de uma nuvem.

– O que acontece depois? – perguntou Lula. – A polícia vai flagrar a rinha hoje?

– Tenho de saber em que lugar vai ser para depois chamar a polícia. E quero me certificar de que Alpha estará lá. Não quero fechar a operação sem Alpha nela.

Lula fez que sim com a cabeça.

– Entendo o que quer dizer. Então estou pensando que vamos sair para assistir a uma rinha de galos à noite. Preciso pensar nisso. Não sei se tenho roupa para rinha de galo em casa. Talvez tenha de ir às compras.

– Na verdade, não vou à rinha de galo. Vou ficar por perto e seguir Alpha quando ele sair. Aí, quando tiver certeza de que ele está na rinha, ligo para Morelli.

— Dá para encarar isso — disse Lula. — Que hora você quer marcar?

— Tem certeza de que está se sentindo bem para fazer isso?

— Ora, estou. Estou quase cem por cento.

Isso não era uma coisa que me enchesse de confiança. Quando Lula e eu operávamos a plenos cem por cento, não éramos grande coisa. *Quase* cem por cento era entrar em território dos Três Patetas.

— Você precisa de outro carro — disse Connie. — Vai ser notada no Shelby. O Firebird de Lula também não resolve.

— Eu consigo um carro — disse Lula. — Vou pegar o carro do meu primo Ernie emprestado. Ele tem um SUV caindo aos pedaços. Vai combinar direitinho com a rua Stark.

Entrei no Shelby, fui para o meu prédio e parei na entrada do estacionamento. Estava com medo de entrar na vaga. Regina Bugle podia estar lá. Pior que isso, Dave podia estar lá. E se não estavam lá agora, poderiam estar quando eu quisesse sair, e eu ficaria presa no meu apartamento.

Dei meia-volta e parei numa rua transversal, avaliando as minhas opções. Podia ir para a casa de Morelli, mas haveria complicações. Não queria envolver Morelli nesse estágio da saga de Nick Alpha. E ele não ia querer que eu fosse para a rua Stark. Também haveria complicações se eu fosse para a casa de Ranger. Grande parte delas relativas ao vordo, ou à falta dele. O ônibus dos agentes de fiança era claustrofóbico. A nova decoração estava muito melhor, mas ainda era o ônibus de Mooner. E tinha medo de ir para o centro comercial, pois temia sucumbir à influência de outro vestido vermelho. E sobrou a casa dos meus pais.

Cheguei cedo e me sentei na cozinha, vendo minha mãe preparar o jantar. Eu sempre me oferecia para ajudar e minha mãe quase sempre recusava. Ela fazia isso havia muitos anos e tinha ritmo próprio. Minha avó acompanhava esse ritmo e contribuía quando necessário.

– Ouvi dizer que encontraram Sam Grip – disse vovó.

Não havia necessidade de jornal nem da internet no Burgo. As notícias se espalhavam com a velocidade da luz, à moda antiga... pela cerca do quintal e na fila do mercadinho.

Tirei um refrigerante da geladeira.

– Ele estava no carro dele em Pine Barrens.

– Soube que Skooter Berkower está muito preocupado. Ele jogava pôquer com esses caras às vezes. Aquele grupo de pôquer inteiro está sendo assassinado. Alguém não gosta de jogadores de pôquer. Eu não me surpreenderia em saber que é a mulher de alguém que está fazendo isso. Um daqueles caras provavelmente perdeu muito dinheiro e alguma mulher perdeu a linha.

Isso seria uma teoria decente, se não fossem os dois corpos endereçados a mim.

– Ou talvez seja Joyce Barnhardt tentando chamar atenção – disse vovó. – Eu não duvido dela.

– Eu não duvidaria. Você sabe como ela adora um holofote.

Bebi um pouco do refrigerante e tampei a garrafa.

– Matar cinco pessoas parece demais, mesmo para Joyce.

– É, acho que sim – disse vovó. – Certamente é um mistério.

– Você está amassando muita batata – eu disse para minha mãe.

Minha mãe acrescentou uma grande porção de manteiga às batatas.

– Vem muita gente para jantar. Valerie e Albert estão vindo com as crianças.

Minha irmã Valerie tem dois filhos do desastroso primeiro casamento e mais dois com o segundo marido, Albert Klaughn. Adoro minha irmã e Albert, e amo especialmente as crianças, mas é preciso meio vidro de analgésico quando estão todos dentro da casinha dos meus pais.

— Vamos precisar de paredes de borracha se você um dia se casar e tiver filhos — vovó disse para mim. — Não sei como vai caber mais gente aqui, e Dave parece do tipo que quer uma família grande.

— Dave não tem nada a ver com isso.

— Não é o que parece — disse vovó. — A cidade toda está sabendo de você e Dave.

Troquei meu refrigerante por uma taça de vinho. Se tinha de enfrentar Valerie, as crianças e falar sobre Dave, ia precisar de álcool.

TRINTA E SEIS

— Nossa... – disse Lula quando a encontrei no ônibus dos agentes de fiança. – Você está pior do que eu, e acabei de fazer um canal.
— Jantei com meus pais, Valerie, Albert e as crianças. O jantar foi bom. E foi bom também passar um tempo com Valerie e as meninas, mas a conversa foi o tempo todo sobre mim e Dave.
— E daí?
— E daí que não estou interessada nele. Não quero sair com ele. Não o quero cozinhando na minha cozinha.
Lula ergueu uma sobrancelha.
— Não quer que ele cozinhe na sua cozinha?
— Tudo bem, talvez eu queira. O problema é que ele não fica só na cozinha. Ele se espalha.
— Ahn – disse Lula.
Levantei a mão.
— Vou rever essa afirmação. Não o quero nem na minha cozinha. É, ele faz uma comida deliciosa. Mas vale a pena? Não. E não consigo afastá-lo. Ele não entende indiretas. Ele não *ouve*. Pelo amor de Deus, eu quebrei o nariz dele. E ele voltou para fazer o café da manhã.
— Como quebrou o nariz dele?
— Dei na cara dele com um secador de cabelo.
— Boa – Lula disse.
Estávamos na calçada, paradas ao lado de um velho SUV. Parecia preto por baixo da sujeira e tinha ferrugem aparecendo no chassi.

— Acho que nunca vi seu primo Ernie – eu disse para Lula.

— Ernie trabalha no departamento de estradas de rodagem, enchendo buracos. Não é um emprego ruim, só que ele sempre cheira a asfalto e já foi atropelado duas vezes.

Sentamos no SUV e Lula foi dirigindo até a rua Stark. Passamos na frente do lava a seco, dobramos na esquina e fomos para a ruazinha de trás. Lula parou logo antes do prédio de Alpha e desligou o motor. Havia luzes nas janelas do segundo andar e um Mercedes sedan escuro estacionado perto da van do lava a seco.

Um pouco antes das nove horas, a porta dos fundos da casa de Alpha se abriu, as luzes se apagaram no apartamento, Alpha desceu a escada externa e entrou no Mercedes.

— Ao trabalho – disse Lula.

Lula seguiu Alpha devagar, com os faróis apagados, até ele dobrar a esquina e entrar na Stark. Ela acendeu os faróis e continuou seguindo, à distância de dois carros. Alpha seguiu até o fim da Stark, virou e pegou a ruazinha de trás e parou no estacionamento do depósito vazio. Lula apagou as luzes do carro e ficou na esquina em ponto morto. Uma porta de garagem subiu e Alpha entrou com o carro. Esperamos um pouco e apareceram mais dois carros que entraram no depósito.

— Estão usando o depósito como garagem – eu disse para Lula.
— Muito espertos. Assim os automóveis não chamam a atenção e ninguém sabe o que está acontecendo aqui.

— Onde vai ser a rinha de galos se estacionam aí dentro? Tem outro andar?

— Não. Esse prédio é todo de um andar só. É apenas um galpão com pé-direito alto, mas Alpha é dono do depósito do outro lado da rua. Aposto que esses caras todos vão atravessar a rua.

Lula deu marcha a ré, saiu da ruazinha e parou na esquina da Stark. Alpha e os dois homens foram para a porta da frente do galpão de estacionamento, atravessaram a rua e desapareceram dentro do segundo depósito.

– Somos boas ou somos boas? – disse Lula. – Achamos a rinha de galos.

– Achamos *alguma coisa*. Não sabemos se é a rinha de galos.

Lula atravessou a Stark e pegou a rua de trás, mas não pôde avançar por ali. A entrada da ruazinha estava bloqueada por uma van de mudança. Demos a volta no quarteirão e vimos que a outra entrada para a rua de trás também estava bloqueada.

– Odeio isso – disse Lula. – Fico louca com isso. Sabe como vovó Mazur tem de espiar dentro do caixão? Isso aqui é assim. Percorri a rua Stark inteira e agora não posso entrar nessa ruazinha idiota. Eles têm muita cara de pau de bloquear a rua nos impedindo de passar. Como é que íamos saber que tem uma rinha de galos naquela rua? Não podem me deixar de fora. Tenho meus direitos.

– Espere! Não é seguro.

Besteira. Lula já tinha saído do carro e andava no estacionamento. Peguei a chave da ignição e corri atrás dela.

A ruazinha estava escura. Os postes de luz eram alvo de tiros naquela parte da cidade e jamais substituídos. Para quê? Na metade do quarteirão, um facho estreito de luz iluminava os fundos do depósito de Alpha.

– Não devíamos fazer isso – eu disse para Lula. – Essas pessoas são assustadoras.

– Como você sabe?

– É a rua Stark!

– É, mas eu quero ver o que está acontecendo. Deve ser alguma coisa boa, se eles conseguiram o bloqueio.

– Eles bloquearam porque estão fazendo alguma coisa ilegal. É a rinha de galos, ou estão descarregando um caminhão sequestrado, ou estão assassinando pessoas.

— Aposto que é a rinha de galos — disse Lula. — Nunca vi uma rinha de galos. Não que eu queira ver. Parece nojento, mas é como a verificação de um trem. Você tem de olhar, não é? Precisamos ir lá ver, certo? Precisamos olhar, não é? Pode ser o vampiro saindo de mim.

O facho de luz vinha da porta dos fundos aberta no depósito. Duas vans estacionadas no pequeno terreno adjacente. As vans estavam vazias e não havia ninguém espiando pela porta. Todos estavam dentro do depósito.

— Aposto que, se formos espiar as vans por dentro, vamos encontrar penas — disse Lula. — Esse estacionamento aqui é VIP. E aquela porta aberta é praticamente um convite para que entremos.

Vozes masculinas ecoavam no interior do depósito.

— Entrar seria uma má ideia — eu disse para Lula. — Há homens armados e mulheres bandidas lá dentro.

Lula foi na ponta do pé até a porta.

— Não temos certeza disso. As pessoas podem estar exagerando nessa coisa toda de rinha de galo. — Ela espiou lá dentro e bufou de espanto. — É uma galinha carijó! Só que acho que aqui ela virou galo. E é um galo grande e preto. Há várias gaiolas mas não vejo o que há dentro.

— Maravilha. Era exatamente isso que eu precisava saber. Vou me retirar.

Afastei-me do depósito, me encostei na lateral sombria de um prédio e liguei para a polícia. Desliguei e vi que Lula não estava mais à vista.

Ouvi um grito de dentro do prédio. Foi seguido por uivos e cacarejos e muitos gritos. E Lula arrombou a porta. Dois galos meio que correram e meio que voaram, passaram por mim e desapareceram na noite. Uma terceira ave estava grudada em Lula.

— Galo vampiro! — berrou Lula.

Ela socou a ave e o galo cacarejou e bateu as asas e bicou Lula. Ela conseguiu arrancar o bicho de cima da cabeça, e o galo se virou e atacou os homens que saíam pela porta.

Houve muitos xingamentos e berros e mais cacarejos. Lula e eu saímos em disparada. Corremos pela ruazinha e viramos à esquerda, na rua transversal. Paramos e nos curvamos para recuperar o fôlego. Eu não ouvi passos. Parecia que ninguém estava correndo atrás de nós. Havia muitos gritos furiosos perto do depósito e, ao mesmo tempo, alguém acendeu uma lanterna do outro lado.

Lula se endireitou e olhou em volta.

– Não paramos o carro aqui?

O velho SUV tinha sumido. Aquela história de roubar carros estava cansando.

– É espantoso que ninguém consiga chegar em casa nesse bairro – disse Lula. – Você larga seu carro por dois minutos, a fada do carro vem e o leva embora.

O penteado de aranha gigante de Lula tinha sido recriado pelo galo e agora parecia mais um ninho de rato. Ela estava de bustiê de couro preto, saia de brim azul que mal cobria a bunda e bota de couro longa acima do joelho, de salto agulha dez. Imaginei que a roupa vinha da sua coleção S&M ho.

Estávamos bem na esquina da Stark com a Sidney. Um Grand Cherokee vermelho parou ao nosso lado, a janela do lado do passageiro abriu e um homem se esticou para fora.

– Ei, vadia, qual é?

– Vá embora – disse Lula. – Estamos ocupadas.

– Não parecem muito ocupadas. Parece que estão esperando para me chupar.

– Meu primo Ernie não vai gostar nada disso – Lula disse para mim. – Como é que ele vai para o trabalho amanhã?

As portas do Cherokee se abriram, dois caras magros, com roupas maiores do que eles, desceram e desfilaram na direção de Lula.

— Você parece uma puta no trampo – disse um deles. – Como é que não quer transar comigo?

— Estou aposentada – disse Lula. – Se vira.

— Vou me virar na sua bunda gorda – disse o cara.

Lula se virou para ele com os olhos semicerrados.

— Você me chamou de gorda? Porque é melhor não fazer isso. É melhor não se meter comigo. Acabei de perder o carro de Ernie. E acabei de fazer um canal no dente e os analgésicos estão perdendo o efeito; estou me sentindo má como uma cobra. Sou uma mulher à beira de um ataque de nervos agora, seu merda punk de pau pequeno.

— Não tenho pau pequeno. Quer ver?

Ele abriu o zíper da calça enorme e larga e Lula acertou os dois homens com a arma de eletrochoque.

— Ahn – disse Lula.

Ela olhou para os dois estatelados na calçada e depois para o SUV deles.

— Acho que acabamos de ganhar um carro.

— De jeito algum! Isso é roubo de carro.

— Você quer ficar aqui e esperar um ônibus?

Bem lembrado.

Entramos no Cherokee, Lula na direção, e partimos. Dois carros da polícia passaram por nós, indo na direção oposta. Luzes piscando. Sirene desligada. Provavelmente a caminho da rinha de galo.

— O que aconteceu na rinha de galo? – perguntei para Lula.

— Não tinha ninguém nos fundos, por isso fui espiar os galos e logo de cara um deles foi muito amigável. Olhava para mim com a cabeça um pouco inclinada, fazia uns barulhos como a galinha carijó faria. E eu achei que ele queria carinho, então abri a porta da gaiola dele um pouco, o suficiente para enfiar a mão, e, no minuto seguinte, ele escapou e me atacou. Parecia Ziggy de novo. Aí, quando eu estava tentando tirá-lo da minha cabeça, esbarrei numa pilha de gaiolas, elas caíram, abriram, e os galos todos escaparam. Havia aqueles galos demônios por toda parte, gritando e dando esporadas uns nos outros. Foi um pesadelo de galos. Não vou conseguir dormir hoje, só de pensar naqueles bichos. E agora estão soltos por aí, bicando os olhos das pessoas. Claro que é a rua Stark, então esses galos vão ter de se virar com os doidos drogados e os famintos à procura de coxas e sobrecoxas de frango.

Rodamos em silêncio depois disso, cada uma com seus pensamentos sobre os galos da rua Stark. Lula passou pelo centro da cidade, entrou na Hamilton e parou atrás do meu Shelby.

– O que você vai fazer com esse SUV? – perguntei para ela.

– Vou dar para o Ernie. Parece justo ele ficar com este, já que alguém roubou o dele.

– Mas *esse* é roubado. Nós roubamos!

– E daí?

A conversa com Lula chega a um ponto em que é melhor recuar e não rebater.

– Tudo bem – eu disse. – Vejo você amanhã. Espero que o dente esteja melhor.

– Sim. Que assim seja – disse Lula.

Fui para casa no piloto automático, falando comigo mesma, a cabeça alternando entre torpor e vazio e episódios de pânico.

– Detesto quando as pessoas querem me matar – disse em voz alta para mim mesma. – Deixa meu estômago muito esquisito. E me preocupo com Rex. Quem cuidaria dele se eu fosse assassinada? Não tenho nem testamento. E sabe por que não tenho? Porque não tenho nada para deixar para ninguém. Patético, não é?

Parei no estacionamento do meu prédio, perto do Accord azul do sr. Molnar. Estava a meio caminho da porta dos fundos do edifício, preocupada com a possibilidade da aparição de Dave Brewer, quando ouvi alguém ligar o motor do carro atrás de mim.

Regina! Pulei para um lugar seguro e ela passou voando por mim, raspando num Dodge que pertencia ao filho fracassado do sr. Gonzoles. Mais um amassão no Dodge não iam notar. Corri para o prédio enquanto Regina fazia a volta e consegui chegar antes de ela me atingir na segunda investida.

Respirei fundo e pensei que as coisas não estavam tão ruins assim. Regina ia cansar de tentar me atropelar, Nick Alpha ia ser preso, Dave ia partir para outra um dia e mais cedo ou mais tarde meu sistema reprodutivo ia voltar ao normal. Subi pela escada e pensei em Ranger nu, mas não estava inspirada quando cheguei ao segundo andar, por isso era óbvio que tinha um longo caminho até minha recuperação sexual. Pelo menos, Dave não estava se esgueirando no corredor quando espiei da escada.

TRINTA E SETE

Meu celular me acordou de um sono agitado.
– Estou à sua porta. Esqueci a minha chave – disse Morelli. – Estou batendo e tocando a campainha aqui. Onde você está?
– Estou aqui. Espere aí – arrastei-me para fora da cama e abri a porta para Morelli. – Que horas são? – perguntei.
– São oito horas.
Ele deixou uma sacola e um copo de café na bancada da cozinha.
– Trouxe café para você. Estou indo para o sul de Jersey. Quero ver a cena do crime antes de desmontarem tudo. Devo ficar fora o dia todo, provavelmente. Queria que você passeasse com Bob por volta de meio-dia.
– Claro.
Ele fez um trejeito que era meio sorriso e meio careta.
– Parece que você teve uma noite bem dura.
– Tive uma noite *horrível*. Não consegui dormir. E quando finalmente adormeci, tive sonhos medonhos.
– Vou adivinhar. Você sonhou com galinhas.
– Não quero falar sobre isso. Prenderam Alpha?
Morelli abriu o café para mim.
– Não. Quando a polícia chegou ao depósito, as provas estavam espalhadas num raio de vinte quilômetros.
Espiei dentro da sacola, tirei um recipiente com suco de laranja e um pão com requeijão.
– Obrigada por trazer o café da manhã. Você foi muito gentil.

– É. Eu sou um cara gentil.

Ele enganchou o dedo na gola do meu pijama de malha de algodão, espiou meus seios lá dentro e deu um pequeno suspiro.

– Tão perto e tão longe – ele disse.

Ele me beijou e foi embora.

Joguei um pedaço de pão na gaiola de Rex e comi o resto. Bebi o suco de laranja e levei o café para o quarto para tomar enquanto me vestia.

Meia hora depois estava no ônibus-escritório.

– Onde está Lula? – perguntei para Connie.

– Ela disse que ia chegar tarde. Alguma coisa com o cabelo dela.

– Está parecendo que a rinha de galo não vai tirar Alpha da rua. Vou precisar de outro ângulo.

– Tenho certeza de que ele está envolvido com muita coisa ruim, mas só tenho certeza da venda de proteção.

– Você tem os nomes dos donos das lojas?

– Os três primeiros quarteirões da rua Stark são controlados por Alpha. Se uma loja está aberta e operante, ela está pagando proteção. Se tiver virado cinzas, não está.

– Isso é bem objetivo. Eu teria alguma sorte se abordasse as pessoas que tiveram a loja incendiada?

– Se conseguisse encontrá-las... e se elas estivessem vivas e bem, fora de um estado vegetativo.

– Meu Deus.

Mooner estava no sofá, no jogo de palavras.

– Tio Black – ele disse.

Eu me virei para ele.

– Quem é Tio Black?

– Ele é dono de uma loja de gibis no segundo quarteirão da Stark. Livros Tio Black. Ele teve de aumentar os preços para cobrir os pagamentos, mas então aumentaram os *pagamentos*. É um círculo vicioso, cara. Tio Black é um homem infeliz.

– Preciso conversar com Tio Black – eu disse.

– Você precisa ter valor de gibi, senão Tio Black não vai falar com você. Ele se concentra nisso. Ele tem um radar para gibi. É o *guru* dos gibis.

– Maravilha. Eu sou o guru sem talento que vai livrá-lo de Nick Alpha. Vamos embora.

Não havia muito trânsito na Stark àquela hora da manhã, e consegui estacionar na frente da Livros Tio Black. Tranquei o Shelby, liguei o alarme e segui Mooner até a loja. Livros Black era um espaço pequeno e poeirento, entupido de mesas com milhares de revistas em quadrinhos de colecionador em sacolas de plástico e prateleiras. Os gibis estavam em ordem alfabética, de acordo com a categoria. Muitos *Homem-Aranha*, *Super-Homem*, *X-Men*. Não tantos *Betty*, *Veronica* e *Gasparzinho*. Montes de gibis que eu nunca tinha visto.

– Ôa – disse Mooner, obviamente embevecido com um gibi numa vitrine especial. – *The Creeper contra a The Human Firefly*. Sensacional, cara. Muito sensacional.

– Acho que devemos comprar esse – eu disse para ele. – Serviria para quebrar o gelo com o Tio Black? Quanto é?

– Quarenta e cinco dólares.

– Está brincando? É um gibi! Já comprei carros por 45 dólares.

– Mas cara, é *The Creeper*.

Olhei em volta.

– Aquele lá atrás do balcão é o Tio Black?

– Afirmativo.

Tio Black era branco. Muito branco. Como se não saísse de baixo da luz fluorescente há muito, muito tempo. Era magro e devia ter 1,65m de altura. Quarenta e poucos anos. Cabelo castanho e ralo que precisava de um corte. Usava roupa vintage dos anos 1950. Desconfiei que o ar vintage não fosse proposital.

– Moonman – ele disse. – Qual é?

– Eu trouxe a carinha – disse Mooner. – Ela é legal. É a garota do ônibus.

– Ela não parece a garota do ônibus. A garota do ônibus tem peitão e roupa dourada. Ela precisa voltar aqui quando estiver igual à garota do ônibus e aí talvez Tio Black converse com ela.

Dei o meu cartão para Tio Black.

– Preciso conversar com você sobre a proteção que está pagando.

Tio Black rasgou o cartão e o jogou para cima como se fosse confete.

– Tio Black não paga mais um centavo de proteção. E Tio Black só conversa com a garota do ônibus quando ela estiver com a roupa certa.

– A garota do ônibus é uma criação digital do primo doente dela – eu disse para Tio Black.

Tio Black semicerrou os olhos e encolheu o lábio superior.

– Tio Black odeia tudo que é digital. Digital é obra do demônio.

Ele se abaixou atrás do balcão e reapareceu com uma espingarda.

– Saia da minha loja, sua filhote de Satã!

Mooner e eu saímos correndo da loja e continuamos correndo a metade da rua até nos lembrar do Shelby parado na frente da Livros Tio Black.

Eu estava na esquina, imaginando se era seguro me esgueirar de volta para pegar o carro, e um sedan preto parou em fila dupla ao lado do Shelby. Dois caras que não pareciam boa coisa desceram do carro e foram para a loja de gibis. Houve a explosão de um disparo e os dois sujeitos saíram correndo da loja. Um deles tropeçou, foi içado e enfiado no sedan preto pelo segundo cara. O segundo mirou com o que parecia um lançador de míssil em cima do teto do Shelby e, *pfuuuung*, disparou alguma coisa na loja de Black.

Houve uma pequena explosão dentro da loja, o sedan preto cantou pneu e foi embora em alta velocidade, e aí a explosão foi enorme. *BARUUUM*. As janelas da frente da Black estouraram e pedaços de gibi flutuaram no ar como rolos gigantes de poeira. O fogo lambeu as janelas abertas e a fumaça preta ocupou a rua, levada para cima pelo vento.

Minha primeira reação foi paralisia e choque. Fiquei grudada no chão, boquiaberta, olhos arregalados. Quando meu coração voltou a bater, pensei nas pessoas que poderiam ter ficado presas lá dentro. Não havia esperança para Tio Black, mas havia dois andares em cima dele.

– O que tem no segundo e no terceiro andares? – perguntei para Mooner.

– Depósito. Estive lá em cima uma vez. É onde os gibis vão dormir.

As pessoas começaram a se juntar na rua, mantendo uma boa distância do fogo. Houve uma terceira explosão e as chamas saltaram pela porta e pegaram no Shelby. O alarme do carro disparou, formou-se uma roda de fogo em volta e o carro explodiu. Todos recuaram.

– Cara – disse Mooner.

Senti meu celular vibrar e olhei para a tela. Ranger.

– O seu GPS acabou de apagar – disse Ranger quando atendi.

– O carro explodiu.

Um segundo de silêncio.

– Rafael ganhou a aposta – disse Ranger. – Você está bem?

– Estou.

– Vou mandar alguém para aí.

Dois carros da polícia e um dos bombeiros desceram a Stark. Um segundo carro de bombeiro veio vindo também. Os bombeiros foram trabalhar e Mooner e eu ainda ficamos alguns minutos, vendo o Shelby queimar.

— Estou achando que Tio Black não fez o pagamento dele a tempo — eu disse para Mooner.

— O pessoal dos gibis não tem medo de nada — disse Mooner.

Vi dois veículos da Rangeman pararem a meio quarteirão de distância.

Hal estava na calçada, esperando com a chave de um Ford Escort preto, novo e brilhando.

— Espero que esteja bom — disse ele. — Ranger disse para pegar um da frota.

— Está perfeito. Obrigada. Sinto muito que não tenha ganhado a aposta.

Hal riu de orelha a orelha.

— Errei por doze horas. Não pensei que o Shelby fosse durar tanto — ele abriu a porta do Escort para mim. — Você não vai acreditar, mas juro que um galo acabou de atravessar a rua correndo, na nossa frente, quando descíamos a Stark.

Dei um suspiro, entrei no Escort e fui para o ônibus. Lula estava retocando o esmalte nas unhas quando entrei. Usava um vestido amarelo-limão colante e salto plataforma preto de dez centímetros, o cabelo um grande tufo de néon verde.

— Esse é seu cabelo de verdade? — perguntei para ela.

— Que nada. Isso aqui é peruca. Tivemos de fazer uma cirurgia no meu cabelo depois que os frangos do inferno mergulharam nele. Você acabou de chegar em mais um carro novo? O que aconteceu com o Shelby?

— Explodiu.

— Merdas acontecem — disse Lula.

— Isso me leva a acreditar que as coisas não deram certo com Tio Black — disse Connie.

— Também explodiu — eu disse.

– Foi uma tragédia – disse Mooner. – Explodiram um gibi do *Creeper* em ótimas condições, cara. Alguém devia pagar.

– As pessoas vão se assustar com isso – disse Connie. – Ninguém mais vai falar na rua Stark.

– O que é isso aí em você toda? – Lula perguntou para mim.

– Sorvete de chocolate. Mooner perdeu a calma com a morte do *Creeper*, por isso paramos para tomar sorvete e acalmá-lo – olhei para a minha blusa. – Eu também precisava me acalmar.

Meu celular vibrou e o número dos meus pais apareceu. Eu não ia falar com a minha mãe de jeito algum. Ela arrancaria a explosão do carro de mim e ia querer falar sobre Dave, e Deus me livre se descobrisse sobre os frangos. Eu precisaria de mais sorvete.

– Vou para casa – disse para Connie. – Preciso de outra blusa.

A vantagem de sempre destruir carros era que, ao menos por um tempo, ninguém sabia o que eu estava dirigindo. Parei na minha vaga e achei que houvesse bastante chance de não encontrar um cadáver no Escort quando voltasse. Entrei no meu apartamento, fui direto para o quarto, pulei na cama e cobri a cabeça com um travesseiro.

Acordei com um telefone tocando.

– Estou ligando sem parar – disse minha mãe. – Onde você estava que não podia atender?

– Estava na cama. Não ouvi.

– Bem, graças a Deus que finalmente encontrei você. Todos estarão aqui em 15 minutos.

– Todos?

– O jantar. Falei para você dias atrás. Emma e Herb Brewer, e Dave. Emma disse que todos ficaram muito animados com o convite.

– *Todos* não – eu disse. – *Eu* não estou animada. Estou horrorizada. Eu não me interesso por Dave e não quero jantar com os pais dele.

– Eu fiz frango à parmegiana.

– Não posso ir. Tenho outras coisas para fazer. Preciso trabalhar.

– Eu sei quando está mentindo, Stephanie Plum. Tive todo esse trabalho só por você, para você poder passar um tempo com um bom homem. Um homem que pode lhe dar um futuro. Filhos. O mínimo que você pode fazer é se esforçar. Fiz até bolo de abacaxi invertido.

Eu estava ferrada. Uma carga imensa de culpa e mais bolo de abacaxi invertido.

– E pelo amor de Deus – disse minha mãe –, vista uma roupa bonita. *Por favor*, não venha de calça jeans e camiseta.

Tirei a camiseta pela cabeça e olhei em volta. Montes de roupa suja. Não tinha muitas limpas. O vestido vermelho novo estava pendurado na frente do closet. Era a escolha mais fácil.

Vovó estava à minha espera quando estacionei na entrada, atrás do carro do meu pai.

– Como está bonita! – disse vovó. – Li em algum lugar que os homens gostam das mulheres de vermelho. Dizem que é uma das coisas que deixa o homem em certo estado.

Pela minha experiência, não era preciso muito para um homem ficar *naquele* estado.

– Dave é capaz de pedir você em casamento quando vir esse vestido – disse vovó. – Esse vestido é "pegador" de homem.

Eu não queria pegar mais homem algum. Queria comer o frango à parmegiana, ir para casa e botar o travesseiro na cabeça de novo. Vi um Honda prata chegando e estacionando atrás do meu carro. Foi um alívio estar um passo adiante rumo ao jantar. Dave estava dirigindo. Parecia que o pai estava sentado ao lado dele e a mãe, atrás. Dave desceu, deu a volta no carro e pegou uma bandeja de festa no banco de trás.

Todo o sangue desceu da minha cabeça e foi para os meus pés. Estendi a mão para me equilibrar e fiz força para respirar. Era só botar a máscara de borracha de Frankenstein e um macacão acolchoado em Dave para termos o assassino de Juki Beck. Foi uma reação instintiva e imediata. Havia alguma coisa na postura de Dave e no jeito de ele andar quando deu a volta no carro que estalou no meu cérebro. Outra coisa que estalou no meu cérebro foi o ceticismo. Não havia como ser Dave, certo?

– Ai, meu Deus – disse vovó quando viu Dave. – O que aconteceu com você?

Os olhos dele estavam menos inchados, mas a visão ainda era muito feia. Pretos com tons de verde. E ele ainda usava o Band-Aid no nariz.

– Levei uma cotovelada no nariz num jogo de futebol – disse Dave. – Nada de mais.

– Você sempre foi atleta – disse vovó enquanto levava todos para a sala de estar.

Emma e Herb Brewer tinham quase 60 anos. Eram pessoas de boa aparência, bem-vestidas e pareciam felizes. Difícil acreditar que tinham gerado um assassino. Difícil acreditar que o chato do Dave estrangularia alguém.

– Que casa adorável – disse Emma.

Meu pai se levantou e os cumprimentou, meneando a cabeça. Tinha sido obrigado a abandonar sua camisa de malha com gola de Tony Soprano por uma camisa social. Isso indicava importante evento social. A camisa social em geral era usada no Natal, na Páscoa e nos enterros.

Dave me deu a bandeja de festa, nossos olhos se encontraram e ficaram assim um longo tempo, e eu tive uma pontada irracional de medo que ele soubesse que eu suspeitava dele, que achava que ele era um assassino. Pus a bandeja na mesa e me esforcei para recuperar a calma. Não havia prova alguma concreta que sugerisse que Dave fosse o matador, pensei. Normalmente eu tinha uma boa intuição, mas afinal de contas era apenas uma intuição, e não era infalível. E nesse caso parecia ridícula.

— A entrada parece ótima — eu disse. — Você que montou?

— Nós pegamos no Giovichinni.

Dave chegou mais perto ao meu lado, com a respiração suave na minha orelha.

— Esse vestido é de matar.

Senti meu couro cabeludo formigar e meu coração perdeu uma batida.

— De matar? O... o quê quer dizer com isso?

— Pense nisso — disse Dave, e piscou para mim.

Minha mãe trouxe o frango para a mesa e eu ocupei meu lugar de sempre, à esquerda do meu pai. Dave escolheu o lugar ao meu lado.

— Dave veio aqui e fez a refeição mais maravilhosa para nós outra noite — vovó disse para Emma Brewer. — Ele fez até um bolo de chocolate.

— Sempre foi o jeito de relaxar para ele — disse Emma. — Quando era pequeno, inventou uma receita própria de brownie. Quanto mais estressado ficava, mais precisava cozinhar.

Imaginei de quanta cozinha precisava para aliviar o assassinato de cinco pessoas.

Vovó se serviu de espaguete.

— Fico surpresa de saber que ele não cozinha para vocês o tempo todo.

Emma rolou os olhos nas órbitas.

— Ele faz uma bagunça danada. Deixa pratos sujos por todo canto.

— Típico de homem — disse vovó. — Sempre bagunceiro.

— Nem sempre — disse Dave. — Às vezes sabemos como *evitar* ser bagunceiros. Por exemplo, o assassino do terreno da firma de fiança quebrou o pescoço das vítimas. Nada de sangue por todo lado.

— Isso é terrível — disse vovó. — Não sei como uma pessoa pôde fazer aquilo.

— Deve ser como trabalhar num matadouro — disse Dave. — Depois de matar as primeiras cem vacas, você começa a sentir que quer ficar mais um dia no trabalho.

— Você já trabalhou em um matadouro? — meu pai perguntou para ele.

— Não. Mas trabalhei em um banco. Há semelhanças.

— David, isso *não* tem graça — disse a mãe dele.

— Como sabe que o assassino é homem? — vovó perguntou para Dave. — Poderia ser uma mulher.

Dave pôs as mãos em volta do meu pescoço.

— É preciso força para quebrar um pescoço.

Ele fez pressão e me balançou um pouco, de um lado para outro.

— Não acho que uma mulher teria essa força. E pelo que eu li, Lou Dugan não era um peso-pluma como Stephanie.

Assim que eu chegasse em casa ia ligar para Morelli. E depois ia verificar se minha arma estava carregada.

— A mão — eu disse para Dave. — Tire-a daí.

Ele soltou o meu pescoço e pegou a taça de vinho.

— Só estava defendendo a minha ideia.

Dei um esbarrão em Dave e o vinho derramou na camisa dele.

— Ai, meu Deus — eu disse. — Sinto muito.

Tudo bem, aquilo era infantil, mas ele não era o único que podia defender uma ideia. Só que, analisando em retrospecto, não devia ser uma boa ideia irritar um cara que era suspeito de ser um matador em série. Eu estaria mais preocupada se ele atirasse nas vítimas. Não pensava que ele seria capaz de estrangular todos nós à mesa de jantar. Mesmo assim meu coração dançava no peito e meu estômago produzia ácido em quantidade recorde. Talvez fosse direto da casa dos meus pais para a casa de Morelli. Ele comprava antiácido aos litros, e eu podia falar de Dave para ele.

Todos ficaram imóveis lá sentados, horrorizados e boquiabertos, olhando fixamente para as manchas roxas na camisa de Dave.

A mãe dele pegou na bolsa um bastão removedor de manchas e minha mãe correu para pegar o Spray'n Wash.

Uma hora e meia depois acenamos para nos despedir de Emma, Herb e Dave.

— Fora a hora em que você derramou o vinho de Dave, correu tudo muito bem — disse vovó.

Minha mãe rolou os olhos nas órbitas.

— Ele tentou dar um beijo de despedida em Stephanie e ela o chutou.

— Foi um acidente — eu disse.

— Eu não gosto dele — meu pai disse.

Minha mãe botou as mãos na cintura.

— Ele é um jovem simpático. Por que não gosta dele?

— Não preciso de um motivo — disse meu pai. — Não gosto e pronto. E não gosto dessa camisa também. Odeio essa camisa.

Pendurei minha bolsa no ombro e saí da casa dos meus pais.

TRINTA E OITO

Percorri a curta distância até a casa de Morelli, estacionei atrás do SUV verde dele e usei a minha cópia da chave para abrir a porta.

Morelli estava no sofá, assistindo a uma reprise de *Two and a Half Men* (Dois Homens e Meio). Olhou para mim de alto a baixo e sorriu.

— Hoje é Natal?

— Não exatamente — eu disse. — Estou com uma azia terrível. Parei aqui para tomar o que você estiver usando atualmente.

Ele apontou para um vidro enorme de antiácido na mesa de centro.

— O meu refluxo estava ótimo até alguém começar a oferecer as vítimas de assassinato para você de presente.

Peguei o antiácido.

— Quer ter mais motivo para o refluxo? Acabei de jantar com Dave.

— De novo? Com esse vestido?

— O vestido é uma história comprida e complicada que não tem nada a ver com Dave. Só que ele me disse que é um vestido *matador*.

— E é mesmo — disse Morelli. — É um vestido matador.

— Ele disse isso como se tivesse um sentido especial. E piscou para mim.

— Qualquer homem em sã consciência piscaria para você com esse vestido.

— Ele disse para eu *pensar* nisso.

— Tenho a sensação de que estou perdendo algum ingrediente importante nessa conversa.

Contei para ele que assisti ao vídeo e que achei que tinha reconhecido o assassino. E que esta noite tive a revelação de que era Dave quando o vi dar a volta no carro. E depois Dave fingiu me estrangular à mesa do jantar.

— Interessante e assustador, mas não é exatamente uma prova consistente — disse Morelli. — E temos de levar em consideração que o homem está querendo ensinar você a cozinhar.

— Você não está levando isso a sério.

— Estou falando sério, sim. Já tomei meio vidro de antiácido desde que Gordon Kulicki apareceu morto. É que Dave não parece ser o assassino. Qual foi o motivo dele?

— Descobrir o motivo dele é sua parte da divisão de tarefas. Já fiz a minha parte. Eu o reconheci no vídeo.

Morelli fez que sim com a cabeça.

— Reconhecê-lo no vídeo é uma boa. O que você viu? Uma tatuagem? Uma cicatriz? Reconheceu os sapatos dele?

— Foi só uma sensação. Foi o modo dele andar.

— Isso é como sair em campo com uma adivinha.

— Isso funcionou alguma vez?

— Às vezes — disse Morelli. — Você se sente mal com isso? Numa escala de um a dez, de ser uma identificação positiva... como você avaliaria?

— Se estivesse avaliando instinto seria nove. Se temperar isso com raciocínio, vai lá para baixo. Talvez cinco, ou seis.

— Cinco ou seis ainda é bem forte.

— Eu preferia muito mais que o assassino fosse Nick Alpha.

— Não vou descartar Alpha, mas não faria mal algum xeretar a vida de Dave.

— Por onde começamos?

— Não existe esse *começamos*. Essa é uma investigação para a polícia.

— Não vim até aqui para conversar com um policial. Vim aqui para conversar com...

Parei porque não sabia como chamar Morelli. Amigo parecia bobagem. Namorado era colegial demais. Nós não estávamos noivos, casados, nem morando juntos.

— Eu nem sei do que chamar você — eu disse, com as mãos paradas no ar. — Que tipo de relacionamento é esse?

— É um relacionamento muito ruim. Quem teve a brilhante ideia de que devíamos ser livres para sair com outros?

— Foi você.

— Acho que não — disse Morelli.

— Lembro perfeitamente. Você disse que nós precisávamos explorar outras possibilidades.

Morelli pegou o vidro de antiácido. Tirou dois para ele e dois para mim.

— Como foram as coisas lá no sul de Jersey? — perguntei.

— Achamos o quinto carro. Também encontramos um sexto que foi incendiado. Parecia haver os restos de dois corpos dentro deste carro incendiado.

— Mais jogadores de pôquer?

— Ninguém mais está desaparecido. Todos os caras que só jogavam de vez em quando estão bem.

— Talvez seja um carro que não tem relação com esses crimes.

— Difícil acreditar. Foi encontrado no mesmo lugar.

Eu estendi a mão.

— Preciso de mais dois antiácidos para viagem. Tenho de ir para casa.

— Você não precisa ir para casa.

— Estou ficando com dor de cabeça. Tenho de ir para casa e botar um travesseiro no rosto.

— E isso ajuda?
— Ajudou esta tarde. Ele me deu o vidro de antiácido.
— Leve o vidro todo. Eu tenho mais. Você sabe onde me encontrar quando a dor de cabeça passar.

Já estava escuro quando cheguei ao estacionamento do meu prédio. Dei uma volta à procura dos carros de Regina, dos pais de Dave e o carro de Nick Alpha. Não vi nenhum deles, por isso botei o carro na vaga e atravessei para a porta dos fundos. Estava falando sozinha de novo quando entrei no elevador.

— Isso está ficando velho – eu disse. – Estou cansada de procurar gente que quer me matar. É exaustivo. E o que eu devia fazer com Morelli, e a minha libido ausente, e o meu trabalho, que não está rendendo dinheiro algum?

Engoli mais dois antiácidos, subi para o segundo andar e destranquei a porta do meu apartamento. Entrei, fechei e tranquei a porta, e soube que Dave estava na minha cozinha.

— Surpresa – ele disse.

Virei-me para ir embora, mas ele se pôs na frente, ficou entre mim e a porta. Afastei-me dele e semicerrei os olhos.

— Saia.

— Acabei de chegar.

— Como foi que entrou?

— Tirei uma chave da gaveta na última vez que estive aqui cozinhando.

Entrei na cozinha e tirei a tampa do pote de biscoito. Sem arma.

— Eu estou com a arma – ele disse. – Não que eu precise.

Joguei a tampa nele e ele desviou. Agarrei o pote de biscoito e bati na lateral da cabeça dele. Ele tropeçou para trás e se endireitou.

— Você devia parar de me bater — ele disse, arrancando o pote da minha mão e o jogando do outro lado da cozinha.

— O que foi que eu fiz para você?

— Para começo de conversa, você invadiu o meu apartamento.

— Eu não invadi. Eu entrei. Eu tenho a chave... como Morelli.

— Eu *dei* a chave para Morelli. A sua você *roubou*.

— E não é só isso que eu vou roubar. Vou roubar você.

— O quê?

— Assim como Morelli roubou a minha namorada no colégio. Eu a levei para o baile de formatura e Morelli a levou para a cama. Ela estava usando o *meu* anel de classe e o *meu* ramalhete. Ela tinha ido *comigo* e ele a seduziu no estacionamento do colégio.

— Ele seduziu todas as meninas da escola no estacionamento. E uma na padaria. Você não pode levar isso para o lado pessoal.

— Aqui que eu não posso. Agora eu estou com a namorada *dele*. E vou empatar esse placar.

— Acho que não.

— Viva ou morta — disse Dave —, a escolha é sua.

Tudo bem, isso foi assustador. Eu estava indo muito bem até aquele ponto, mas isso tirou meu ar.

— Você matou Lou Dugan, não é?

Ele deu um largo sorriso.

— Estava esperando você descobrir. Corri em volta do carro só para você esta noite. Eu sabia que você tinha assistido à fita da cena do crime. Legal, não é? E os corpos que enderecei a você... Isso deixou Morelli nervoso?

— Deixou.

Ele deu uma risada que parecia um rosnado.

— Eu tive, na verdade, uma sorte madrasta ultimamente. Minha vida não tem sido muito divertida. Perdi minha casa, meu cachorro, meu carro e meu emprego. Perdi minha mulher, mas que vá para o diabo que a carregue, aquela lá. Passei um tempo na cadeia.

Não foi uma experiência boa. E como se não bastasse, tive de me mudar para a casa dos meus pais. Por isso estou me sentindo muito deprimido. O meu trabalho é uma merda. Tive de matar o meu primo para entrar. Além disso, ando ferrando todos aqueles malditos jogadores de pôquer. E um dia, como uma dádiva de Deus, minha mãe me presenteou com você. Ela conheceu sua mãe na fila do caixa em um supermercado e, desde aquele instante, ficou decidido que você me pertence. E a vida fica divertida de novo.

— Já te ocorreu que você pode estar louco?
— Não me sinto louco
— Você matou cinco pessoas!
— Na verdade, foram sete. Não, espere aí... houve mais duas aqui na Georgia. Nove.
— Isso não incomoda você?
— Não. Foi fácil. Acho que eu tenho um talento para matar pessoas. Sou bom nisso. Quebro o pescoço delas. Sem sangue algum. Tudo bem, às vezes eles cuspiam um pouco, mas não era como levar um tiro de verdade.

Eu já tinha encarado a minha cota de assassinos malucos, mas nunca alguém tão frio. Fiz o melhor que pude para manter a calma. Não achava que Dave era o tipo de cara que responde bem ao drama.

— Eca!
— A parte mais difícil é livrar-me deles. Enterrei os dois na Georgia, num milharal. Ninguém os encontrou. Levei minha prima e o namorado dela até o Pine Barrens para incendiar o carro. Estava preocupado com o DNA, mas sinceramente não acho que o DNA é tudo que dizem.

— Você fez isso para conseguir um emprego?
— É. Esperto, não? Além de conseguir o emprego dela, ela tinha furtado o dinheiro do cofre de uma empresa e fiquei com esse dinheiro também.

— E Lou Dugan?

— Foi mais ou menos um negócio com Dugan. Estudei junto com o filho dele e ia muito à casa dele quando era menino. Quando me mudei para a Georgia, mantive contato com Lou. Ele era um comerciante muito sagaz. Aprendi muito com ele. Eu estava fazendo as renegociações pelo banco e Lou viu nisso uma maneira de fazer dinheiro. Eu tinha retomado a casa de algum fracassado e Dugan a compraria bem abaixo do preço de mercado, através de uma das empresas dele. E quando descobrimos como podíamos ser criativos, e que manipulando a burocracia podíamos arrancar essas casas bem debaixo do nariz das pessoas. O problema foi que tiramos a aposentadoria de algum chorão que não ficou quieto quando perdeu sua casa.

— Foi aí que você foi para a prisão?

— Só fiquei na prisão até determinarem o valor da fiança. Saí e comecei a fazer uma faxina na casa. Livrei-me dos dois homens subordinados a mim e que sabiam o que estava acontecendo. Eles podiam ter testemunhado e eu poderia ficar preso muito tempo.

— O milharal?

— É. E aí Lou ficou nervoso. Recebi minha dispensa dele em dinheiro, mas ele estava lá sentado, com todas aquelas propriedades valiosas no nome das suas empresas.

— Você ainda tem o dinheiro?

— Os advogados ficaram com o dinheiro. Advogados do julgamento e advogados do divórcio. Eu devia ter sido advogado. O único dinheiro que eu tenho veio do que a minha prima roubou.

— Então você matou Lou Dugan porque ele estava nervoso?

— Ele tinha transferido um monte de dinheiro para um banco em Buenos Aires e estava se preparando para desaparecer. Pediu para eu levá-lo para o aeroporto. Ia pegar um voo noturno. Tive a impressão de que ia me matar, por isso eu o matei antes.

— Sem mais nem menos.

– É. Cheguei por trás, o estrangulei e quebrei o pescoço dele. E então fiquei com aquele mesmo problema idiota do corpo. Estava rodando com ele no carro dele, pensando que era como aquele filme *Um morto muito louco*. Então passo pela Hamilton e vejo a escavadeira parada no terreno do escritório dos agentes de fiança. São três horas da madrugada. Sem trânsito algum. Escuro como o coração de uma bruxa. E lá está a escavadeira, pronta para cavar uma cova. "O meu erro foi não ter cavado bastante fundo. Enterrei Lucarelli mais fundo, mas o encontraram mesmo assim. Depois resolvi me divertir com Juki e Kulicki. Eu sabia que o pessoal da segurança tinha instalado os vídeos. O que você achou da máscara de Frankenstein? Um toque bom, não é?"

– Entendo por que você matou Dugan. Mas não entendo os outros assassinatos.

– Eu tinha de limpar a casa. Lucarelli era o advogado que processava toda a papelada e Kulicki passava muitas das transações pelo banco dele. Sam Grip trabalhava para Dugan e sabia *de tudo*. Grip sabia quando Dugan soltava um pum. Juki estava dormindo com Grip, e ela sabia tudo que ele sabia. Isso tudo era uma puta complicação. Quem diria? É como o suéter que começa a desfiar. Começando a matar, perdemos o controle e não conseguimos parar.

– Então não teve nada a ver com o jogo de pôquer?

– Qual jogo de pôquer?

– Eles todos jogavam pôquer juntos. Menos Juki.

– Não sabia disso – disse Dave.

Foi por isso que nós não ligamos os pontos para chegar até Dave, pensei. Estávamos no bairro certo, mas na rua errada.

– E os carros? – perguntei para ele.

– Quando mato alguém, gosto de deixar meu carro fora disso para diminuir o potencial do DNA. Depois que queimei o carro de Francie, percebi que incendiar um carro produz muita fumaça e que isso podia atrair muita atenção, então parei de queimar carros. E depois joguei o carro numa mata e o incendiei, não tinha como voltar para casa. Por isso passei a usar uma das vans de mudança de Harry para levar os carros para a cremação. Simplesmente colocava o carro da vítima na van, fechava as portas e o tirava quando chegava ao terreno baldio. Quanto mais você sabe, mais impressionado fica, certo? Morelli não é páreo para mim. Tenho feito ele de idiota o tempo todo.

– Por que você deixou Sam Grip no porta-malas?

– Estava com pressa. Matei-o naquela tarde mesmo e estava fazendo carne assada para o jantar.

Engoli mais dois antiácidos. Estava guardando a grande pergunta para o fim.

– Então você agora parou de matar?

– Vai depender de você – disse Dave.

Ele tirou um envelope branco do bolso do paletó. PARA STEPHANIE estava escrito do lado de fora do envelope.

– Com isso chegaremos à Tailândia. O avião parte às seis horas, amanhã de manhã. Podemos ficar em um hotel de aeroporto esta noite, vamos nos divertir, eu tiro algumas fotos íntimas suas para Morelli e começamos uma vida nova juntos. Ou eu posso matá-la agora, divertir-me um pouco com você depois de morta e ir para a Tailândia sozinho.

– Isso é nojento.

Dave deu de ombros.

– A vida é nojenta.

Dave ficou calmo esse tempo todo, animando-se um pouco quando falava dos assassinatos, demonstrando uma raiva controlada quando mencionava Morelli. Fiz uma força danada para conter meu medo e repulsa e acho que consegui. Meu plano era fazer o que pudesse para ganhar tempo e ficar de olho em uma oportunidade para tentar escapar. Desconfiava que ele tinha só uma passagem para a Tailândia. Ele me mataria a caminho, ou no aeroporto do hotel. Ele sabia que era só uma questão de tempo para os médicos-legistas descobrirem que era Francie no carro destruído. E Francie era a pista para frustrar seus planos. Então Dave estava ansioso para sair da cidade. Ele queria completar sua vingança contra Morelli, mas se sentia pressionado.

– Nunca fui à Tailândia – eu disse, e peguei o envelope.

– Garota esperta.

– Deixe-me fazer uma mala e estarei pronta para ir.

– Não precisa. Já tenho uma mala feita para você. O resto você pode comprar quando chegarmos lá.

– Preciso da minha maquiagem.

– Você não precisa de nada. Pegue sua bolsa. E só para saber, eu sou capaz de atirar em você se for necessário.

Ele pôs a mão em volta do meu pescoço e me levou até a porta.

– Comporte-se – ele disse. Passamos pela porta e fomos pelo corredor até o elevador.

Ele continuava com a mão no meu pescoço e eu podia sentir seus dedos apertando com firmeza. As portas do elevador se abriram e ele me levou pelo saguão deserto.

– Vamos no meu carro – ele disse. – Terceira fila, lá no fundo do estacionamento.

– Sua mãe sabe que vamos para a Tailândia?

– Não. Ninguém sabe.

Ele me empurrou para a frente, passamos pela porta e demos na calçada que ia para o estacionamento.

– Por que a Tailândia? – perguntei para ele.

– Por que não?

Estávamos no meio do estacionamento quando um homem forte saiu de trás de um carro parado. Ele veio para a luz e eu vi que era Nick Alpha.

— Não sei quem você é — ele disse para Dave —, mas é melhor se afastar. Tenho negócios a tratar com a srta. Plum.
— Seus negócios terão de esperar — disse Dave.
Alpha sacou uma arma.
— Meus negócios não esperam.
Dave tirou minha arma do bolso dele e apontou para Alpha.
— Não dou a mínima para seu negócio. Cheguei primeiro.
Senti os dedos de Dave apertando meu pescoço. Mal conseguia respirar. Havia dois caras brigando para ver quem ia me matar. Será que minha vida podia ficar pior?
— Largue a arma — disse Alpha.
Dave semicerrou os olhos.
— Largue a arma *você*.
Ouvi o motor de um carro nos fundos do estacionamento e vi de repente o Lexus preto avançando, saindo da vaga. E aí vem o rinoceronte, pensei. Agora havia *três* pessoas querendo me matar. Isso devia ser algum tipo de recorde.
Os pneus do Lexus cantaram quando o acelerador foi à lona e o carro começou a se mover. Dave se virou para o lado do barulho e afrouxou a pegada o suficiente para eu me soltar. Uma fração de segundo depois ouvi o barulho de tiros e o som nauseante de um carro batendo em um corpo. O Lexus deu um cavalo de pau em volta de uma fila de carros e partiu em velocidade. Espiei por trás do Chrysler do sr. Molnar e vi os dois homens caídos, imóveis, no asfalto.
Acho que eu devia ter ido ver se dava para ajudar os dois, mas não fui. Corri de volta para o prédio, subi a escada e fui pelo corredor o mais rápido que podia, com o sapato vermelho de salto alto. Tremia tanto que tive visão dupla e precisei enfiar a chave com as duas mãos na fechadura para abrir a porta. Entrei correndo, baixei as trancas e me curvei na altura da cintura para respirar. Estava engasgada, sem ar e soluçando, e disquei dois números

errados até conseguir teclar 911. Relatei os tiros e o massacre do carro, desliguei e liguei para Morelli e para Ranger.

Ouvi sirenes tocando ao longe e luzes azuis e vermelhas estroboscópicas brilharam na minha janela quando os carros da polícia e ambulâncias pararam no estacionamento do prédio. Fui para a janela e espiei lá embaixo. Estava escuro e difícil de enxergar, mas consegui avistar os dois corpos no asfalto. Quando vi o SUV de Morelli e o Porsche de Ranger chegando e parando, desci pela escada até a portaria.

TRINTA E NOVE

Era uma manhã gloriosa. O sol brilhava. A qualidade do ar estava no limite respirável. E eu estava viva. Os veículos de emergência, polícia, repórteres, legistas e curiosos tinham ido embora do meu estacionamento. A espinha tinha desaparecido da minha testa. E o vordo tinha voltado e piorado. Eu me sentia como a Julie Andrews em *A noviça rebelde*. Queria jogar a cabeça para trás, cantar e rodopiar com os braços abertos.

Alpha tinha atirado e matado Dave. E Regina estava na cadeia, acusada de homicídio por atropelamento, pela morte de Alpha. Assim, de repente, eu não sabia de ninguém que estivesse vivo e livre que quisesse me matar.

Tinha tomado uma ducha, feito toda aquela manobra para secar o cabelo com o secador e vesti minha camiseta e jeans favoritos. Meus armários da cozinha estavam vazios e eu morta de fome, por isso peguei o carro e fui à casa dos meus pais, que tinha ovos, bacon, café, suco e doces de confeitaria.

Estacionei no meio-fio e avistei vovó caminhando para a porta antes de eu chegar à varanda.

– Ele parecia um jovem tão simpático... – disse vovó quando abriu a porta para mim. – Soubemos cedo esta manhã e não acreditamos. Sua mãe foi direto para o cesto de roupas para passar.

Segui vovó até a cozinha, disse oi para minha mãe e me servi de café.

– Está com fome? – vovó perguntou. – Quer café da manhã?

– Estou morta de fome!

Vovó tirou ovos e bacon da geladeira.

– Temos bolo de café na mesa e vou fazer um omelete para você.

Os olhos da minha mãe estavam embaçados, a expressão dela registrava incredulidade completa, o braço se movia mecanicamente com o ferro de passar na manga da camisa social do meu pai.

– Ele parecia um jovem tão simpático – ela disse. – Estava certa de que ele era o tal. Vinha de uma família tão boa...

– Capitão do time de futebol – disse vovó, pondo o bacon na frigideira grande.

Toc, Toc, Toc na porta da frente.

– Uhuuuuu!

Era Lula.

– Eu estava indo para o seu apartamento e você passou por mim – disse Lula. – Então fiz a volta. Quando descobri que não tinha ido para o escritório, imaginei que estava vindo para cá.

Ela olhou para a mesa da cozinha.

– Bolo de café!

– Sirva-se – disse vovó. – Temos bacon com ovos saindo daqui a pouco.

Lula se sentou à mesa e cortou uma fatia de bolo.

– Ouvi tudo sobre a noite passada. Deu no noticiário desta manhã. E devo dizer que foi um choque. Dave parecia um cara tão simpático. Quem poderia imaginar que um assassino louco pudesse fazer costeletas de porco daquele jeito? E agora ele está morto e não temos mais costeletas de porco.

– É para chorar de pena – vovó disse.

– Uma merda – disse Lula. – Opa, desculpe a minha linguagem, mas a notícia foi realmente um choque.

Eu me sentei na frente de Lula à pequena mesa e bebi meu café.

– Você não parece muito perturbada – Lula me disse. – Imaginava que você fosse ficar com um tique no olho, ou coisa assim.

– Não. Acordei me sentindo ótima.
– Há – disse Lula. – Agora que prestei atenção, você está com um brilho mesmo. Aposto que se fez ontem à noite.
– Não outra vez. Sinto apenas alívio.
– Deve ter sido um pavor quando estava com Dave – disse Lula.
Fiz que sim com a cabeça.
– Ele ameaçou me matar se eu não fosse para a Tailândia com ele.
– Vi um programa no canal Travel sobre a Tailândia – disse vovó. – É um lugar para férias.
Lula cortou outro pedaço de bolo para ela.
– Dizem que é muito bom lá. Eu bem que gostaria de ir para a Tailândia. É claro que não iria com um homem que me desse um ultimato desses. A arrogância não funciona comigo.
Minha mãe suspirou e balançou a cabeça.
– Ele era muito educado. E ótimos modos à mesa.
– Ele matou pelo menos sete pessoas em Trenton! – eu disse.
– Só Deus sabe quantos matou em Atlanta.
– Ainda bem que você não pegou o voo – disse Lula. – Teria de passar por um daqueles scanners de corpo e mostrar tudo seu para algum estranho.
Todas estremecemos só de pensar.
– Talvez Dave a levasse num jatinho particular – disse vovó. – Richard Gere fez isso com Julia Roberts em *Uma linda mulher*.
Dave tinha me dado um envelope que devia ter as passagens do voo. Eu tinha enfiado esse envelope na bolsa e me esquecido dele.
– Acho que ainda tenho as passagens – eu disse enquanto procurava no meio do lixo da minha bolsa.
Achei o envelope e joguei o que tinha dentro em cima da mesa. Era uma passagem só de ida para a Tailândia com o nome de Dave nela e oito cartões da American Airlines endereçados a mim. Valiam 1.500 dólares cada. Dave estava deixando suas opções em aberto.

– Menina, você pode usar esses vale-cartões! – disse Lula. – Podia viajar de férias com o homem dos seus sonhos... se ao menos soubesse quem ele é.

Olhei para os cartões.

– Sei exatamente o que vou fazer com eles – disse para Lula. – E sei quem eu vou levar comigo.

Lula chegou para a frente e espalmou as mãos na mesa.

– Está me dizendo que seu cérebro e suas partes femininas resolveram fazer a tal suruba de amor para tirar um vencedor?

– Estou dizendo que sei quem passará pelo scanner de corpo comigo, e não tem nada a ver com o meu cérebro. Essas férias só terão a ver com partes femininas.

Este livro foi impresso na Editora JPA Ltda.
Av. Brasil, 10.600 – Rio de Janeiro – RJ,
para a Editora Rocco Ltda.